Leena Lehtolainen,1964 geboren, lebt und arbeitet als Kritikerin und Autorin in Helsinki. 1993 erschien der erste Roman mit der attraktiven Anwältin und Kommissarin Maria Kallio. Inzwischen wurden in Finnland acht Kriminalromane veröffentlicht.

Im Rowohlt Taschenbuch Verlag liegen die Krimis «Zeit zu sterben» (rororo 23100), «Alle singen im Chor» (rororo 23090), «Weiß wie die Unschuld» (rororo 23439) und «Die Todesspirale» (rororo 23496) vor. Weitere werden erscheinen.

Leena Lehtolainen

Auf die feine Art

Kriminalroman

Aus dem Finnischen von
Gabriele Schrey-Vasara

Wunderlich Taschenbuch

Die Originalausgabe erschien 1994 unter dem Titel
«Harmin paikka» bei Tammi Publishers, Helsinki

Die Übersetzung wurde freundlicherweise
vom Informationszentrum für finnische Literatur
in Helsinki gefördert.

Neuausgabe Juli 2004

Veröffentlicht im Rowohlt Taschenbuch Verlag,
Reinbek bei Hamburg, Januar 2003
Copyright © 2003 by Rowohlt Taschenbuch Verlag GmbH,
Reinbek bei Hamburg
«Harmin paikka» Copyright © 1994 by Leena Lehtolainen
Redaktion Stefan Moster
Umschlaggestaltung any.way, Barbara Hanke / Cordula Schmidt
(Foto: Photonica)
Satz Pinkuin Satz und Datentechnik, Berlin
Printed in Germany
ISBN 3 499 26497 8

Marille

Out of the ash
I rise with my red hair
And I eat men like air

>   Sylvia Plath

Auf die feine Art

Eins

Schlangen im Paradies

Das Erste, was ich sah, als ich die Augen aufschlug, waren die Traubenkirschbäume. Wir hatten einen warmen Frühling gehabt, und nun standen sie in voller Blüte, dicht behängt mit duftenden Dolden. Antti bestand darauf, nachts die Vorhänge offen zu lassen, damit er ihre Zweige sehen konnte, die sich vor dem Sommernachtshimmel abzeichneten. Allmählich hatte auch ich mich an die Helligkeit im Schlafzimmer gewöhnt.

Antti schlief noch, Einstein räkelte sich in den Sonnenstrahlen, die auf das Bett fielen. Es war acht, Zeit zum Aufstehen.

Ich ging in die Küche und schaltete die Kaffeemaschine ein. Ohne Kaffee bin ich morgens nicht zu gebrauchen. Ich ließ mir eiskaltes Wasser über das Gesicht laufen und tapste dann barfuß über den Hof, um die Zeitung hereinzuholen. Das Gras kitzelte an den Fußsohlen, ich atmete tief ein, spürte den Duft der Traubenkirschblüten und die aufziehende Sommerhitze. Nur der Baulärm am Westring störte die Idylle.

Ich widmete mich in aller Ruhe meinem Frühstück und der Zeitung, bevor ich Einstein zu seinem allmorgendlichen Uferrundgang nach draußen ließ. Dann zog ich die Büroshorts und die korrekte Bluse an, trug Wimperntusche und eine Spur Lippenstift auf und radelte los. Antti schlief noch immer. Er hatte wieder die halbe Nacht über seiner Dissertation gesessen, erst in der Morgendämmerung war er zu mir ins Bett gekrochen.

Seit gut einem Monat übten wir uns im Zusammenleben. Bisher hatten wir es ohne schlimmere Wutausbrüche und Streitereien geschafft, obwohl vor allem bei mir die Nerven blank lagen. Ein neuer Wohnort, ein neuer Job, die ungewohnte Zweisamkeit im Alltag, das Gefühl der Leere nach dem bestandenen Examen ... Mehr als genug Stress für eine einzige Frau.

Eigentlich kannte ich Antti schon lange. Vor vielen Jahren hatte ich ihn als Freund des Freundes meiner Mitbewohnerin kennen gelernt und sofort interessant gefunden. Im vergangenen Jahr hatten wir uns dann wieder gesehen, als ebendieser Freund ermordet wurde. Aber erst nachdem der Mordfall aufgeklärt war, hatten wir unser Interesse füreinander wieder entdeckt, dabei war es für uns beide nicht der günstigste Zeitpunkt zum Verlieben gewesen: Ich schrieb mit Feuereifer an meiner Abschlussarbeit, Antti arbeitete an seiner Dissertation und lehrte an der Universität Mathematik. Unsere gemeinsamen Mittagessen in der Mensa im Hauptgebäude der Uni zogen sich in die Länge, und ab und zu legten wir anschließend auf dem Sofa in Anttis Arbeitszimmer einen Quickie hin.

Trotzdem schaffte ich es, meine Abschlussarbeit fertig zu schreiben, und begab mich auf die Stellensuche, die, wie sich bald herausstellte, schwieriger war, als ich erwartet hatte. Ich zog sogar schon in Erwägung, bei der Polizei, meinem früheren Arbeitgeber, anzurufen, sosehr es mir auch gegen den Strich ging, demütig um eine Vertretungsstelle zu betteln.

Dann passierten gleich mehrere Dinge auf einmal: Antti bekam ein großzügiges Stipendium, das es ihm ermöglichte, ein Jahr lang ganztags an seiner Dissertation zu arbeiten, ich fand einen Job in einer kleinen, recht leger wirkenden Anwaltskanzlei im Norden des Espooer Stadtteils Tapiola, und die Erben meiner verstorbenen Großtante entschlossen sich, die Wohnung zu verkaufen, in der ich seit vier Jahren ohne Mietvertrag gehaust hatte.

Anfangs war zwischen uns nicht die Rede von Zusammenziehen. Anttis Zweizimmerwohnung wäre sowieso zu klein für uns beide gewesen, weil er ja jetzt zu Hause arbeitete. Ich war schon auf Wohnungssuche, als Antti erfuhr, dass an seinem Haus die Fassade renoviert werden sollte.

«Bei dem Krach kann ich mich nicht auf die Arbeit konzentrieren», erklärte er mir am Telefon. «Meine Eltern wollen auf jeden Fall den ganzen Sommer in ihrer Villa in Inkoo verbringen, also werd ich wohl so lange nach Tapiola in ihre Wohnung ziehen. Wann musst du denn aus deiner Bude raus?»

«Spätestens Anfang Juni. Wieso?»

«Ach, ich dachte nur ... du könntest doch den Sommer über bei mir in Tapiola wohnen. Dann können wir mal ausprobieren, wie wir miteinander auskommen.»

«So was kann man doch nicht am Telefon entscheiden», wehrte ich erschrocken ab. Zusammenleben, das kam mir einfach zu endgültig vor, es machte mir Angst.

Nachdem wir am Abend stundenlang darüber geredet hatten, stimmte ich schließlich zu. Anttis Eltern wollten am ersten Mai nach Inkoo ziehen und bis Ende September bleiben, eventuell auch länger. Sie spielten wohl mit dem Gedanken, sich endgültig dort niederzulassen, Anttis Vater war nämlich gerade pensioniert worden. Aber so weit in die Zukunft wollte ich noch gar nicht denken. Im Moment war es sowieso ziemlich leicht, eine Wohnung zu finden, und mit dem, was ich in der Anwaltskanzlei Henttonen verdiente, konnte ich mir sogar eine relativ teure Mietwohnung leisten.

Mein Weg in den nördlichen Teil von Tapiola führte am Meer vorbei und durch Wiesen hindurch. Als ich am Einkaufszentrum vorbeifuhr, entdeckte ich einen Bekannten. Es war Make, er stopfte vor dem Sportgeschäft gerade Pappkartons in den Müllcontainer.

«Ciao, wühlst du etwa im Müll?»

«Ich hab das Lager für den Sommerschlussverkauf geleert. Brauchst du vielleicht einen neuen Badeanzug? Gibt's jetzt extrem günstig.»

«Ich schwimme ohne, wenn's irgendwie geht. Sehn wir uns heute Abend bei Hänninens?»

«Ja, ich hab auch 'ne Einladung gekriegt, weiß gar nicht, wieso», lächelte er und knallte den Container zu. Während ich die letzten fünfhundert Meter zu meinem Arbeitsplatz radelte, dachte ich an meine erste Begegnung mit Make zurück.

An einem meiner ersten Arbeitstage in der Kanzlei war ich auf dem Heimweg beim Sportgeschäft vorbeigegangen, weil dort Satteltaschen im Angebot waren. Ich war die einzige Kundin, und der Verkäufer – eben Make – hatte mir mit lobenswerter Gründlichkeit die neuesten Modelle vorgeführt.

Gleich am nächsten Abend waren wir uns zufällig im Fitnesscenter begegnet. Während ich meine Brustmuskeln trainierte, setzte sich Make an das Gerät für Schultertraining, das gleich daneben stand. Wir unterhielten uns übers Radfahren und nahmen das Gespräch jedes Mal wieder auf, wenn wir an benachbarten Geräten trainierten. Als ich nach der Sauna ganz entspannt den Umkleideraum für Frauen verließ, kam Make gerade auf der Männerseite heraus.

«Jetzt lass ich mir ein Bierchen schmecken», sagte er. «Du auch?»

Er wollte mich unbedingt zu einem Bier auf der Terrasse am Kaskadenhaus einladen. Ich schaute ihm nach, als er die Getränke holen ging. Unter der verwaschenen Jeans und dem violetten T-Shirt verbarg sich ein muskulöser Körper, die strohblonden glatten Haare waren witzig geschnitten, vorn etwas länger als hinten, sodass sie ihm über die Augen fielen, wenn er den Kopf drehte. Obwohl er in meinem Alter sein musste, hatte er ein jungenhaftes Lächeln, aber in seinen Augen lag nicht nur Übermut.

«Das ist typisch für mich: erst den Bizeps trainieren und dann die Schluckmuskeln», lächelte ich ihn an, als er wieder am Tisch saß. «Ich heiße übrigens Maria Kallio.»

«Weiß ich schon, du hast doch gestern mit der Kreditkarte

bezahlt. Ich heiße Markku Ruosteenoja, aber alle nennen mich Make. Ich wohn in Hakalehto. Arbeitest du hier in der Nähe?»

«Ich hab gerade in einer Anwaltskanzlei angefangen.»

«Bei Eki Henttonen? Der hat mir schon erzählt, er bekäme demnächst eine tüchtige junge Juristin. Da hat er also dich gemeint! Eki hat mich letztes Jahr in einer Sache beraten», erklärte Make.

Obwohl es schon neun war, schien mir die Sonne noch schräg ins Gesicht. Im Bassin schwammen Enten, bis ein Golden Retriever ins Wasser sprang und sie aufscheuchte. Das Bier schmeckte einfach zu gut, ich hatte mein Glas schon halb ausgetrunken.

Make war einer von diesen glatten, ordentlich gekleideten, sportlichen jungen Männern, für die ich normalerweise keinen zweiten Blick übrig habe. Aber in seinen Augen flackerte hin und wieder eine Brüchigkeit auf, die mich fesselte.

«Juristin, Bodybuilderin, Radlerin – was bist du denn noch alles?», neckte er mich.

«Expolizistin und ewige Punkerin», gab ich zurück, «und du?»

«Nichts Besonderes. Verkäufer in einem Sportgeschäft. Wohnst du hier?»

«Wie man's nimmt. Den Sommer über wohn ich in Itäranta, im Reihenhaus von Leuten, die vielleicht mal meine Schwiegereltern werden. Wo ich im Herbst sein werde, weiß ich noch nicht.»

«Schwiegereltern?», wiederholte Make düster. «Du bist also schon vergeben. Na klar!» Er leerte sein Glas in einem Zug, und ich dachte schon, er würde sofort verschwinden. Als er doch sitzen blieb, fühlte ich mich verpflichtet weiterzureden:

«Vergeben, das klingt so deprimierend. Sagen wir lieber, ich bin jetzt seit fast einem Jahr mit demselben Mann zusammen. Für mich ist das 'ne reife Leistung.»

Bei der Bemerkung musste Make unwillkürlich lächeln. Er konnte ja nicht wissen, wie ernst sie gemeint war.

«Hat dein Freund denn nichts dagegen, dass du mit anderen Männern beim Bier sitzt?»

«Du, mit einem, der mich zu Hause unter Verschluss hält, wär ich nicht lange zusammen. Selbst wenn wir verheiratet wären und fünf Kinder hätten, würde ich mir noch das Recht nehmen, Bier zu trinken, mit wem ich will.»

«Möchtest du auch noch eins?» Er nahm sein leeres Glas und stand auf, um Nachschub zu holen.

«Ein kleines, aber jetzt bin ich mit Bezahlen dran.»

Aber er war schon unterwegs und wollte auch kein Geld annehmen, als er zurückkam. Wir unterhielten uns ein wenig gezwungen über Fahrräder und Bodybuilding, da fragte er plötzlich:

«Das mit der Expolizistin vorhin, war das ein Witz?»

«Nee. Ich war zuerst auf der Polizeischule und hab zwei Jahre bei der Polizei gearbeitet, bevor ich mit Jura angefangen hab. Zwischendurch hab ich auch immer mal Vertretungen bei der Polizei gemacht, zuletzt voriges Jahr im Sommer.»

«Du siehst überhaupt nicht nach Polente aus! Wie eine Juristin allerdings auch nicht.» Make musterte meine alte Trainingshose und meine wirren roten Haare. Auch meine sommersprossige Stupsnase trug nicht unbedingt dazu bei, mich wie eine seriöse Gesetzesvertreterin wirken zu lassen.

«Obwohl, wenn man Leute nach dem Aussehen beurteilt, liegt man sowieso meistens schief», setzte er hinzu. «Ich zum Beispiel hab vorletzten Winter noch gesoffen wie ein Weltmeister, aber jetzt komm ich mit zwei Bier pro Abend aus.»

Das klang wie der Auftakt zu einer umfassenden Beichte. Auch gut, ich war es gewohnt, mir Lebensgeschichten anzuhören. Aber Make schwieg, trank sein Bier in kleinen Schlucken und blickte in die Ferne.

Kimmo Hänninen radelte vorbei, winkte und rief: «Ach, ihr zwei kennt euch auch schon!» Gleich darauf bog er in den Weg zur Unterführung ein und verschwand aus dem Blickfeld.

«Kennst du Kimmo?», fragte Make und spielte mit seinem Bierglas.

«Sogar doppelt, sozusagen. Als ich noch zur Schule ging, hat Kimmo ein paar Jahre in der gleichen Kleinstadt gewohnt wie ich. Ich hab damals praktisch keine Notiz von ihm genommen, er ist nämlich vier Jahre jünger als ich, aber seine Schwester Sanna hab ich ab und zu auf Feten getroffen. Sie ist letztes Frühjahr gestorben ... Und Kimmos Bruder ist mit der Schwester von Antti, von meinem Freund, verheiratet.»

Make sah mich an, als erwarte er, dass ich gleich zuschlagen würde.

«Ich war Sannas Freund. Der Mann, der sinnlos betrunken am Ufer gepennt hat, als sie ertrunken ist.»

Ich wusste nicht, was ich sagen sollte. Die Geschichte von Sannas Tod hatte ich schon oft gehört. An ihrem 30. Geburtstag im März war sie im Meer ertrunken. Bei der Obduktion hatte man reichlich Alkohol und eine kleine Menge Beruhigungsmittel gefunden. Ihr Freund war stockbetrunken und halb erfroren am Ufer aufgegriffen worden und konnte sich an nichts erinnern. Offiziell hatte es dann geheißen, Sanna sei in benebeltem Zustand schwimmen gegangen und dabei ertrunken. Antti und viele andere hatten allerdings den Verdacht, dass sie Selbstmord begangen hatte.

«Dann ist dein Antti also Antti Sarkela», sagte Make, wie um das Schweigen zu überbrücken.

«Ja.» Ich trank mein Bier aus und hatte für Sekunden das Gefühl, noch eins vertragen zu können.

«Na, dann ist es ja ausgleichende Gerechtigkeit, dass wir hier zusammensitzen. Ich war ab und zu nämlich ganz schön eifersüchtig, wenn Sanna mir vorgeschwärmt hat, wie klug Antti ist.» Make lächelte gezwungen, und ich grinste mit einiger Anstrengung zurück.

Das war vor drei Wochen gewesen. Danach hatte ich ab und zu bei Make im Sportgeschäft vorbeigeschaut und beim Training im Fitnesscenter mit ihm herumgealbert. Über Sanna hatten wir nicht mehr gesprochen, auch nicht über andere ernsthafte Dinge, und doch lag unter Makes Flapsigkeit ein gewisser Ernst. Ich spürte, dass ich ihn mochte, aber er hatte zugleich etwas Beunruhigendes an sich.

Es war schon komisch, wie schnell ich in Tapiola Anschluss gefunden hatte. Alle schienen sich zu kennen, mein Chef Eki war ein Bekannter der Sarkelas und so weiter. Ich hegte sogar den leisen Verdacht, dass Anttis Vater mir die Stelle in der Anwaltskanzlei seines Bekannten zugeschanzt hatte, aber bei dem Studienkredit, den ich am Hals hatte, konnte ich mir keinen moralischen Firlefanz leisten.

Im Lauf des Tages wurde es immer heißer. Nach der Arbeit fuhr ich nach Hause und stürzte mich ins Wasser. Es war himmlisch, praktisch vom eigenen Garten aus ins Meer springen zu können. Trotz meiner Zweifel an der Wasserqualität in unserer Bucht riskierte ich es, eine Viertelstunde zu schwimmen.

Antti saß in der Küche und mümmelte ein Butterbrot.

«Ach, du warst schwimmen. Sollte ich vielleicht auch mal kurz rein? Wann müssen wir bei Risto und Marita sein?»

«Um sieben. Wir haben noch zwei Stunden Zeit. Musst du noch arbeiten?»

«Hast du einen anderen Vorschlag?», fragte Antti hoffnungsvoll und streifte meinen nur mit einem Handtuch verhüllten Körper. Ich ließ das Handtuch fallen, wir hatten ja noch Zeit ...

Nach sechs wurde uns plötzlich klar, dass wir uns allmählich anziehen mussten. Antti mixte uns am reich bestückten Barschrank seiner Eltern einen Drink, während ich versuchte, mich mit einer kalten Dusche und nach Rosen duftendem Körperpuder abzukühlen. Wir waren zum vierzigsten Geburtstag von Anttis Schwager Risto Hänninen eingeladen, und ich war ziemlich nervös.

Im Allgemeinen mache ich nicht viel Aufhebens um meine Kleidung, in Jeans, Tennisschuhen und T-Shirt fühle ich mich sowieso am wohlsten. Für die Geburtstagsfeier hatte ich mir aber extra ein Kleid gekauft. Als ich mich jetzt im Spiegel betrachtete, fand ich das leuchtende Grün auf einmal viel zu grell, der Rock schien mir zu kurz und der Ausschnitt zu offenherzig. Die kurzen Ärmel ließen meine muskulösen Oberarme frei, ich kam mir vor wie der Star einer Drag-Show.

«Wow!», rief Antti bewundernd. Ganz offensichtlich fand er das Kleid nicht zu gewagt. Sein Festgewand bestand aus einem geblümten Hemd und einer Fliege aus violettem Leder zur besseren schwarzen Jeans. Soweit ich wusste, besaß er nur einen einzigen Anzug, nämlich seinen fünfzehn Jahre alten Konfirmationsanzug. Die violetten Wildlederschuhe hatte ich noch nie an ihm gesehen.

«Die hab ich mal für drei Pfund in London erstanden. Ein Restpaar wahrscheinlich», antwortete er auf meinen fragenden Blick.

Das leuchtete mir ein. Größe sechsundvierzig war sicher nicht sehr gefragt.

Ich schlüpfte in schwarze Stöckelschuhe – Größe siebenunddreißig – mit sieben Zentimeter hohen Absätzen, in denen ich mir vorkam wie ein neugeborenes Kälbchen.

Wir hatten es nun doch so eilig, dass wir mit dem Rad fahren mussten. Mit meinem Festkleid war das allerdings gar nicht so einfach. Mein Fahrrad, das ich bei einer Auktion der Polizei ersteigert hatte, war ein schneller Flitzer mit Gangschaltung, aber dummerweise ein Herrenrad und mit engem Rock und Stöckelschuhen kaum zu besteigen. Als der Rocksaum bei meinem dritten Versuch, in den Sattel zu kommen, gefährlich krachte, verlor ich endgültig die Nerven.

«Setz dich bei mir auf den Gepäckträger!», schlug Antti vor.

«Im Damensitz? Kommt gar nicht in Frage!» Ich rannte ins Haus, zog Radlerhose und Tennisschuhe an und rollte den engen, aber dehnbaren Rock bis zur Taille hoch, die Stöckelschuhe hängte ich an die Lenkstange.

«Aufgeregt?», fragte Antti, als ich einige Meter vor dem Haus der Hänninens in meine Schuhe schlüpfte.

«Ich hasse es, mich öffentlich zur Schau zu stellen!» Anttis engere Verwandtschaft hatte ich zwar nach und nach bereits kennen gelernt, aber heute Abend würden sie mich allesamt inspizieren und garantiert ihre Bemerkungen über mich austauschen. «Wart's nur ab, das zahl ich dir heim. Im Herbst feiert Onkel Pena seinen Sechzigsten», flüsterte ich Antti zu, als er das Gartentor aufklinkte.

Das Haus der Hänninens war ein Musterbeispiel für den protzigen Baustil der achtziger Jahre. Man war schon mal im Süden gewesen, das verrieten die weiß verputzten Wände, die Säulen und Loggien. Die Hausherrin war Mathelehrerin und verbrachte ihre Sommerferien damit, den sorgfältig angelegten Garten zu pflegen. Zwischen den Blumenrabatten standen festlich gekleidete Gäste. Ich wünschte mir plötzlich, ich hätte mir vor dem Herkommen ordentlich Mut angetrunken.

Das Geburtstagskind stand, ein Sektglas in der Hand und eine Rose im Knopfloch, vor dem Büfett. Der rostfarbene Sommeranzug war garantiert aus Seide, und das Lachsrot der Rose harmonierte mit Anzug und Krawatte. In meinem Kleid vom Flohmarkt kam ich mir auf einmal sehr secondhand vor. Marita stand lächelnd neben Risto, in einer geblümten Laura-Ashley-Kreation, die die eckigen Konturen ihres mageren Körpers umschmeichelte. Man munkelte allgemein, dass Ristos Firma ebenso schwer unter der Rezession litt wie die meisten anderen Ingenieurbüros, aber der Lebensstil der Hänninens schien davon unbeeinträchtigt.

Wir überreichten Risto unser Geschenk, ein antiquarisches Werk über Jagdwaffen des 19. Jahrhunderts, für das Antti tief in die Tasche gegriffen hatte. Es war ein Prachtband mit vielen kunstvollen Zeichnungen. Obwohl mir die Jägerei zuwider war, hatte ich das Kapitel über die Waffen durchgeblättert, schon aus beruflicher Neugier. Immerhin war ich mal Polizistin gewesen.

Risto entließ uns nach dem Begrüßungsschluck nicht aus seiner Obhut, sondern bestand darauf, uns den anderen Gästen vorzustellen. Der «Hautevolee von Tapiola» – so drückte er sich tatsächlich aus und meinte es höchstens teilweise ironisch. So musste ich unter anderem zwei Kommunalpolitikern die Hand schütteln, außerdem dem wichtigsten Bankdirektor, einem berühmten Chorleiter, meinem Chef und dem örtlichen Gynäkologen, der mit professionellem Blick meine Hüften begutachtete, sodass mir mein Kleid nicht mehr nur gebraucht, sondern obendrein zu eng vorkam.

«Maria, Antti, hallo!», rief Kimmo, der etwas weiter weg auf dem Rasen stand. Sein beigefarbener Dreiteiler hätte besser zu einem älteren Herrn gepasst, aber seine Cherubslocken waren so verwuschelt wie immer, und das von Akne übersäte Gesicht wirkte rührend jung. Zwischen Risto und Kimmo lag ein Altersunterschied von rund fünfzehn Jahren. Ristos Vater Henrik Hänninen hatte nach dem Tod seiner ersten Frau bald wieder geheiratet, die Früchte dieser Ehe waren Sanna und Kimmo.

«Maria, das ist Armi, meine Verlobte», erklärte Kimmo stolz. Die junge Frau, die er mir vorstellte, war etwa so groß wie ich, hatte ein rundes Gesicht und breite Hüften und machte einen netten Eindruck. Die Dauerwelle in ihrem dünnen blonden Haar war eine Spur zu kraus, und das geblümte Kleid stammte aus dem Versandhaus, ich hatte es selbst im Ellos-Katalog gesehen.

«Armi Mäenpää», sagte sie und lächelte freundlich. Ihre Augen waren so leuchtend blau, dass mir der Verdacht kam, sie trüge gefärbte Kontaktlinsen.

Wir tauschten Neuigkeiten aus, redeten über die Hitzewelle, winkten Anttis Eltern zu, die nur kurz aus Inkoo gekommen waren. Ich hatte meinen Begrüßungssekt schon ausgetrunken – nach den Flaschen auf dem Getränketisch zu schließen, handelte es sich sogar um echten Champagner – und sah mich hoffnungsvoll nach einem weiteren Durstlöscher um. Antti und

Kimmo waren inzwischen in ein Gespräch über Kimmos Diplomarbeit vertieft, also musste ich mit Armi Konversation treiben.

Eigentlich brauchte ich kaum etwas zu sagen, sie redete in einem fort.

«Ich hab gehört, du arbeitest bei Erkki Henttonen in der Kanzlei. Ich bin gelernte Krankenschwester und hab einen ganz guten Job bei Dr. Hellström, dem Gynäkologen, der da drüben steht, kennst du ihn? Der hat eine Privatpraxis. Irgendwann möchte ich mich auf Gynäkologie spezialisieren, aber nach der Schwesternschule hatte ich erst mal genug vom Lernen. Du hast ja gleich zwei Berufe gelernt, hat Marita mir erzählt. Erst Polizistin und dann Jura. Hat es dir bei der Polizei nicht gefallen?»

«Na ja, das war ...», setzte ich an, aber Armi redete schon weiter.

«Das ist bestimmt ganz schön gefährlich ... Mit diesen juristischen Sachen verdient man wahrscheinlich mehr, und es passt auch besser zu einer Frau. Aber weißt du was, du bist die erste Polizistin, die ich bisher getroffen habe. Ich hätte dich so viel zu fragen!»

Anttis Eltern gesellten sich zu uns, zwei zapplige kleine Jungen im Schlepptau. Matti und Mikko, die Zwillingssöhne der Hänninens und einzigen Enkel der Sarkelas, von denen sie nach Strich und Faden verwöhnt wurden, waren Einsteins größter Schrecken. Bei ihrem Anblick sprang die Katze meistens blitzschnell auf das höchste Bücherregal. Antti behauptete, sie hätte sich anfangs unter dem Bett verkrochen, bis sie die bittere Erfahrung machte, dass man sie dort gleich von zwei Seiten bedrängen konnte.

«Onkel Antti! Onkel Kimmo!», kreischten die Bengel. «Kommt mal gucken! Wir haben jetzt Nintendos in unserer Baumhütte!»

«Maria, die Baumhütte kennst du noch gar nicht. Die haben Kimmo und ich letzten Sommer gebaut. Ja, ja, wir kommen ja schon», lachte Antti, als der eine Knabe ihn, der andere Kimmo in den hinteren Teil des Gartens zerrte, wo tatsächlich in einer großen Krüppelkiefer eine Baumhütte prangte.

Ich schluckte. Genau so eine hatte ich mir immer gewünscht, als ich klein war. In allen Büchern, die mir gefielen, kam so eine Hütte vor. Aber beim Bauen hätte mir ein Erwachsener helfen müssen, und mein Vater war der Meinung, Mädchen bräuchten keine Baumhütten.

«Darf ich mal raufklettern?», fragte ich begierig. Die Jungen sahen mich verdutzt an.

«Zutritt für Mädchen verboten», erklärte Kimmo. «Aber hört mal, Maria war früher Polizistin, die müsst ihr schon in eure Hütte lassen!»

«Bist du etwa bei den Bullen?» Matti sah mich abschätzig an wie vorhin der Frauenarzt. «Polizisten laufen doch nicht in bunten Kleidern rum!»

«Die im Fernsehen haben alles Mögliche an», ergriff Mikko für mich Partei. «Hast du auch ein Schießeisen? So 'nen Revolver? Papa hat nur Gewehre, aber die sind eingeschlossen.»

«Als ich noch bei der Polizei war, hatte ich einen, aber jetzt nicht mehr.»

Trotzdem erlaubten sie mir gnädig, mit Antti hinaufzuklettern, um die ersten auf einem Baum zu spielenden Nintendos der Welt zu begutachten. Antti war fast beleidigt, als ich zweifelnd fragte, ob die Hütte unser Gesamtgewicht aushalten würde.

«Jetzt hör aber mal zu, das ist solide Arbeit, Kimmo und ich haben in unserem Leben schon mehr als eine Hütte gebaut.»

Ich konnte mir die beiden lebhaft vorstellen, wie sie herumwerkelten, mit dem gleichen Feuereifer wie Matti und Mikko, während Armi unter dem Baum stand, warnende Rufe ausstieß und Saft nach oben reichte. Es war höchste Zeit, den Zwillingen zu demonstrieren, dass sich auch Frauen in Baumhütten wohl fühlen. Ich schleuderte die Schuhe von mir und schaffte es trotz des engen Rocks, die Leiter hinaufzuklettern.

Obwohl die Hütte nur wenige Meter über dem Erdboden lag, kam es mir vor, als wären die Menschen unten auf dem Rasen weit weg. Von hier oben konnte man die unterschiedlichen Stadien der Glatzenbildung bei den Männern studieren. Selbst Kimmos Scheitel begann sich schon zu lichten, und Risto hatte seine dunklen Haare geschickt über die kahle Stelle gekämmt. Ich hörte Armi kichern, vermutlich hatte Make, der jetzt neben ihr stand, einen seiner Witze vom Stapel gelassen.

«Arme Blindschleiche, hat Sanna immer gesagt. Über Armi. Dass sie Arme Blindschleiche heißt und nicht Armi Mäenpää», erklärte Mikko, der plötzlich neben mir aufgetaucht war.

«Ja, weil die so 'ne starke Brille hat, ohne die sie gar nichts sehen kann», ergänzte Matti. «Hast du die Sanna gekannt, Maria?»

«Wir waren zusammen in der Schule.»

«Sanna hat zu viel Schnaps getrunken, und dann ist sie gestorben», erklärte Matti. «Die konnte toll Nintendo spielen!»

Die Jungen begannen mir die Feinheiten ihres Spiels vorzuführen, und ich blieb in der Geborgenheit der Baumhütte hocken, bis ich den Gang zur Toilette einfach nicht mehr aufschieben konnte. Da ich schon ein paar Mal bei den Hänninens gewesen war, fand ich den Weg problemlos. Allerdings war ich nicht die Einzige, denn Armi stand wartend im Flur.

«Du hast ein hübsches Kleid an», sagte sie freundlich.

«Mir kommt es viel zu kurz vor.»

«Gar nicht, Mini ist jetzt Mode. Und du mit deinen trainierten Beinen kannst das tragen.»

Ich gab mir alle Mühe, nicht rot zu werden, und quasselte weiter über Kleider, das ewige Frauenthema. «Letzte Woche hab ich mir auf dem Flohmarkt einen Lederrock gekauft, der fast genauso kurz ist. Ich müsste ihn bloß in der Taille ein bisschen enger machen, wenn ich mal irgendwo eine Nähmaschine auftreibe.»

«Ich hab eine!», rief Armi. «Sogar mit Ledernadel. Weißt du

was, komm doch gleich morgen zum Nähen. Ich wohne drüben in der Jousenkaari. Gegen zwei, wenn's dir recht ist, da können wir uns auch ein bisschen unterhalten!»

Im selben Moment ging die Klotür auf und Make kam heraus. Als Armi hineingeschlüpft war, flüsterte er mir lächelnd zu: «Mir scheint, Armi hat beschlossen, sich mit dir anzufreunden. Und wenn die sich was in den Kopf setzt, ist jeder Widerstand zwecklos.»

Als ich wieder hinauskam, konnte ich weder Antti noch Kimmo entdecken. Ich ging ums Haus herum in den vorderen Garten. Im Schatten der Büsche waren einige Herren in eine Unterhaltung vertieft: Risto, Anttis Vater, mein Chef, der Frauenarzt und der Rektor von Maritas Schule. Als ich merkte, dass sie über mich sprachen, blieb ich hinter den Büschen stehen.

«Na, Eki, da hast du aber Glück gehabt, dass du als Ersatz für Parviainen so ein junges Ding gekriegt hast», sagte Dr. Hellström. «Da sitzt du wohl neuerdings lieber im Büro als zu Hause bei deiner Frau.»

Angewidert sah ich im Gesicht meines Chefs ein genüssliches Grinsen. «Natürlich ist es schön, einen kleinen Augenschmaus im Büro zu haben», meinte er. «Du hast schließlich die Armi, das ist doch auch ein hübsches Mädchen.»

«Ich kann sowieso den ganzen Tag Weiber begrapschen», wieherte Hellström.

«Soweit ich das beurteilen kann, ist Maria keine, die sich von jedem begrapschen lässt», versetzte Anttis Vater trocken. «Sie ist doch eine ziemlich resolute Feministin, oder?»

«Auf jeden Fall hat sie entsprechende Waden, muskulös wie bei einem Mann», meinte Hellström. «Mir sind feminine Frauen lieber, mit zierlichen Beinen.»

«Was meinen Sie, wie maskulin meine Waden erst wären, wenn ich sie nicht vor ein paar Tagen enthaart hätte», erklärte ich laut und kam hinter den Büschen hervor. «Weitere Kommentare über meinen Körper bitte ich direkt an mich zu richten.»

Mein wütender Gesichtsausdruck ließ die Herren verstummen. «Hör mal, Eki, du hast mich doch als Juristin mit dem Spezialgebiet Strafrecht eingestellt. Wenn du bloß eine zum Begrapschen brauchst, kriegst du die auch für weniger Gehalt.»

Ich kannte meinen Chef noch nicht sehr gut und wusste nicht, wie er reagieren würde. Eine Sekunde lang rechnete ich damit, auf der Stelle gefeuert zu werden. Zu meiner Erleichterung brach Eki in Gelächter aus und sagte zu Anttis Vater:

«Mit der Frau kommen Antti und ich noch in Teufels Küche. Dein Zeugnis ist kein Thema, Maria, und deine Kurven auch nicht. Du hast die Stelle bekommen, weil du kein Hasenfuß bist, die kann ich nämlich nicht ausstehen.»

Ich lächelte halbwegs versöhnt und machte mich auf den Weg zum Getränketisch, auf dem inzwischen auch ein paar Flaschen vom besten Kognak aufgetaucht waren. Die Rezession schien tatsächlich spurlos an den Hänninens vorübergegangen zu sein. Ich goss mir gerade eine ordentliche Portion ein, als plötzlich Antti neben mir stand.

«Hast du's nötig?»

Ich erzählte ihm von meinem Lauschangriff und brachte ihn damit zum Lachen.

«Erik Hellström prahlt allzu laut damit, alle Frauen von Tapiola von innen und außen zu kennen, das ist wahr. Deshalb geht meine Mutter ja nicht mehr zu ihm in die Sprechstunde. Aber er gilt als irrsinnig guter Arzt, ohne ihn wäre zum Beispiel Armis Schwester Mallu nicht mehr am Leben. Er hat eben seine guten und seine schlechten Seiten.»

«Was war denn mit dieser Mallu?»

«Fehlgeburt oder so was, da musst du Armi fragen. Aber nicht ausgerechnet jetzt, das ist nämlich Mallu, mit der sie da ankommt.»

Armi steuerte mit einer dünneren und dunkelhaarigeren Ausgabe ihrer selbst auf uns zu. Ich goss mir den restlichen Kognak hinter die Binde und schenkte mir noch einen ein. Ich hatte es bis obenhin satt, ständig neue Leute kennen zu lernen und liebenswürdig in der Gegend herumzulächeln. Trotzdem tauschte ich mit Armi und Mallu höfliche Banalitäten aus, an denen Mallu ebenso wenig Anteil zu nehmen schien wie ich. Armi dominierte die Unterhaltung, Kimmo und Antti warfen ab und zu eine Bemerkung ein, irgendwer schenkte mir Kognak nach. Ich wurde langsam, aber sicher betrunken. Aus dem Haus war Tanzmusik zu hören, und Kimmo wusste zu berichten, dass im Wohnzimmer ein Trio der örtlichen Big Band spielte.

«Wollen wir tanzen?» Make stand plötzlich vor mir, machte eine leicht ironische Verbeugung und zog mich ins Haus. Der langsame Swing verlockte dazu, sich im Takt zu wiegen, Makes Schultern unter dem weißen Hemd fühlten sich hart an, seine Hand war leicht schweißig. Er roch nach zu viel Rasierwasser. Als Tanzpartner hatte er genau die richtige Größe für mich. Mit Antti zu tanzen war schwieriger, weil er mich um mehr als dreißig Zentimeter überragte. Andere Paare glitten an uns vorüber: Kimmo und Armi, mein Chef mit seiner Frau, Antti und seine Mutter. Der Kognak sackte mir vom Kopf in die Beine, das Trio leitete vom Swing zum Tango über, und Make schwang mich in eine stilreine Tangowiege.

Wir tanzten am Kamin vorbei. Zwischen silbernen Kerzenhaltern stand ein großes Abiturfoto von Sanna, die gelangweilt in die Kamera lächelte. Ich war in der ersten Klasse der Oberstufe, als sie Abitur machte. Am Abend nach der Abiturfeier traf sich die halbe Oberstufe im einzigen Park meiner Heimatstadt zu einem allgemeinen Besäufnis. Sanna war total blau, und einige flüsterten, sie hätte nicht nur Schnaps intus. Ich erinnerte mich nach all den Jahren noch genau daran, wie ihr die Sorbusflasche vom Mund gerutscht war und das rote Gesöff ihre hübsche weiße Spitzenjacke bekleckert hatte. Nachdem sie die Jacke ausgezogen hatte, gab das knappe weiße Oberteil, das sie darunter trug, die von Brandwunden und Rasierklingenschnitten übersäten Arme frei. Ich hatte von diesen Armen schon gehört, aber damals sah ich sie zum ersten Mal in all ihrer Grausigkeit.

Make war meinem Blick gefolgt.

«Es wundert mich, dass sie mich eingeladen haben», flüsterte er mir ins Ohr. «Wahrscheinlich wollen sie allen zeigen, dass sie mir verziehen haben.»

«War Sannas Tod denn etwa deine Schuld?», flüsterte ich zurück.

«Wenn ich nicht so besoffen gewesen wäre, hätte ich sie daran hindern können, schwimmen zu gehen», wisperte Make.

«Und wenn du nicht blau gewesen wärst, wär Sanna es auch nicht gewesen. Weißt du, Make, so viel hab ich inzwischen gelernt, dass es sich überhaupt nicht lohnt, solche Spekulationen anzustellen.»

Den Rat hätte ich mir am nächsten Tag selber geben können.

Der Rest des Abends war eigentlich ganz lustig. Vielleicht lag es am Kognak oder an der guten Musik des Trios. Gegen halb zwei machten wir uns auf den Heimweg, zur gleichen Zeit wie Armi und Kimmo. Was Armi mir nachrief, war weithin zu hören:

«Du kommst also morgen um zwei, dann können wir nähen und reden. Ich hab dich so viel zu fragen!»

Zwei

Eine Leiche im Garten

Am nächsten Tag war es drückend heiß. Als ich gegen Mittag aufwachte, hatte ich einen ekelhaften Geschmack im Mund, und trotz Kaffee und einer langen kalten Dusche pochte es beharrlich in den Schläfen. Bevor ich mich auf den Weg zu Armi machte, nahm ich eine Kopfschmerztablette. Antti verkündete, er würde sich heute einen freien Tag gönnen, und ließ sich mit einer Anthologie französischer Lyrik im Garten nieder. Ich hätte mich am liebsten zu ihm gelegt, dann hätten wir uns unter den blühenden Traubenkirschen langsam und träge lieben können.

«Falls ich nicht hier bin, wenn du zurückkommst, bin ich zum Schwimmen an die Mole gegangen.»

«Warte auf mich, ich komm mit. Es dauert höchstens eine Stunde.»

«Ach was, Armi will bestimmt mit dir tratschen, dann bleibst du ewig da hängen», meinte Antti.

Unterwegs überlegte ich mir, wie ich es vermeiden konnte, mit Armi Backfischgeheimnisse auszutauschen. Dazu hatte ich nun wirklich keine Lust. Es war so heiß, dass ich sogar auf der ebenen Strecke ins Schwitzen kam, und als ich endlich am Ziel war, hatte ich einen Riesendurst. Armi hatte ihr Zwei-Zimmer-Reihenhaus von einem entfernten Bekannten gemietet. Gestern Abend hatte Kimmo, die leicht alkoholgetrübten Augen verliebt auf Armi geheftet, stolz erzählt, er hätte zwei Zuhause: Armis Reihenhaus und das Einfamilienhaus seiner Eltern in Haukilahti. Hoffentlich war er jetzt hier bei Armi.

Obwohl ich dreimal klingelte, machte niemand auf. Seltsam. War Armi unter der Dusche? Sie wirkte eigentlich nicht wie jemand, der am helllichten Tag duscht. Vorsichtshalber sah ich noch einmal auf die Uhr. Genau zwei Uhr, wie vereinbart. War sie gestern so betrunken gewesen, dass sie sich nicht mehr an unsere Verabredung erinnerte? Nein, den Eindruck hatte ich nicht gehabt. Vielleicht saß sie im Garten hinter dem Haus und hörte die Klingel nicht.

Armis Garten grenzte an ein kleines Wäldchen. Über dem Gartentor hing eine Ranke, die die Sicht verdeckte. Der Blick in die Nachbargärten war durch einen hohen Zaun verstellt, an dem ebenfalls Kletterpflanzen rankten. Ich spähte vorsichtig durch das Tor.

«Armi?»

Keine Antwort. Ich betrat den Garten. Nach dem schattigen Wäldchen stach mir die Sonne doppelt grell in die Augen, die feuerroten Blumen auf den Gartenbeeten wirkten geradezu schreiend bunt. Zwischen gelb blühenden Ziersträuchern schauten ein Gartentisch und zwei Stühle hervor, auf dem Tisch standen ein Saftkrug und zwei Gläser. Als ich näher kam, sah ich plötzlich, dass hinter einem der Büsche noch etwas anderes hervorragte: ein Fuß. Nach den rosa lackierten Nägeln zu schließen, der Fuß einer Frau.

Armi lag bäuchlings hinter dem Strauch, das Gesicht im Gras. Ich ging näher heran und rief immer wieder ihren Namen, aber sie stand nicht auf und gab auch keine Antwort. Ihr Rücken hob und senkte sich nicht, sie gab keinen Ton von sich. Ich hatte bei der Polizei genügend Leichen gesehen, um zu wissen, dass ich hier eine vor mir hatte. Trotzdem fühlte ich nach dem Puls und drehte Armis Kopf vorsichtig zur Seite.

Es war ihr Gesicht, und doch kam es mir grauenhaft fremd

vor, blaurot aufgedunsen, die geschwollene Zunge hing aus dem Mund. Ich hätte ihr gern die entsetzt starrenden Augen zugedrückt, aber ich wusste, das durfte ich nicht tun.

Ich kämpfte gegen den Brechreiz an. Zum Glück war die hintere Tür zum Haus offen, und das Telefon stand gleich im Flur. Bevor ich den Hörer anfasste, schützte ich ihn mit einem Stück Küchenkrepp, dann verständigte ich die Polizei, rannte ins Bad, drehte, wieder mit Küchenkrepp in der Hand, die Dusche auf und hielt den Kopf unter den Wasserstrahl. Nachdem ich mindestens einen Liter Wasser getrunken hatte, fühlte ich mich halbwegs imstande, wieder in den Garten zu gehen und auf den Einsatzwagen zu warten.

Jede Einzelheit brannte sich in mein Gehirn ein. Die Bachstelze, die über das Blumenbeet hüpfte. Die Hummel, die von einer roten Blüte zur anderen surrte. Die Fliege am Saftkrug. Ich wollte Armi nicht ansehen, aber ich konnte den Blick nicht von ihr wenden. Und wozu auch – der Film, der in meinem Kopf eine Endlosschleife drehte, schob ihr purpurfarbenes Gesicht die ganze Zeit über alle anderen Bilder.

Außerdem hatte ich mir in meinem früheren Beruf angewöhnt, alle Einzelheiten am Tatort zu registrieren. Und das hier war ein Tatort, Armi war erwürgt worden! Die Spuren auf der Erde ließen erkennen, dass sie sich heftig gewehrt hatte. Fußspuren waren auf dem Rasen nicht zu sehen, aber die Kriminaltechniker würden sicher irgendetwas entdecken.

Die Streifenbeamten kamen ziemlich schnell und mit glänzenden Augen; offensichtlich war ein Mord eine erfrischende Abwechslung von der Alltagsroutine, die im Wesentlichen darin bestand, Betrunkene aufzulesen. Der Hauptwachtmeister stellte sich als Makkonen vor und nahm meine Angaben auf. Die anderen schienen erst mal zu überlegen, was jetzt wohl zu tun wäre. Ich ärgerte mich über ihre Untätigkeit und musste mich schwer im Zaum halten, um sie nicht anzubrüllen, sie sollten gefälligst den Tatort fotografieren und nach Fingerabdrücken suchen. Das wäre auch Blödsinn gewesen, denn sie waren ja einfache Schutzpolizisten, die nicht mal die nötige Ausrüstung hatten.

Bis der Rechtsmediziner und die Techniker von der Bezirkskriminalpolizei eintrafen, dauerte es etwas länger. Den zuständigen Kriminalkommissar kannte ich aus der Polizeischule, es war Pertti Ström, Pertsa genannt, den wir damals mit dem gleichnamigen Spottlied von Eppu Normaali drangsaliert hatten. Pertsa, ich und Tapsa Helminen, der jetzt in Helsinki im Rauschgiftdezernat arbeitete, waren die Besten unseres Jahrgangs gewesen. Die beiden Männer waren mittlerweile befördert worden, während ich den Beruf gewechselt hatte. Allerdings hatte wohl auch Pertsa irgendwann Jura studiert, in Turku, soweit ich wusste.

«Tag, Kallio», sagte Pertsa verblüfft, als er mich sah. «Wann bist du denn zur Espooer Polizei versetzt worden?»

«Überhaupt nicht. Ich hab die Tote gefunden.»

«Kanntest du sie?»

«Flüchtig. Sie ist die Freundin vom Stiefbruder des Schwagers meines ... meines Freundes», erklärte ich und wunderte mich selber über meine komplizierte Beinah-Verwandtschaft mit Armi. «Ich hab sie gestern erst kennen gelernt und wollte mir bloß ihre Nähmaschine leihen.»

Pertsa nahm die Zügel in die Hand, die übliche Routine rollte an. Der Rechtsmediziner traf erst um Viertel vor drei ein und meinte, der Tod sei, grob geschätzt, vor ein bis drei Stunden eingetreten. Der Täter habe hinter Armi gestanden und sie mit den Händen erwürgt. Größe und Anordnung der Würgemale deuteten darauf hin, dass der Mörder verhältnismäßig große Hände habe, es handle sich also vermutlich um einen Mann. Stirnrunzelnd sah sich der Rechtsmediziner die Spuren an Armis Hals noch einmal an und meinte dann, sie sei wahrscheinlich nicht mit bloßen Händen erwürgt worden.

«Das könnten Gummihandschuhe gewesen sein», sagte er. «Mal sehen, ob wir drinnen Haushaltshandschuhe finden.»

An dieser Stelle ging Pertsa endlich auf, dass ich als Außenstehende bei Gesprächen über Untersuchungsergebnisse überhaupt nichts verloren hatte. Er bat mich, vorläufig mit niemandem außer Antti über Armis Tod zu sprechen. Weitere Erklärungen waren überflüssig, ich kannte die Spielregeln.

Kaum war ich ein paar hundert Meter geradelt, wurde mir wieder schlecht. Ich erbrach mein salziges Frühstück über die Ranunkeln im Straßengraben. Meine Beine zitterten derart, dass ich kaum imstande war, nach Hause zu fahren. Zum Glück ging es das letzte Stück bergab. Von den Passanten erntete ich mitleidige Blicke.

In unserem Garten war alles wie vorher. Antti lag immer noch mit seinem Lyrikband in der Sonne. Einstein schlief, den Schwanz in der Sonne, Kopf und Körper im Schatten, und nahm keine Notiz von mir.

«Das ging ja schnell», sagte Antti träge. «Wollen wir jetzt schwimmen? Hey, was ist denn los?» Endlich hatte er von seinem Buch aufgeblickt.

In knappen Worten erzählte ich, was passiert war. Anttis Gesicht wurde merkwürdig schief, eine Weile brachte er kein Wort heraus. Mir war plötzlich kalt, auch die Katze wurde unruhig. Wütend schlug sie mit dem Schwanz und fauchte eine Schwalbe an, die herausfordernd über sie hinwegflog.

«Du meinst wirklich, Armi ist tot ... ermordet?», fragte Antti schließlich. Die Stimme wollte ihm nicht gehorchen, es war, wie wenn am Klavier eine Saite klemmt. «Bist du sicher?»

«Ich bin ja nicht die Einzige, die ihren Tod festgestellt hat, die halbe Kripo war da.»

«Weiß Kimmo es schon?»

«Die Polizisten werden es ihm inzwischen gesagt haben. Sie haben mich nach Armis Angehörigen gefragt, da hab ich Kimmo genannt.»

«Ich muss zu ihm!» Antti sprang auf.

«Nein! Überlass das der Polizei. Die anderen darfst du jetzt auch noch nicht anrufen, die Hänninens oder ...»

«Warum denn nicht?»

«Das war ein Mord! Also gibt es auch einen Täter, und das war sehr wahrscheinlich jemand, den Armi gekannt hat, dem sie Saft angeboten hat.»

«Herr im Himmel, nicht schon wieder! Ich halt das nicht nochmal aus, letzten Sommer meine Freunde und jetzt meine Verwandten! Lasst mich doch alle in Ruhe mit euren Morden!» Antti stürmte ins Haus, und durch das offene Fenster hörte ich, wie er in sein Arbeitszimmer im Keller rannte. Wir hatten ausgemacht, dass ich es nur im äußersten Notfall betrat. Antti sollte ungestört bleiben können, wenn ihm danach zumute war.

Ich fühlte mich im Stich gelassen. Zum Teufel nochmal, ich war doch diejenige, die Trost brauchte! Immerhin hatte ich die Leiche gefunden. Sicher, ich hatte Armi kaum gekannt und konnte daher nicht recht um sie trauern, aber über eine Leiche zu stolpern war trotz meiner Polizeierfahrung ein aufwühlendes Erlebnis. Und jetzt tat Antti gerade so, als hätte ich Armi ermordet! Meine Wut verdrängte die Übelkeit, ich marschierte in den Schuppen und fing an, Holz zu hacken.

Nachdem ich einige Klötze klein gehackt hatte, meldeten sich Hunger und Durst. Inzwischen hatte ich mich beruhigt und ging unter die Dusche, um mir den Schweiß abzuspülen. Ich konnte Antti ja verstehen. Im letzten Sommer war sein bester Freund ermordet worden, und die Täterin war eine seiner Bekannten. Natürlich war das ein schlimmes Erlebnis gewesen, es steckte uns beiden noch in den Knochen. Ein Routinefall war dieser Mord auch für mich nicht gewesen, aber Anttis Leben hatte er völlig durcheinander gebracht. Dass der Fall uns beide zusammengeführt hatte, war der einzige positive Aspekt.

Ich schmierte mir ein paar Wurstbrote und trank eine Flasche alkoholarmes Bier. Bei allem Verständnis, Antti hatte sich eben verdammt blöd benommen. Es war doch nicht meine Schuld, dass Armi ermordet worden war!

Es sei denn ... es sei denn, Armi hätte mit dem, was sie mir beim Abschied nachrief, etwas anderes gemeint, als ich dachte. Vielleicht wollte sie mich gar nicht über meine Beziehung zu Antti und über Hochzeitspläne aushorchen, nicht mit einer gleichfalls verliebten Frau reden, sondern mit einer Juristin und Expolizistin? Dann wäre irgendwer, der dieses Gespräch verhindern wollte, kurz vor mir zu Armi gegangen. Jemand, der bei Hänninens auf der Geburtstagsfeier gewesen war und gehört hatte, wie wir uns für zwei Uhr verabredeten ...

Ich überlegte gerade, wer uns gehört haben könnte, als das Telefon klingelte.

«Kimmo hier, hallo», sagte eine verzagte Stimme.

«Kimmo! Es tut mir ja so Leid! Möchtest du zu uns kommen? Oder willst du mit Antti sprechen?»

«Nein, mit dir. Ich bin verhaftet worden, wegen Mordes an Armi. Kann ich dich als Anwältin haben?»

«Verhaftet? Hast du es getan?»

«Nein!» Kimmo weinte fast. «Aber ich ... Komm her, Maria, dann erklär ich's dir.»

«Wo bist du?»

«Auf dem Polizeipräsidium von Espoo, in Nihtisilta.»

«Ist ein Polizist in der Nähe? Gib ihm gleich mal den Hörer. Ich komme, so schnell ich kann, in einer halben Stunde bin ich bei dir. Halt die Ohren steif! Und sag kein Wort mehr!»

Der Beamte, der Kimmo bewachte, war kurz angebunden. Kimmo sei unter dem Verdacht verhaftet worden, Armi Mäenpää ermordet zu haben. Es lägen ausreichend Beweise vor.

«Ist Kriminalkommissar Ström anwesend?»

«Er ist in der Wohnung des Verdächtigen.»

Ich machte mir nicht die Mühe, hinter Pertsa herzutelefonieren. Das Wichtigste war jetzt, Kimmo zu beruhigen. Als Armis Mörder verhaftet, genügend Beweise ... Natürlich lag es nahe, Kimmo zu verdächtigen. Meistens kam der Täter ja tatsächlich aus dem Umkreis des Opfers. Hatten die beiden womöglich in

Katerstimmung miteinander gestritten? Allerdings konnte ich mir Kimmo nicht recht als Würger vorstellen.

Ich klopfte, bevor ich Anttis Arbeitszimmer betrat. Er lag auf dem Sofa, starrte an die Decke und sagte nichts.

«Entschuldige, dass ich dich störe, aber Kimmo hat angerufen. Er ist verhaftet worden und braucht einen Anwalt. Ich fahr jetzt aufs Präsidium.»

«Kimmo? Ich komm mit!»

«Die lassen dich sowieso nicht zu ihm. Bleib lieber hier. Jetzt kannst du auch die Hänninens anrufen, nachdem Kimmo verhaftet ist.»

«Aber das macht doch überhaupt keinen Sinn. Ausgerechnet Kimmo! Was sind das denn für Vollidioten», wütete Antti.

«Kannst du mir schon mal ein Taxi bestellen, ich muss mich noch schnell umziehen.»

In Rekordzeit war ich mit Anziehen, Kämmen und Schminken fertig. Nach fünf Minuten hektischer Bemühungen sah ich eine energische junge Frau im Spiegel. Das halb verkaterte Mädchen hatte sich im hintersten Winkel meiner Juristenschale verkrochen, und mein schüchterneres Ich verschwand endgültig, als ich meine Augenbrauen dunkelbraun nachzog und aggressiv hochbürstete. Das Taxi stand schon vor dem Haus, und eine Viertelstunde nach Kimmos Anruf war ich auf dem Präsidium.

Inzwischen war auch Pertsa Ström zurückgekommen. Als ich ihm meine Funktion erklärte, maß er mich wie einen Gegner.

«Du wirst gleich selbst begreifen, dass Hänninen der Täter ist, wenn du ihn siehst und hörst, was er gemacht hat», sagte Pertsa Unheil verkündend. «Angeblich hat er die Mäenpää um Viertel nach zwölf verlassen, als sie sich gerade die Nägel lackierte, aber um die Zeit war sie schon tot. Und dieser perverse Wichser geilt sich an seiner Tat auch noch auf!»

Ich verstand überhaupt nichts mehr. Erst als mich Ström zu Kimmo in das kleine Vernehmungszimmer führte, ging mir allmählich auf, was er mit schlüssigen Beweisen und perversem Wichser gemeint hatte.

Nach dem strahlenden Sonnenschein konnte ich im Dämmerlicht des Vernehmungsraums zuerst nicht erkennen, was Kimmo anhatte. Er zeichnete sich in der Finsternis ab wie ein glänzender schwarzer Schatten, die goldenen Locken umgaben seinen Kopf wie ein Strahlenkranz.

Dann wurde mir klar, dass er einen Latexanzug trug, einen Overall in der Art eines Taucheranzugs, aber dünner. Er schien zu frieren, sein Gesicht wirkte bläulich und verschrumpelt.

«Was hast du denn da an?», fragte ich ihn. Dann drehte ich mich zu Pertsa um. «Hattet ihr es so verdammt eilig, dass er sich nicht mal ordentlich anziehen konnte?», fauchte ich ihn an. «Ist noch einer von euch bei Hänninens im Haus? Wenn nicht, schick einen von deinen Jungs hin und lass ihn Kleider für Kimmo holen. Sonst kriegst du eine Beschwerde wegen entwürdigender Behandlung auf den Tisch. Kimmo, ist bei euch jemand zu Hause?»

«Nein, Mutter ist mit Matti und Mikko in die Stadt gefahren, und Vater ist in Ecuador ...»

«Pertsa, schieb mir mal das Telefon rüber!»

Beim zweiten Klingeln nahm Antti ab. Ich bat ihn, bei Hänninens Kleider für Kimmo zu holen. Als ich auflegte, starrte Pertsa mich wütend an.

«Du hast also tatsächlich das Lager gewechselt», knurrte er und zündete sich eine Zigarette an.

«Was soll das denn heißen? Soweit ich mich erinnere, haben wir alle beide auf der Polizeischule gelernt, wie man einen Verhafteten korrekt behandelt. Schick einen von deinen Jungs zu Hänninens. Und rauch deinen Glimmstängel draußen!»

«Bist du zur Obernörglerin aufgestiegen, oder was?» Pertsa drückte seine Zigarette auf dem Fußboden aus, gefährlich nah an meinem linken Fuß. «Als wir Mäenpääs Freund vernehmen wollten, haben wir ihn beim Wichsen erwischt, im Latexanzug, lauter sadistische Pornoheftchen um sich rum. Ich kann dir Beweise genug liefern! Der Anzug ist übersät von Mäenpääs Fingerabdrücken! Und siehst du den Riss am linken Bein? Das fehlende Stück haben wir bei ihr im Garten gefunden. Der Kerl hat seine perversen Spiele zu weit getrieben, das ist alles!»

«Sexuelle Gewalt? Hat man bei Armi Spuren davon gefunden?»

«Der Kerl hat wahrscheinlich keine Zeit mehr gehabt, hat's mit der Angst zu tun gekriegt und ist heimgerannt, um sich einen runterzuholen!»

Pertsa stürmte türenknallend nach draußen und ließ uns mit dem Aufsichtsbeamten zurück, der uns misstrauisch anstarrte. Mein Auftritt hatte Kimmos Lage vermutlich nicht gerade verbessert, aber Pertsas Benehmen machte mich einfach rasend. Ein Wichtigtuer war er schon immer gewesen, aber inzwischen war ihm obendrein seine rasante Karriere zu Kopf gestiegen.

«Kimmo! Es tut mir ja so Leid, die Sache mit Armi und all das hier!»

Der Aufsichtsbeamte hinderte mich nicht daran, die Arme um Kimmo zu legen, obwohl das vermutlich regelwidrig war. Und wennschon, es wäre nicht die erste Regel, gegen die ich verstieß. Kimmos Latexhaut fühlte sich überraschend warm und glatt an.

«Kannst du mir erzählen, was passiert ist? Wann hast du Armi zuletzt gesehen?» Ich setzte mich neben ihn und nahm meinen Notizblock aus der Aktentasche.

«Ich hab sie heute Morgen gesehen ... Ich war ja über Nacht bei ihr. Ich hatte einen kleinen Hangover und bin schon gegen neun aufgewacht. Armi schlief noch. Da hab ich das hier angezogen und mich in Armis Garten in die Sonne gelegt, und dann muss ich nochmal eingeschlafen sein ... Armi ist irgendwann, so gegen halb elf, in den Garten gekommen und hat mich geweckt. Ich hab mich erschreckt, und bei der Gelegenheit muss mir der Anzug gerissen sein ... Ich hab ihn ausgezogen, und wir haben Kaffee gekocht. Dann haben wir eine Weile geredet und schließlich bin ich nach Hause gegangen, weil Armi gesagt hat, sie will in Ruhe mit dir reden und muss vorher noch telefonieren ...»

«Hat sie dir gesagt, worüber sie mit mir sprechen wollte? Und wen sie anrufen musste?»

«Nein. Sie war ein bisschen ... fuchtig.»

«Habt ihr euch gestritten? Worüber?»

«Gestritten nicht direkt. Armi hat sich bloß über den Anzug aufgeregt.» Kimmo errötete. «Weil, wir hatten nämlich abgemacht, dass ich ihn nicht anziehe, wenn sie dabei ist. Und als ich sie dann gebeten hab, mich anzufassen ...» Die Worte kamen stockend, Kimmos Nase wurde immer röter, und schließlich flossen die Tränen. Ich holte ein Taschentuch aus meiner Mappe und ließ ihn in Ruhe weinen.

«Wenn ich gewusst hätte, dass ich sie zum letzten Mal sehe ...», schniefte er ins Taschentuch. «Ist sie wirklich tot? Hast du gesehen, dass sie tot ist?»

«Ja, Armi ist tot. Aber als du gegangen bist, hat sie noch gelebt, nicht wahr? Worüber habt ihr denn gesprochen?»

«Wir wollten doch im Herbst heiraten, wenn ich mit meiner Diplomarbeit fertig bin. Ich hab sogar schon eine Stelle in Aussicht. Wir haben darüber gesprochen, wie ich ... Ich kann nicht ...» Kimmo brach erneut in Tränen aus. Im gleichen Moment flog die Tür auf und Pertsa kam mit einem Bündel Kleider herein.

«Hier, zieh das an, Hänninen! Den abartigen Anzug behalten wir erst mal hier.»

Ich stand auf und verließ das Zimmer, bis Kimmo sich umgezogen hatte. Wir waren zwar schon gemeinsam in der Sauna gewesen, aber ich wollte demonstrieren, wie man einen Verhafteten menschenwürdig behandelt. Natürlich folgte weder Pertsa noch der Aufsichtsbeamte meinem Beispiel.

Auf dem Flur stand Antti, er schaute mich verwirrt an.

«Was machst du denn noch hier?» Das kam unfreundlicher heraus, als ich beabsichtigt hatte, ich merkte es selbst.

«Es wär ganz nett, wenn mir mal jemand sagen könnte, warum ich kreuz und quer durch Espoo gejagt werde, um irgendwelche Kleider zu holen. Außerdem war Annamari inzwischen zurückgekommen und hat sich natürlich fürchterlich erschreckt, als die Polizisten anrückten. Was soll ich ihr denn jetzt sagen, und Risto und Marita? Hat Kimmo Armi umgebracht?»

«Ich glaube nicht. Sag ihnen das. Aber irgendwer aus der Bekanntschaft muss es gewesen sein. Nicht ich und nicht du, aber vielleicht einer von den anderen.»

«Wie kommst du denn darauf?»

«Reden wir zu Hause darüber. Du kannst hier im Moment nichts ausrichten, die lassen dich sowieso nicht zu Kimmo. Ich richte ihm Grüße von dir aus.» Ich umarmte Antti flüchtig, versuchte, die plötzliche Fremdheit zwischen uns zu verscheuchen.

«Annamari ist bei Marita und Risto. Ich muss da wohl auch hin, dabei wär ich jetzt am liebsten allein.»

«Ich komm bei den Hänninens vorbei, sobald ich hier fertig bin, dann können wir zusammen nach Hause gehen.»

Nachdem er sich umgezogen hatte, war Kimmo nun deutlich ruhiger. Zum Glück verschwand Pertsa, um den Latexanzug irgendwo abzuliefern. Er trug ihn mit spitzen Fingern und ausgestrecktem Arm, wie die Kleidung eines Aussätzigen. Ich fragte mich, wie sie Armis Fingerabdrücke von dem Anzug abgenommen hatten. Etwa direkt von Kimmos Körper?

«Antti lässt dich grüßen und sein Bedauern ausrichten. Wollen wir weitermachen? Kannst du noch?»

Kimmo nickte zaghaft.

«Worüber habt ihr nun also heute Morgen gesprochen?»

«Über Sex ... Ich zieh gern Gummisachen an, aber Armi mag das nicht ... Wir haben schon vor langer Zeit ausgemacht, dass ich tun kann, was ich will, solange ich sie nicht mit reinzieh. Diesmal wollte ich mit ihr schlafen, und da ist sie wütend geworden, weil ich mein Wort gebrochen hab. Wir haben darüber geredet, wie das werden soll, wenn wir verheiratet sind, aber wir sind zu keiner Lösung gekommen. Dann hatten wir beide das Gefühl, es wäre besser, wenn ich nach Hause ginge. Das muss so um Viertel nach zwölf gewesen sein.»

Ich sah kurz zu dem Aufsichtsbeamten hin, der interessiert zuhörte. Schweigepflicht hin und her, garantiert würde bald halb Espoo über die faszinierenden sexuellen Neigungen von Kimmo Hänninen unterrichtet sein. Der arme Kerl hatte sich wirklich in die Tinte geritten. Was er bisher erzählt hatte, ließ seine Lage immer aussichtsloser erscheinen. Hoffentlich konnte ich bald unter vier Augen mit ihm sprechen, denn ich würde ihn zu weiteren Enthüllungen über sein Sexualleben zwingen müssen.

«Richtig gestritten habt ihr euch also nicht?»

«Nein. Wir hatten schon so oft darüber geredet, es gab eigentlich nichts mehr zu streiten.»

«Und dann bist du nach Hause gegangen?»

«Ja. Meine Mutter wollte mit den Zwillingen in die Stadt, und als ich allein war, hab ich ...»

«Da hast du den Latexanzug wieder angezogen und einschlägige Zeitschriften gelesen?» Jetzt wurde ich auch rot.

«Ja ... Und ich hab nichts gehört. Kann sein, dass die Polizisten geklingelt haben, aber Mutter hatte wohl die Tür offen gelassen, und auf einmal stand ein Haufen Männer in meinem Zimmer, und ich ...»

«Und die haben dich vom Fleck weg festgenommen?»

«So ungefähr. Zuerst haben sie mir nicht mal gesagt, weshalb. Sie haben nur meine Zeitungen durchgeblättert und in meinen Schränken gewühlt. Dann hat einer gesagt, Armi ist tot. Und dann haben sie mich mitgenommen. Ich kann das immer noch nicht begreifen ... Hier haben sie mich dann gefragt, ob ich einen Rechtsanwalt will, und da hab ich an dich gedacht.»

«Na, die Herrschaften haben ja glänzende Arbeit geleistet.

Hör zu, Kimmo, meiner Meinung nach kann von schlüssigen Beweisen überhaupt keine Rede sein. Dem Gesetz nach können sie dich nicht länger als zwei Tage festhalten. Ich weiß, dass das ein einziger Albtraum für dich sein muss, Armis Tod und dazu noch der Verdacht gegen dich. Aber es dauert nicht mehr lange, dann kommst du hier raus.»

Ich wusste selbst, wie hohl meine Abschiedsfloskeln klangen. Nichts konnte je wieder so sein wie früher. Armi war tot, im Herbst würde es keine Hochzeit geben, Kimmos Intimleben würde bald in aller Öffentlichkeit breitgetreten werden. Und ich konnte nicht mal verhindern, dass er wieder in die Arrestzelle gesperrt wurde.

Pertsa hatte das Präsidium noch nicht verlassen, offenbar hatte er vor, die Vernehmung fortzusetzen. Ich bemühte mich, ein etwas freundlicheres Gesicht aufzusetzen, als ich mich vor ihm in Positur stellte.

«Ich hab jetzt Hänninens Version der Ereignisse gehört und bin auf deine gespannt. Warum seid ihr da so einfach reingestürmt?»

«Mit welchem Recht stellst du solche Fragen?»

«Pertsa! Wir können uns gegenseitig das Leben verdammt schwer machen. Du kannst dich querstellen, und ich kann eine Beschwerde nach der anderen einreichen. Aber wir haben doch wohl alle beide ein Interesse daran, den wahren Schuldigen zu fassen, und zwar bald.»

«Du meinst also, Hänninen ist unschuldig?»

«Sag mir lieber, warum du ihn für den Täter hältst.»

«Erstens war er der Letzte, der die Mäenpää lebend gesehen hat. Die Nachbarn werden gerade befragt, vielleicht hat von denen jemand beobachtet, wie Hänninen das Haus verlassen hat, oder das Mädchen danach lebend gesehen. Aber selbst das heißt noch nichts, Hänninen kann genauso gut nochmal zurückgekehrt sein. Aber falls einer der Nachbarn jemand anderen gesehen hat, der da hinging, und falls wir gegen diesen Jemand genauso gute Beweise haben wie gegen Hänninen, können wir uns die Sache nochmal durch den Kopf gehen lassen.»

Ich starrte Pertsa fest in die Augen, obwohl ich dabei zu ihm aufblicken musste. Sein massiger Körper war angespannt, die breiten Schultern leicht hochgezogen, zu den abstehenden Ohren hin. Seine hellbraunen Augen wichen meinem Blick aus, ein dünner Schweißfilm überzog die großporige Haut.

«Zweitens weißt du so gut wie ich, dass bei derartigen Tötungsdelikten der Täter meistens im näheren Umkreis des Opfers zu suchen ist. Und wer hat der Mäenpää wohl am nächsten gestanden? Ihr Freund. Klare Sache, oder?»

«Each man kills the thing he loves», trällerte ich.

«Was?»

«Nichts.» Ich hatte auch nicht erwartet, dass Pertsa Oscar Wilde kannte oder «Querelle» gesehen hatte. «Aber alles, was du hast, sind nur Indizien.»

«Wart's nur ab. Der Täter hat offensichtlich Gummihandschuhe getragen, als er die Mäenpää erwürgt hat. Und was hatte Hänninen an, als wir in sein Zimmer kamen? Gummihandschuhe! Die sind jetzt im Labor. An dem Latexanzug sind Mäenpääs Fingerabdrücke, und das abgerissene Stück vom Hosenbein lag unter ihrem Fuß auf dem Rasen. Die Mäenpää hat sich gegen den Würger gewehrt, und sie hatte ziemlich lange Fingernägel. Vielleicht hat sie damit das Stückchen abgerissen.»

«Hat Hänninen eine entsprechende Wunde am Oberschenkel?»

«Irgendein Kratzer ist da bestimmt.»

«Lass ihn von einem Arzt ansehen.»

«Wir brauchen bloß die Laborergebnisse abzuwarten. Wenn das Mädchen mit diesen dicken schwarzen Gummihandschuhen erwürgt worden ist, liegt der Fall völlig klar.»

«Ich glaub allerdings kaum, dass Gummi so ohne weiteres Spuren hinterlässt», murmelte ich.

«Und dann das ganze Zeug, das wir in Hänninens Zimmer

gefunden haben. Latexkleidung, Fesseln, Seile. Handschellen. Eine Peitsche. Und guck dir diese Heftchen an!» Pertsa knallte mir einen Stapel englisch- und deutschsprachige Zeitschriften hin, mit Titeln wie «Skin Two», «O» und «Bondage». Sie enthielten aparte Fotos von schönen Frauen in Gummi- oder Lederkleidung, mit und ohne Fesseln, festgebunden oder kniend, bereit, ausgepeitscht zu werden. Es war mir peinlich, sie in Pertsas Beisein anzuschauen, denn viele der Fotos fand ich ziemlich erregend.

«Der Kerl ist eindeutig pervers! Das ist genau wie in den Geschichten von diesem de Sade, da werden auch Frauen erwürgt. Widerlich, solche Typen müsste man gleich erschießen! Wenn du ihn so gesehen hättest wie wir, wärst du auch von seiner Schuld überzeugt.»

«Warum seid ihr da überhaupt so reingestürmt?»

«Denk doch mal nach! Wir wollen den Freund der Toten vernehmen, der eventuell auch ihr Mörder ist. Auf unser Klingeln und Klopfen reagiert keiner, aber die Tür ist offen, und aus der oberen Etage sind Geräusche zu hören. Da hab ich natürlich gedacht, er bereut seine Tat und hängt sich auf.»

«Okay. Und was hat er nun wirklich gemacht?»

«Der steckte von Kopf bis Fuß in Gummi, aus der Kapuze guckten bloß Mund und Nase raus, er hatte Handschellen an und hat in diesen Heftchen gelesen und ... sich selbst befriedigt.»

«Na, dann war es ja kein Problem, ihn zu verhaften, wenn er die Handschellen schon anhatte», bemerkte ich, aber Pertsa schien das gar nicht lustig zu finden.

«Du hast also das Zeug ins Labor geschickt, Armis Leiche wird obduziert und deine Jungs befragen die Nachbarn», fuhr ich fort. «Habt ihr Armis Eltern informiert?»

«Sag mal, hältst du uns für komplette Idioten? Wir mussten sogar den Arzt rufen, um die Mutter zu beruhigen. Und von den Nachbarn sind einige übers Wochenende verreist, die können wir erst am Montag befragen. Aber keine Sorge, wir tun unsere Arbeit, auch ohne deine Oberaufsicht!»

«Glaub ich ja. Willst du Hänninen nochmal vernehmen? Das geht nämlich nur, wenn ich dabei bin!»

«Ich geh jetzt essen und dann nochmal zum Tatort. Komm um acht, dann machen wir weiter.»

Wir sprachen noch eine Weile über praktische Dinge, den offiziellen Zeitpunkt der Festnahme, die gesetzlichen Richtlinien der Voruntersuchungen und dergleichen. Pertsa blieb hartnäckig dabei, die Beweise reichten aus, um Kimmo festzuhalten. Ich war anderer Meinung. Ich beschloss, meinen Chef anzurufen und zu den Hänninens zu fahren.

Während ich die Birkenallee entlangging, überlegte ich, weshalb ich Kimmo nicht für den Mörder hielt. Sicher nicht, weil ich ihn mochte – es war mir schon mal passiert, dass ich jemand gern hatte, der sich als Mörder entpuppte. Aber irgendetwas stimmte hier nicht. Ich musste herausfinden, was.

Drei

Feine Leute unter Verdacht

Bei Hänninens war es merkwürdig still. Die Spuren der Geburtstagsfeier waren restlos beseitigt, als wäre ein Reinigungsdienst am Werk gewesen. Risto, der mir die Tür öffnete, hatte eine angemessen ernste Miene aufgesetzt. Die anderen hielten sich im großen Wohnzimmer auf. Annamari trank Kognak, Marita hatte den Arm um sie gelegt. Antti stand bei Sannas Foto am Kamin und grüßte mich nicht mal.

Annamari hob den Blick von ihrem Kognakschwenker. «Ach Maria, wie geht es denn meinem Kimmo? Wann lassen sie ihn gehen? Ich hab schon versucht, Erkki Henttonen anzurufen, damit er Kimmo hilft, aber ...»

«Eki ist segeln, auf seinem Boot hab ich ihn aber auch nicht erreicht. Bis morgen Abend kommt er sicher zurück. Kimmo geht es den Umständen entsprechend, und länger als zwei Tage können sie ihn nicht festhalten. Wo sind denn die Zwillinge?»

«Unsere Eltern haben sie nach Inkoo geholt und Einstein auch gleich mitgenommen. Sie sind vor einer halben Stunde abgefahren. Wir dachten, es wäre besser so. Sannas Tod war ein schwerer Schock für die beiden», erklärte Marita.

Ich überlegte, ob sie an heißen Sommertagen immer ein langärmliges schwarzes Kleid trug oder ob sie das enge Viskosekleid zu Armis Gedächtnis angezogen hatte. In diesem Gewand wirkte Marita wie ein dünner schwarzer Strich, den jemand mit leicht zitterndem Pinsel an die blassblaue Wohnzimmerwand gemalt hatte. Wie Antti war sie hager, aber wo bei Antti Muskeln saßen, hatte Marita nur Sehnen.

Ich berichtete ihnen in Kurzfassung, wie ich Armis Leiche gefunden hatte und was mit Kimmo geschehen war. Über den Gummianzug und die Sadomaso-Zeitschriften zu sprechen fiel mir schwer, aber es musste sein, schließlich spielten sie in der Beweiskette der Polizei eine wichtige Rolle. Offenbar hatte Annamari keine Ahnung von den sexuellen Neigungen ihres Sohnes gehabt, denn sie fing regelrecht an zu zittern.

«Wie entsetzlich, was soll ich bloß Henrik sagen? Ich muss bald in Ecuador anrufen ... Und der arme Kimmo, was hat das alles zu bedeuten ... Hatte er es nicht gut bei Armi, dass er so etwas ...»

In der ersten Klasse der Oberstufe war Annamari meine Französischlehrerin gewesen. Sie war eine von diesen zerbrechlichen, nervösen Gestalten, die ihre Schüler einfach nicht bändigen können, selbst wenn sie wie eine Feuersirene losheulen. Oft genug hatte ich stellvertretend für sie «Ruhe!» gebrüllt und meistens auch Wirkung erzielt. In Französisch hatte ich eine Eins gekriegt, trotzdem war ich erleichtert, als Annamari nach einem Jahr wegzog, weil ihr Mann in eine andere Stadt versetzt worden war. Ihre Nachfolgerin war zwar knochentrocken, aber ich brauchte mich wenigstens nicht mehr für meine Lehrerin zu schämen.

Annamari war ständig in Bewegung, sie drehte den Kopf unruhig hin und her, redete mit brüchiger Stimme unaufhaltsam weiter.

«Wie können die Polizisten denn behaupten, mein Kimmo hätte jemanden umgebracht? Mein Kind ... Ich darf meinen Sohn doch wenigstens auf dem Polizeipräsidium besuchen, nicht wahr, ich kann ja mit dir hingehen, Maria ...»

«Annamari, hör mal, du solltest dich lieber ein bisschen ausruhen», unterbrach Risto ihren Redefluss. Die Anrede klang irgendwie seltsam, obwohl ich natürlich wusste, dass Annamari nur Ristos Stiefmutter war. «Komm mit ins Kinderzimmer, da kannst du dich in aller Ruhe hinlegen.»

Risto lehnte seinen Kopf mit dem schon leicht schütteren braunen Haar beinahe zärtlich an Annamaris altersbleiche Engelslocken, als sie untergehakt aus dem Zimmer gingen.

«Hoffentlich denkt Risto daran, ihr ein Beruhigungsmittel zu geben», sagte Marita trocken. «Haben wir überhaupt noch was im Haus, oder sollte ich Hellström anrufen und mir ein Rezept ausstellen lassen?»

«Verschreibt der auch Beruhigungsmittel? Ich denke, er ist Gynäkologe.»

«Das schon, aber auch so eine Art Hausarzt», erklärte Marita. «Manche mögen ihn allerdings nicht, Mutter zum Beispiel hat ihm irgendwas übel genommen und den Arzt gewechselt. Es stimmt schon, dass er so eine Art Nachrichtenzentrale ist, aber dafür kommt er zu jeder Tages- und Nachtzeit, wenn jemand Hilfe braucht.» Marita strich sich die Haare aus dem Gesicht, mit einer Bewegung, die mir bekannt vorkam. Richtig, Antti machte es genauso, wenn er nervös war. An Maritas Hals prangte ein großer blauer Fleck, der ganz frisch zu sein schien.

«Dann spreche ich am besten mit Hellström, wenn er so auskunftsfreudig ist. Ich muss Begründungen finden, um Kimmos Haftentlassung durchzusetzen.»

«Du glaubst also immer noch, dass Kimmo es nicht getan hat?» Zum ersten Mal seit meiner Ankunft machte Antti den Mund auf.

«Ja. Ich gebe zu, dass ich mich eher auf mein Gefühl als auf Fakten stütze, aber ich glaube nicht, dass er es war. Nur brauche ich Tatsachen, die ich Pertsa Ström vorlegen kann. Fangen wir mit euch an. Was wisst ihr von Armi? Was für ein Mensch war sie?»

Keiner der beiden schien bereit, mir zu antworten. Ich zählte in Gedanken auf, was ich bisher über Armi erfahren hatte: Sie war eine freundliche Plaudertasche, mischte sich gern in anderer Leute Angelegenheiten ein, war neugierig und resolut.

«Armi war geradezu ein Geschenk des Himmels für Kimmo, auch wenn Annamari von ihr weniger begeistert war», sagte Marita schließlich. «Natürlich war Armi irgendwie ... ordinär, aber in Annamaris Augen ist sowieso niemand gut genug für ihre Kinder. Das hat auch Make bitter zu spüren bekommen, und vor ihm ziemlich viele von Sannas Freunden.»

«Willst du andeuten, dass Annamari Armi umgebracht haben könnte?»

«Um Himmels willen, natürlich nicht! Es ist nur so: Armi hat immer gesagt, was sie dachte, und das ist in der Familie Hänninen nicht üblich. An Weihnachten hat sie gefragt, warum Henrik und Annamari sich nicht scheiden lassen, wo Henrik doch sowieso praktisch nie da ist. So was fragt man nicht, jedenfalls nicht bei Hänninens.»

Bisher hatte ich auch Marita für eine Art Hänninen gehalten, für eine verzweifelt die Kulissen aufrecht erhaltende, fehlerlose Mathematiklehrerin. Wie tröstlich, dass noch etwas anderes in ihr steckte! Es war anstrengend für mich gewesen, Anttis Familie kennen zu lernen, und ich hatte von Anfang an eine Abneigung gegen das ganze soziale Netz, in das wir durch den Umzug nach Itäranta gerieten, ein Netz, in dem ich mich jetzt mehr und mehr verstrickte.

Mein Magen gab ein seltsames Geräusch von sich. Da erst wurde mir bewusst, dass es schon fast sieben war und ich nach dem ausgekotzten Frühstück nur zwei Butterbrote zu mir genommen hatte.

«Könnte ich eine Kleinigkeit zu essen und einen Kaffee haben?», bat ich. «Ich muss gleich wieder aufs Präsidium, und ohne funktioniert mein Gehirn nicht.»

Ich wollte einen Moment mit Antti allein sein, obwohl er offenbar nicht gerade in geselliger Stimmung war.

Er nahm mich mit in die Küche, wo das gestrige Chaos noch

nicht spurlos beseitigt war. Die Spülmaschine stand offen, der Kühlschrank war mit den Resten vom Büffet gefüllt. Skrupellos vertilgte ich den Krabbensalat und den Rest der Sandwichtorte. Zum Kaffee genehmigte ich mir einen mit Sahne gefüllten Windbeutel, der schon nach Kühlschrank schmeckte.

Anttis Schweigsamkeit ärgerte mich. Na schön, er kannte Armi und Kimmo viel besser als ich, aber es ging hier nun wirklich nicht um seine persönliche Tragödie.

«Trink einen doppelten Kognak, das hilft», schlug ich vor.

«Was bringt das schon? Es ist doch sinnlos, seine Gefühle zu betäuben. Musst du denn die ganze Zeit so verdammt professionell sein? Unterdrückst du damit deine Gefühle? Oder hast du gar keine?»

«Na klar doch, ich bin gefühllos! Morde sind Routine für mich, ich stolpere jeden Tag über 'ne Leiche! Verdammt nochmal, Antti, verstehst du denn nicht, dass ich mir jetzt nicht leisten kann, gefühlsselig zu sein? Ich brauch was anderes als Gefühle, wenn ich Kimmo aus seiner Zelle holen und Armis Mörder finden will.»

Wer weiß, wie unser Gespräch weitergegangen wäre, wenn Risto nicht in die Küche gekommen wäre.

«Marita sagt, ihr hättet Kaffee gekocht. Ich hab Annamari das letzte Oxepam gegeben, das wir im Haus hatten, das hat sie endlich ausgeknockt», erklärte er und marschierte zielstrebig zur Kaffeemaschine.

«Sag mal, Risto, würde es dir etwas ausmachen, mich zum Präsidium zu fahren?», erkundigte ich mich vorsichtig, wohl wissend, wie gern Risto Auto fuhr. Ich ging, ohne Antti zum Abschied auch nur zu berühren.

«Was sag ich bloß meinem Vater?», fragte Risto, als wir in die Merituulentie einbogen.

«Wo ist er jetzt? In Ecuador? Müsst ihr ihm denn wirklich jetzt schon Bescheid sagen?»

«Annamari besteht darauf. Das haben sie wohl so ausgemacht, dass er über wichtige Dinge informiert wird. Annamari möchte Vater hier haben, damit er die Verantwortung mit ihr teilt.»

Ich hatte Henrik Hänninen nur einmal getroffen, vor mehr als zehn Jahren. In dem Winter, als die Hänninens in meiner Heimatstadt wohnten, hatten meine Eltern, die beide Lehrer sind, ihre neue Kollegin und deren Mann zu uns eingeladen. Ich hatte an dem Abend wahnsinnige Menstruationsschmerzen und war deshalb zu Hause.

War Annamari Hänninen ausufernd, so konnte man Henrik nur als abwesend bezeichnen. Ich hatte damals den Eindruck gewonnen, dass er sich keinen Deut darum scherte, was um ihn herum geschah. Im Lauf der Jahre war er auch in konkretem Sinn abwesend geworden, indem er einen langen Auslandseinsatz nach dem anderen übernahm. Kurz nach Sannas Tod war er nach Ecuador gegangen, von wo er erst Ende des Jahres zurückkommen sollte. Anttis Eltern regten sich darüber auf, dass Henrik seinen Enkeln Matti und Mikko zwar teure Geschenke schickte, sich sonst aber nicht um sie kümmerte.

«Es bringt doch nichts, deinen Vater nach Finnland zurückzurufen, was kann er hier schon ausrichten? Wichtiger wäre es, Eki Henttonen zu erreichen, probier's ab und zu mit dem Bootstelefon. Und halte bitte Annamari vom Polizeipräsidium fern.» Ich merkte, dass ich schon wieder jemanden herumkommandierte, dem ich gar nichts zu befehlen hatte, aber Risto schien es mir nicht übel zu nehmen.

«Sag mal, Risto, ich war nicht mehr ganz munter, als Antti und ich von deiner Geburtstagsfeier aufgebrochen sind. Erinnerst du dich, wer danach noch geblieben ist? Die meisten waren ja wohl schon weg.»

Risto fragte nicht, warum ich das wissen wollte, sondern antwortete nach kurzem Überlegen: «So ganz nüchtern war ich auch nicht mehr, ich hatte mit Eki Henttonen ein paar Kognaks zu viel getrunken. Aber Eki war auf jeden Fall noch da, Kimmo und Armi natürlich, und Mallu, Armis Schwester. Make wohl auch, er saß mit Annamari in der Hollywoodschaukel. Die beiden haben sich angeregt unterhalten, ich weiß noch, dass ich mich darüber gewundert habe, weil ich dachte, sie würden kein Wort miteinander reden. Make ist ja ...»

«Ich weiß. Ich fand es übrigens klasse, dass du Make zu deiner Feier eingeladen hast.»

«Na ja, es war ja wohl eher Sanna, die ihn zum Trinken verführt hat als umgekehrt», meinte Risto düster, als wir vor dem Präsidium vorfuhren. «Und Sanna hatte schon so lange mit dem Tod kokettiert, da kann man keinem anderen die Schuld geben als ihr selbst.»

Ich kannte Risto nicht sehr gut, wir sprachen zum ersten Mal über persönliche Dinge, und ich war verwundert über seinen schroffen Ton. Nun entdeckte ich Risse in der Fassade des tatkräftigen, aber jovialen Mannes. Wie mochte das Verhältnis zwischen den Geschwistern gewesen sein? Ich hätte das plötzlich so interessant gewordene Gespräch gern fortgesetzt, aber es war fast acht, ich musste mich um Kimmos Verteidigung kümmern.

«Wenn Antti noch bei euch ist, sag ihm bitte, es kann spät werden.»

Kimmo sah aus, als wäre er geschrumpft. Ich bestellte ihm die Grüße seiner Familie, aber meine Worte schienen ihn nicht zu erreichen, er war wie in Trance.

«Wäre es nicht besser, einen Arzt zu rufen?», sagte ich schließlich zu Pertsa Ström, der immer ungeduldiger wurde. «Du siehst doch selbst, dass Kimmo nicht vernehmungsfähig ist.»

«Der simuliert bloß. Er hat wohl endlich begriffen, wie tief er in der Scheiße steckt.»

Daran zweifelte ich nicht. Kimmo war nicht dumm. Und wenn er Armi doch umgebracht hatte ...

Pertsa berichtete rasch, dass die Nachbarn, die man zu Hause angetroffen hatte, den ganzen Vormittag über nichts Besonderes bemerkt hatten. Der unmittelbare Nachbar war nicht zu Hause gewesen, der zweitnächste hatte zufällig aus dem Fenster geschaut, als ich kam, sonst aber nichts gesehen. Ich fragte mich, warum Pertsa mich so bereitwillig informierte. Wollte er mir zeigen, wie deutlich alles auf Kimmo hinwies?

Nachdem er eine Tasse Kaffee bekommen hatte, war Kimmo in der Lage, noch einmal zu erzählen, was am Morgen geschehen war, und uns zu versichern, die Meinungsverschiedenheit über die Gummikleidung hätte Armi nicht davon abgehalten, Kimmo im Oktober zu heiraten.

«Warum erst im Oktober? Wenn ihr euch einig wart, hättet ihr doch auch früher heiraten können?», hakte Pertsa nach.

«Wir haben in Nord-Tapiola eine Wohnung gekauft, in einem Neubau, und der wird erst Anfang Oktober fertig.»

«Von welchem Geld kaufst du denn Wohnungen, ich denke, du studierst noch!»

«Armi hatte einen Bausparvertrag ... Und mein Vater bezahlt meinen Anteil. Außerdem arbeite ich die ganze Zeit, ich schreib meine Diplomarbeit bei vollem Gehalt.»

Ich registrierte erfreut, dass Kimmos Verteidigungswille endlich erwachte.

«Und wer kriegt jetzt die Wohnung, wo die Braut tot ist?», fragte Pertsa knallhart. Kimmo starrte ihn mit glasigen Augen an, als hätte er die Frage nicht verstanden.

«Lass das, Pertsa», mischte ich mich ein. «Darüber hat Kimmo bestimmt noch nicht nachgedacht.»

«Vielleicht wollte er von seiner Mutter loskommen, aber nicht gleich wieder von einer Ehefrau gegängelt werden», ereiferte sich Pertsa. «Oder er wollte doch noch eine Weile an Mutters Rockzipfel hängen.»

Kimmo stöhnte und vergrub das Gesicht in den Händen. Ich bezwang den Impuls, Pertsas schon einmal gebrochener Nase eine neue Form zu verpassen. Was hätte das schon genützt. Pertsa hatte sich in den Kopf gesetzt, dass Kimmo schuldig war, und ich brauchte handfeste Beweise, wenn ich ihn vom Gegenteil überzeugen wollte. Allerdings wunderte ich mich, wie man mit einem derartigen Wust von Vorurteilen bei der Kripo so Karriere machen konnte.

Gegen halb zehn ließen wir Kimmo in Ruhe und verabredeten, am nächsten Morgen um zehn weiterzumachen.

Ich mochte gar nicht daran denken, was für eine Nacht Kimmo bevorstand. Mit wie vielen musste er seine Zelle teilen? Wahrscheinlich wussten bald alle, was ihm vorgeworfen wurde, und wenn der Aufsichtsbeamte dann noch ein Wort über Kimmos Gummifetischismus fallen ließ, würden die anderen Insassen dem armen Kerl an die Kehle springen.

Die Nacht war genauso warm wie die vorige. Da ich keine Ahnung hatte, wann der nächste Bus fuhr, machte ich mich zu Fuß auf den Heimweg. Zum Glück hatte ich morgens zu den Büroshorts bequeme Schuhe angezogen, nur hätte ich jetzt statt der Aktentasche lieber einen Rucksack gehabt.

Da ich keine Karte dabeihatte, ging ich auf Nummer Sicher und marschierte auf der Vanha Mankkaantie in Richtung Tapiola. Nachdem ich die Turuntie überquert hatte, wurde es immer stiller, an den Sommersamstagen hielten sich die meisten entweder im Sommerhaus oder in der Innenstadt auf. Wer zu Hause geblieben war, saß jetzt vermutlich vor dem Fernseher und schaute sich eine der uralten Polizeiserien an, die jeden Sommer von neuem über den Bildschirm flimmerten.

Ich dachte nach: Wenn Kimmo Armi nicht umgebracht hatte, wer dann? Mit wem hatte Armi ungestört telefonieren wollen? Hatte sie mir etwas zu erzählen gehabt, was für irgendwen eine Bedrohung darstellte? Hoffentlich war Pertsa wenigstens auf die Idee gekommen, alle Psychopathen zu überprüfen, die wegen Frauenmord gesessen hatten und wieder auf freiem Fuß waren. Wer weiß, ob nicht einer von denen am Werk gewesen war. Oder ein Nachbar, der Kimmos und Armis Liebesspiele nicht länger ertragen konnte.

In der Kanzlei war es zur Zeit ruhig. Eki hatte mich absichtlich zu Beginn des Sommers eingestellt, damit ich mich in aller Ruhe einarbeiten konnte. Wenn der Fall vor Gericht kam, musste Eki als Kimmos Verteidiger auftreten, ich war ja noch nicht Mitglied der Anwaltskammer. Welchen Titel durfte ich überhaupt tragen? Juristische Beraterin wahrscheinlich. Das klang offiziell genug für ergänzende Ermittlungen. Was Eki davon halten würde, wusste ich nicht, aber ich war fest entschlossen, mich als Privatdetektivin zu betätigen.

Immerhin waren eine Menge Leute zu befragen: Armis Eltern in Lippajärvi, die Schwester mit der tragischen Fehlgeburt, Armis Arbeitgeber, der Frauenarzt, den ich schon morgen aufsuchen wollte.

Und all die anderen, Risto, Annamari und Marita zum Beispiel, von denen ich sicher einiges erfahren konnte. Eine von Pertsas Frotzeleien kam mir in den Sinn. Wenn nun Annamari tatsächlich nicht gewollt hatte, dass Kimmo und Armi heirateten? Vielleicht hatte sie Angst davor, allein in dem großen Haus in Haukilahti leben zu müssen? Es klang weit hergeholt, aber Annamari war labil, und es war immerhin denkbar, dass Sannas Tod im vorletzten Winter sie endgültig aus dem Gleichgewicht gebracht hatte.

Und was wusste ich letzten Endes von Risto und Kimmo? Wie sollte ich mit Kimmo über seine Sexualität sprechen, was sich einfach nicht umgehen ließ, weil die ganze Beweiskette der Polizei auf ihr beruhte? War er Sadist oder Masochist? Spielte das überhaupt eine Rolle?

Ich ging die Kalevantie entlang zu einer Rasenfläche, auf der cliquenweise Jugendliche hockten und soffen, dann an der Schule und der Kirche vorbei bis ans Meer. Vom Westring her leuchteten vereinzelte Autoscheinwerfer auf, ein schnaufender Igel trippelte über den Uferpfad. Bei seinem Anblick fiel mir ein, dass Einstein in Inkoo war und mir nicht um die Beine streichen würde, wenn ich nach Hause kam.

Nach Hause ... Das Haus in Itäranta war ja gar nicht mein Zuhause. Ich hatte kaum eigene Sachen mitgebracht, meine Flohmarktmöbel hatten wir in Anttis Wohnung in Helsinki untergestellt, wo sich auch der größte Teil meiner Bücher befand. Ich fragte mich, wo ich mich nach dem Sommer niederlassen würde. Jedenfalls nicht in Anttis Wohnung, die war zu klein für uns beide.

Antti sah sich Musikvideos an, als ich ins Zimmer kam. Er hielt ein leeres Whiskyglas in der Hand, die Flasche stand auf dem Tisch. Er trank so gut wie nie an zwei Abenden hintereinander, aber jetzt hatte er meinen Rat gründlich befolgt. Als er mir das Gesicht zuwandte, sah ich, dass die Betäubung nicht ganz gewirkt hatte. Er hatte geweint.

«Das hat aber lange gedauert», sagte er scheinbar ruhig.

«Ich bin zu Fuß gekommen, weil weit und breit kein Bus in Sicht war.»

«Zu Fuß? Typisch.»

Ich war mir nicht sicher, ob ich das als Kompliment oder als Kritik zu verstehen hatte.

«Wie geht's Kimmo?» Antti trank einen Riesenschluck Whisky, als wollte er die Wirkung meiner Antwort abblocken.

«Er ist ziemlich durcheinander, hält aber unbeirrt an seiner ersten Aussage fest, obwohl sie ihn belastet.»

«Henttonen hat vor einer halben Stunde angerufen. Er war erst bis zur Landspitze von Porkkala gekommen, als er gemerkt hat, dass sein Kater immer schlimmer wird. Er liegt jetzt in Stora Träskö vor Anker und fährt morgen früh zurück», erzählte Antti in aller Gemütsruhe, die Augen auf eine Rapperin geheftet, die in rotem Lederkleid über den Bildschirm wirbelte.

In der nächsten Sekunde hatte ich auch schon die Nummer von Ekis Bordtelefon gewählt. Die tiefe Stimme meines Chefs klang so entfernt, als säße er nicht in Porkkala, sondern viel weiter weg.

«Da hat sich der junge Hänninen aber was Schönes eingebrockt! Gut, dass du dich um ihn kümmerst. Was ist denn bloß in ihn gefahren, dass er die Armi umbringt?»

Ich fröstelte auf einmal.

«Wieso glaubst du, Kimmo hätte sie umgebracht? Hat Risto das gesagt?»

«Das sind zwar quasi deine Verwandten, aber die Hänninens sind so verdreht, dass ich Kimmo nicht ohne weiteres für unschuldig halten würde, obwohl der Mandant natürlich immer unschuldig ist, zumindest behaupten wir das gegenüber der Polizei», dröhnte Eki wie aus einer tiefen Gruft. «Aber darüber können wir morgen noch reden. Wann fängt die Vernehmung an?»

«Um zehn. Meinst du, du schaffst es rechtzeitig?»

Eki ließ sich über die Windverhältnisse aus, ich hörte kaum noch zu. Ratlos legte ich den Hörer auf. War es naiv von mir, Kimmo zu glauben? Zum Teufel auch, hatte Pertsa doch Recht? Hatte ich mich von Anttis Meinung irreführen lassen?

Eigentlich kannte ich Kimmo kaum. Ich hatte ihn im Lauf des Winters gelegentlich bei den Hänninens getroffen, einmal waren wir mit ihm in der Kneipe. Armi sollte auch mitkommen, aber sie war verhindert – richtig, ihre Schwester war krank. Ging es damals vielleicht gerade um die Fehlgeburt?

«Antti, könntest du mir ein paar Dinge erklären?» Ich setzte mich neben ihn und berührte ihn ganz vorsichtig, darauf gefasst, dass er meine Hand abschüttelte.

«Was denn zum Beispiel?», fragte er zögernd. Ich spürte, wie angespannt seine Rückenmuskeln waren.

«Also erstens Kimmo ... Wusstest du von seinen S/M-Neigungen?»

«Wer geht schon mit seinen sexuellen Vorlieben hausieren! Einmal hab ich ihn an der Tür von diesem Hardcore-Sexshop in der Pursimiehenkatu getroffen, er sah echt verlegen aus, aber ich hab mir weiter nichts dabei gedacht.»

Und was hattest du da zu suchen, dachte ich, behielt die Frage aber für mich. Im Übrigen war ich auch schon mal in dem Laden gewesen, bloß so zum Spaß.

«Vielleicht ist das Kimmos Art, zuerst die Qual und dann den Tod zu suchen», fuhr Antti etwas ruhiger fort. «So wie Ristos eingebildete Krankheiten und Sannas Obsession, sich die Haut aufzuritzen, betrunken zu fahren und Drogen zu nehmen. Sie hat's ja zu guter Letzt geschafft.»

«Du glaubst also, dass es Selbstmord war?»

«Sanna hat ein aufgeschlagenes Buch auf ihrem Tisch liegen gelassen, Sylvia Plath' ‹Lady Lazarus›. Das ist doch wohl Beweis genug. Sie hat immer gesagt, sie würde nicht alt. Meiner Meinung nach richten die Hänninens ihre Aggressionen gegen sich selbst, nicht gegen andere. Deshalb kann ich auch nicht glauben, dass Kimmo Armi umgebracht haben soll.»

Antti war jetzt viel entspannter. Ich streichelte sanft seinen Rücken und wagte mich an die nächste Frage.

«Wer denn dann? Wie es aussieht, hat sie ihren Mörder gekannt. Es sei denn, sie hätte die Saftgläser für sich und mich hingestellt, aber wir wollten doch nähen, da wären wir nicht in den Garten gegangen.»

«Soll ich jetzt vielleicht meine eigenen Verwandten verdächtigen?» Antti riss sich los und sprang auf. «Verflucht und zugenäht, ich halt das kein zweites Mal aus! Wenn ich nicht die ganze Zeit in deiner Nähe gewesen wäre, würdest du auch mich noch verdächtigen. Du kannst die Juristin spielen, so viel du willst, im tiefsten Innern bist du doch immer dieselbe verdammte Scheißpolizistin!»

Antti rannte wieder mal die Treppen zu seinem Kellerraum hinunter. Ich starrte ihm einen Moment sprachlos nach, dann kamen die Tränen, auf die ich den ganzen Tag gewartet hatte. Ich weinte über Armi und Kimmo, auch über Sanna, vor allem aber über Antti und mich. Das konnte nichts werden mit uns. Am besten suchte ich mir gleich eine neue Wohnung.

Ich trank einen dreifachen Whisky, aß eine Banane, spülte die verheulten Augen aus und versuchte zu schlafen. Antti hockte in seinem Arbeitszimmer, aus dem das leise Surren des Computers tönte. Heute Nacht würde er wohl nicht zu mir ins Bett kommen.

Trotz Whisky, Fußwanderung und dreimal wiederholten Entspannungsübungen schlief ich erst um zwei Uhr ein.

Vier

Armi und Sanna

Der Wecker klingelte um halb neun. Als ich aus dem Fenster schaute, sah ich die ersten Blüten von den Traubenkirschbäumen fallen. Ich schleppte mich zur Kaffeemaschine und von da zur Toilette, wo ich entsetzt feststellte, wie verquollen meine Augen waren. Die Zeit reichte nicht mal, um Teebeutel aufzulegen.

Dank Kaffee und Make-up war ich nach einer Weile halbwegs erträglich anzusehen. Nach kurzem Überlegen hinterließ ich Antti nur eine knappe Nachricht: «Ich bin den größten Teil des Tages unterwegs. Können wir heute Abend versuchen, miteinander zu reden?»

Die Fahrt nach Nihtisilta nahm nur zwanzig Minuten in Anspruch, obwohl ich ganz gemächlich radelte. Auf dem Polizeipräsidium herrschte Totenstille, weder Pertsa noch Eki ließen sich blicken. Als sich bis zehn nach zehn noch nichts getan hatte, fragte ich beim Dienst habenden Beamten nach.

«Ja, also ... der Ström hat angerufen. Er musste nach Kirkkonummi zu 'ner Messerstecherei, die Vernehmung ist erst heute Abend.»

Der tölpelhaft aussehende, picklige junge Mann schien einem der Polizistenwitze entstiegen zu sein, in denen gefragt wird, welcher der beiden Beamten lesen und welcher schreiben kann. Der Partner dieses speziellen Polizisten musste vermutlich beides beherrschen.

Als ich ihn gerade dazu bewogen hatte, mir die Nummer von Pertsas Autotelefon zu verraten und mich vom Anschluss des Präsidiums telefonieren zu lassen, kam Eki hereingestürmt.

«Tut sich hier noch gar nichts?», polterte er. Der Penner, der sich auf einer Bank im Wartezimmer niedergelassen hatte, fuhr jäh aus seinem Schlummer auf. Ich rief Pertsa an, der meinte, vor sieben Uhr abends würde er es wohl nicht schaffen. Als ich ihn um Erlaubnis bat, vorher mit Kimmo sprechen zu dürfen, versuchte er sich quer zu stellen. Wir stritten uns über die verzwickten Formulierungen im Gesetz über das Vorverfahren, bis er schließlich nachgab. Aber nur einer von uns beiden durfte zu Kimmo, Eki oder ich.

«Hmmm, wer vertritt Kimmo nun eigentlich», überlegte Eki, als ich ihm erklärte, worum es ging. «Vielleicht ist es besser, wenn du das übernimmst, Maria. Als Rechtsbeistand. Da kriegst du gleich ein bisschen Übung. Außerdem hast du mit Vernehmungen wahrscheinlich mehr Erfahrung als ich. Wenn wir vor Gericht müssen, sehen wir weiter.»

«Können wir uns zusammensetzen, wenn ich mit Kimmo geredet habe, und unsere Strategie besprechen? Ich komm dann ins Büro.»

Eki zog sein Handy aus der Tasche, ich ging zum Diensthabenden und bat darum, mit Kimmo sprechen zu können. Der junge Mann kratzte sich eine Weile am pickligen Kinn, bevor er zögernd erklärte:

«Ich glaub, der Hänninen schläft ... Wir mussten früh um fünf den Arzt zu ihm schicken, weil er pausenlos geschrien hat. Da hat er dann 'ne ordentliche Dosis Beruhigungsmittel gekriegt. Moment mal, ich ruf im Zellentrakt an.»

Der Wärter bestätigte, dass Kimmo schlief, und ich hielt es für das Beste, ihn in Ruhe zu lassen. Der Bericht des Diensthabenden klang Besorgnis erregend, aber am Abend konnte ich den Vorfall immer noch zur Sprache bringen.

Vor dem Polizeigebäude holte ich Eki gerade noch ein. Wir luden mein Fahrrad in seinen Volvo-Kombi und fuhren nach Nord-Tapiola. Ekis Kanzlei befand sich in seinem Einfamilienhaus in einer ruhigen Wohngegend. Beim Einstellungsgespräch hatte ich mich gefragt, ob sich potenzielle Mandanten überhaupt so weit an die Peripherie verirrten, aber meine Zweifel waren unbegründet. Henttonens Viermannkanzlei hatte einen festen Stamm von Mandanten, für die Eki und seine Mitarbeiter Testamente und Nachlassaufstellungen aufsetzten, Scheidungen und Konkurse erledigten. Die meisten Mandanten wohnten in Tapiola oder der näheren Umgebung. Sie kannten Ekis eigenwillige Arbeitsweise und vertrauten ihm.

In Henttonens Kanzlei gab es keine Stechkarten. Schon in den ersten Wochen war mir klar geworden, dass alle pausenlos schufteten, wenn es etwas zu tun gab, und zu Hause blieben, wenn es ruhiger war. Mir war das recht.

Eki, Mara Jaatinen und Albert Gripenberg bildeten ein Team. Jaatinen und Gripenberg waren jeweils mit einem Anteil von fünf Prozent an der Kanzlei beteiligt. Beim Einstellungsgespräch hatten sie mir gesagt, sie suchten ausdrücklich eine Frau als Ergänzung des Teams.

«Ich stehe weder als Kaffeeköchin noch als Animierdame für die Mandanten zur Verfügung», erklärte ich schroff. Die drei Männer schmunzelten.

«Fürs Kaffeekochen haben wir Annikki, unsere Sekretärin, und was unsere Mandanten betrifft, die muss jeder von uns gelegentlich bei Laune halten. Wir haben uns nur überlegt, weil man doch heute bei jeder Gelegenheit von der weiblichen Perspektive redet, sollten wir die in unserem Team vielleicht auch haben.»

Die Begründung klang so spaßig, dass die Kanzlei mich tatsächlich zu interessieren begann. Gleichzeitig fanden die Herren auch an mir Gefallen. Das merkte ich, und so war ich nicht allzu überrascht, als Eki am nächsten Tag anrief und fragte, wann ich anfangen könnte.

Ungeachtet der großen Reden, die ich damals geschwungen hatte, schaltete ich die Kaffeemaschine ein, als wir das Konferenzzimmer betraten. Eki ging Kuchen holen, ich hörte den Anrufbeantworter ab, nahm das Telefonbuch zur Hand und suchte Dr. Hellströms Nummer heraus.

Eki war der größte Süßschnabel, der mir je begegnet war, ständig futterte er Kuchen oder Schokolade; jetzt kam er mit einem Hefezopf zurück. Trotz dieser Leidenschaft war sein Bauchansatz nicht allzu ausgeprägt. Seine beginnende Glatze verbarg er, indem er die Seitenhaare geschickt darüber kämmte. Allerdings wirkte Eki stets ein wenig schmuddelig: Die Anzüge waren auf den Schultern immer von Schuppen gesprenkelt, sein Gesicht war eine Spur zu rot, die Stimme laut und unkultiviert. Vielleicht hatten die Leute gerade deshalb Vertrauen zu ihm, weil er nicht so geschniegelt daherkam wie die meisten Juristen.

Wir besprachen die Situation beim Kaffee. Eki schob sich das vierte Stück Hefezopf in den Mund und sagte nachdenklich:

«Ich denke, es kommt auf den Richter an, ob er die Beweise für hinlänglich hält und einen Haftbefehl ausstellt. Du meinst, sie reichen nicht aus.»

«Ja, aber das liegt zum Teil auch daran, dass ich Kimmo kenne. Er ist einfach nicht der Typ für einen Mord.»

«Es hat natürlich seine Vorteile, wenn du an die Unschuld deines Mandanten glaubst. Ich bin mir da nicht so sicher. Wie gut kennst du die Hänninens? Ich hab ziemlich viel mit Sanna zu tun gehabt. Zweimal war sie wegen Trunkenheit am Steuer angeklagt, einige Male musste ich sie aus der Ausnüchterungszelle holen, dann kam eine Anklage wegen Besitz von Haschisch. Ich hab mich ganz schön ins Zeug legen müssen, damit sie nicht im Gefängnis landet. Und als sie dann gestorben ist, da wäre beinahe der junge Ruosteenoja drangewesen. Das war eine schlimme Sache, Annamari Hänninen war völlig hysterisch und hat Markku bezichtigt, Sanna ermordet zu haben, und der Junge hat sich ganz verrückt gemacht mit seinen Schuldgefühlen, weil er zu betrunken gewesen war, um überhaupt mitzubekommen, dass Sanna ins Meer ging. Für Kimmo war das alles genauso furchtbar, ohne Armi wäre er sicher nicht darüber hinweggekommen, und Annamari war monatelang krankgeschrieben.»

«Und was hat das alles mit Kimmos Schuld zu tun?»

«Ich will damit nur sagen, dass die Hänninens psychisch nicht ganz stabil sind. Wer weiß, was so einem wie Kimmo durch den Kopf geht, wenn er» – Eki schien angestrengt nach einem möglichst unverfänglichen Ausdruck zu suchen – «sexuell erregt ist. Vielleicht hat er gar nicht begriffen, dass er Armi würgt.»

«Du meinst also, Kimmo bestreitet seine Schuld, weil er sich nicht erinnert, was passiert ist?»

«Oder weil er sich nicht erinnern will. Sollen wir eine Untersuchung seines Geisteszustands beantragen? Was schlägst du denn vor?»

«Um seine Freilassung zu erreichen, müssen wir erstens zeigen, dass die Beweise der Polizei unhaltbar sind, und zweitens nachweisen, dass jemand anders als Kimmo der Täter sein könnte», dozierte ich wie eine Musterschülerin.

Wir einigten uns darauf, dass ich versuchen würde, bis zum nächsten Tag mit möglichst vielen Menschen aus Armis Umkreis zu reden. Eki wollte inzwischen nach Lücken in der Beweiskette gegen Kimmo suchen.

«Ich sag Erik Bescheid, dass du vorbeikommst.» Eki wählte Hellströms Nummer aus dem Gedächtnis. Ich schätzte seine zupackende Art, er überlegte nicht alles dreimal hin und her, sondern handelte.

«Erik ist zu Hause, du kannst gleich hinfahren», sagte Eki, nachdem er aufgelegt hatte. «Nimmst du den Honda oder dein Fahrrad?»

Ich ließ das Gemeinschaftsauto der Kanzlei in der Garage stehen. Beim Radfahren konnte ich besser darüber nachdenken, was ich Hellström eigentlich fragen wollte.

Erik Hellström stand wartend auf dem Balkon seines Reihenhauses in Haukilahti, als ich ankam.

«Die Tür ist offen», sagte er mit zittriger Stimme. Er wirkte verängstigt, keineswegs so ruhig und besonnen, wie ich angenommen hatte und wie es Laien bei Ärzten, Pfarrern und Polizisten im Zusammenhang mit dem Tod eines Menschen vermuten.

Im schattigen Flur entdeckte ich die Treppe zum Obergeschoss, ging hinauf und fand mich in einem riesigen Wohnzimmer wieder, wo der Hausherr mich erwartete.

In letzter Zeit hatte ich viele luxuriös eingerichtete Espooer Häuser gesehen, aber Hellströms Wohnzimmer übertraf alles. Obwohl ich mich mit antiken Möbeln überhaupt nicht auskenne, wusste ich instinktiv, dass diese gustavianischen Dinger wirklich wertvoll waren. Besorgt warf ich einen Blick auf meine Leinenshorts: Es war doch hoffentlich keine Fahrradschmiere dran? Ich war geradezu erleichtert, als Hellström mich auf den Balkon bat.

«Vielleicht unterhalten wir uns hier draußen. In unserer Straße ist so wenig Verkehr, da werden wir nicht gestört. Was möchtest du – wir können uns wohl duzen – denn nun eigentlich wissen?»

Hellström zündete sich eine Zigarette an. Über die Jahre hinweg hatte Nikotin den Zeigefinger und das untere Glied des Mittelfingers seiner rechten Hand gelb gefärbt. In seinem Mund blitzten Jacketkronen, die nagelneu aussahen – vielleicht hatte sich das Nikotin auch in seine Zähne gefressen, und gelbe Zähne passten natürlich nicht zum Image eines erfolgreichen Mannes. Im Übrigen sah er sehr präsentabel aus. Er war relativ groß und hatte sich einiges von der athletischen Spannkraft seiner Jugend bewahrt. Die braunen Augen mochten unter anderen Umständen verführerisch wirken, jetzt allerdings lag in ihnen pure Besorgnis. Besondere Sympathie brachte ich dem Gynäkologen nicht entgegen, dafür erinnerte ich mich zu gut an den abschätzigen Blick, mit dem er mich vorgestern Abend gemustert hatte.

«Vielleicht erzählst du erst einmal, welchen Eindruck du von Armi hattest. Wie war sie als Mensch und als Mitarbeiterin?» Das Du wollte mir nicht recht über die Lippen gehen. Das lag nicht nur daran, dass Hellström so alt war wie mein Vater, auch nicht an der Autorität, die er ausstrahlte, oder am Charme seiner grauen Schläfen. Er hatte etwas an sich, wovor ich zurückschreckte. Natürlich ging meine Antipathie vor allem auf die beleidigende Szene bei der Geburtstagsfeier zurück, was mich ärgerte.

«Armi war ein liebenswürdiger Mensch und eine gute Mitarbeiterin», lautete Hellströms banale Antwort. Er drehte die Zigarette zwischen den Fingern und schien gar nicht zu bemerken, dass Asche auf den Holzfußboden seines Balkons fiel.

«Wo haben Sie eigentlich Ihre Praxis?»

«Im Ärztezentrum am Heikintori. Es handelt sich um eine Aktiengesellschaft von Privatpraxen, außer mir sind dort noch andere Fachärzte.»

«Aber Armi war ausschließlich Ihre Sprechstundenhilfe?» Nun hatte ich ihn aus Versehen doch gesiezt.

«Sprechstundenhilfe ist nicht ganz der richtige Ausdruck. Armi war ja ausgebildete Krankenschwester und hatte sich auf Frauenkrankheiten spezialisiert. Sie war meine Assistentin. Aber natürlich hat sie sich auch um Termine und dergleichen gekümmert.»

«Dann hatte sie also viel mit den Patientinnen zu tun?»

«Wir sprechen heute nicht mehr von Patienten, sondern von Klienten.» Hellström zupfte ein silbergraues Härchen von seiner flaschengrünen Baumwollhose und ließ es über das Balkongeländer auf den Rasen fallen. «Armi war fröhlich und unkompliziert, sie kam im Allgemeinen gut mit anderen Menschen aus. Mag sein, dass einige meiner Klientinnen sie etwas zu zwanglos fanden.»

«Inwiefern?»

Hellström schien zu überlegen, ob es sich schickt, Tote zu kritisieren, fuhr dann aber fort:

«Nun, man kann natürlich nicht alle Klientinnen ohne weiteres duzen ... Armi fehlte das Fingerspitzengefühl, jede Klientin individuell zu behandeln ... Und dann hielt sie sich über die Lebensumstände und Krankheiten meiner Klientinnen vielleicht etwas zu genau auf dem Laufenden.»

«Mit anderen Worten, Armi war neugierig?»

Hellström nickte.

«Unter meinen Klientinnen sind recht viele bekannte Persönlichkeiten, Schauspielerinnen, Geschäftsfrauen, Politikerinnen ... Ich fürchte, Armi hatte die Angewohnheit, allzu offenherzig über sie zu sprechen ... Davon abgesehen, war sie eine gute Mitarbeiterin, und meiner Meinung nach steckte hinter ihrem großen Interesse für die Menschen auch echte Anteilnahme.»

Hellströms letzter Satz hätte sich glatt für Armis Nachruf geeignet. Er zündete sich die nächste Zigarette an. War er Kettenraucher, oder handelte es sich um eine Reaktion auf Armis Tod?

«Welche Behandlungen führen Sie in Ihrer Praxis durch?»

«Alles Mögliche, angefangen von ganz normalen Vorsorgeuntersuchungen und dem Verschreiben von Verhütungsmitteln über die Schwangerschaftsbetreuung bis zu Tumor- und Krebskonsultationen. Ich habe eine Dozentur an der Universitätsklinik in Helsinki, sodass ich bei einer Krebsoperation oder Entbindung anwesend sein kann, wenn meine Klientin es wünscht.»

Die Antwort klang wie auswendig gelernt. Sicher hatte Hellström sie bei allen möglichen Kongressen und Werbeveranstaltungen immer wieder heruntergeleiert, womöglich in mehreren Sprachen. Mir fiel plötzlich ein, dass meine Antibabypillen fast aufgebraucht waren. Allerdings würde ich nicht in Hellströms Praxis gehen, denn ich lasse mich nur von Frauen gynäkologisch behandeln. Außerdem: Brauchte ich die Pille denn noch, da es mit Antti und mir ohnehin vorbei zu sein schien?

«Sie haben vor einiger Zeit Armis Schwester behandelt, wegen einer Fehlgeburt. Wodurch wurde die verursacht?»

«Danach musst du Marja Laaksonen selbst fragen, Patientendaten sind vertraulich», sagte Hellström steif. Ich gab mich damit zufrieden, er hatte ja Recht.

«Ist Ihnen in letzter Zeit irgendetwas Ungewöhnliches an Armi aufgefallen? Sorgen – oder besondere Fröhlichkeit? Neue Bekannte? Mehr Geld als bisher?»

Ein Dreirad rollte klappernd vorbei. Dem etwa zweijährigen Fahrer folgte die Mutter mit einem Kinderwagen, dessen Inhalt kräftig schrie. Hellström schwieg lange, bevor er meine Frage beantwortete.

«Das liegt jetzt etwa einen Monat zurück ... Kimmo war bei seinem Vater in Ecuador, und in der Zeit hat Markku Ruosteenoja Armi häufig von der Arbeit abgeholt. Ich habe sie noch gefragt, im Spaß natürlich, ob sie den Bräutigam wechseln will, aber sie behauptete, mit Ruosteenoja ginge es um etwas ganz anderes.»

Make Ruosteenoja ... Was hatte er noch gleich zu mir gesagt? Immer wenn man ein nettes Mädchen kennen lernt, ist sie schon vergeben ... Hatte er damit auch Armi gemeint? Sofort setzte ich auch Make auf die Liste derjenigen, mit denen ich reden musste.

«Vielleicht war Kimmo eifersüchtig auf Markku», mutmaßte Hellström. «Oder Markku hatte sich in Armi verliebt. Man kann nie wissen, selbst bei netten Menschen.»

An Hellström hätte der Staatsanwalt mehr Freude als ich. Um das Thema zu wechseln, fragte ich ins Blaue hinein:

«Sie haben gesagt, Armi hätte sich sehr für die Angelegenheiten Ihrer Klientinnen interessiert. Halten Sie es für denkbar, dass sie ihr Wissen missbraucht hat?»

Er wurde seltsamerweise ganz blass.

«Was meinst du damit?», fragte er. Die Zigarette in seiner Hand zitterte.

«Erpressung. Sie haben doch selber gerade gesagt, man weiß nie, selbst bei netten Menschen. Und in Ihrer Praxis gibt es genug potenzielle Anlässe für eine Erpressung: Abtreibungen, Geschlechtskrankheiten ...»

«Nein!», rief Hellström und sprang auf. «Dafür war Armi nicht der Typ! Ihr Gerechtigkeitssinn und ihre medizinische Ethik waren stark ausgeprägt. Sie war keine Erpressernatur. Entschuldigung», fügte er hinzu und setzte sich wieder. «Das ist alles sehr erschütternd, ich bin entsetzt über den Mord an Armi, und dann kommen auch noch derartige Anschuldigungen ...»

«Alle Möglichkeiten müssen überprüft werden», schulmeisterte ich und packte meine Siebensachen zusammen.

«Steht denn nicht fest, dass Kimmo der Täter ist?» Hellström bemerkte, dass ich aufbrechen wollte, und erhob sich, ganz der wohlerzogene Gentleman.

«So ganz unstrittig ist das nicht.»

Als ich über einen kleinen Waldweg in Richtung Norden radelte, beschloss ich, auf dem Weg zu Mallus Wohnung in Tonttukumpu einen Abstecher nach Hakalehto zu machen. Vielleicht war Make zu Hause. Seine genaue Adresse kannte ich nicht, erinnerte mich aber, dass er gesagt hatte, er wohne «in einem von den Türmen». Vermutlich hatte er damit eins der fünfstöckigen Häuser an der Hakarinne gemeint, und tatsächlich wurde ich im dritten fündig. Nachdem ich fünfmal geklingelt hatte, wollte ich gerade wieder gehen, da hörte ich schleppende Schritte aus der Wohnung.

Make sah furchtbar aus. Am Abend zuvor war es garantiert nicht bei zwei Bier geblieben.

«Maria ... Was willst du denn hier? Komm rein. Hast du schon gehört, dass Armi tot ist?»

«Allerdings. Ich hab sie nämlich gefunden. Über Armi wollte ich auch mit dir sprechen, falls du nicht zu müde bist.»

«Nee, ist schon okay ... Warte mal, ich putz mir nur schnell die Zähne.» Make schob sich an mir vorbei ins Bad, ich ging ins Wohnzimmer. Es war nicht zu übersehen, dass hier ein fanatischer Konditionssportler wohnte. Nach der Ausstattung zu urteilen, ging er wohl hauptsächlich der sozialen Kontakte wegen ins Fitnesscenter. Im Wohnzimmer standen außer Fernseher und Stereoanlage nur ein Standfahrrad, ein Rudergerät und eine Hantelbank. Überall lagen Hantelstangen und Hanteln herum. Im Alkoven gab es immerhin ein schmales Bett und in der Kochnische einen kleinen Tisch und Stühle. Ich nahm auf dem Rudergerät Platz, stellte die passende Sitzposition ein und legte los.

Make trainierte mit einem höllischen Kraftwiderstand. Bis er aus dem Bad kam, hatte ich zehn Ruderzüge gemacht, sehr viel mehr hätte ich auch gar nicht geschafft.

Make ging schnurstracks zum Kühlschrank und holte eine Flasche Bier heraus, schwenkte eine zweite in meine Richtung, aber ich schüttelte den Kopf. Er goss das Bier in ein Glas, warf zwei Brausetabletten hinein, steckte irgendeine Pille in den Mund und trank das Glas in einem Zug leer. Mit dem zweiten Zug vertilgte er den restlichen Inhalt der Flasche und öffnete gleich die nächste.

«Was war das denn?», fragte ich besorgt.

Make setzte sich neben mich auf den Fußboden.

«Nichts Gefährliches. Eine Pille gegen Übelkeit und zwei Brausetabletten mit Vitamin C und Aspirin. Mit Bier einzunehmen. Markku Ruosteenojas unschlagbarer Katercocktail.»

«Fehlt bloß noch das rohe Ei», grinste ich. «Du bist wohl gestern versumpft?»

Make fuhr sich durch das nasse Haar. Offensichtlich hatte er den Oberkörper kurz unter die Dusche gehalten, als er eben im Bad war. Seine Brustmuskeln glänzten feucht, ein paar Wassertropfen rollten exakt an der Mittellinie des Bauchmuskels entlang auf den Bund seiner ausgebleichten Jeans zu, die im Übrigen sein einziges Kleidungsstück war.

«Es stimmt also, verdammt nochmal», stöhnte er. «Ich hab's gestern schon gehört. Der Stögö Brandt ist kurz vor drei ins Geschäft gekommen und hat gesagt, in der Jousenkaari wimmelt's von Bullen. Er hat vom Fenster aus gesehen, wie 'ne Leiche aus Armis Wohnung weggekarrt wird. Wir sind dann ins Balloons, um uns zu erkundigen, und da sind wir hängen geblieben ... Wer hat sie umgebracht?»

«Kimmo ist festgenommen worden. Du hast gestern also gearbeitet?»

«Der Laden ist den Sommer über samstags dicht, aber ich wollte checken, wie's mit den Turnschuhen aussieht, und Stögö ist halb zufällig reingekommen, der wollte einfach wem erzählen, was er gesehn hat. Warum interessiert dich das?» Make sah mich misstrauisch an.

«Wie oft hast du dich mit Armi getroffen?»

«Was soll denn das jetzt? Kimmo hat sie bestimmt nicht umgebracht, weil er eifersüchtig auf mich war! Armi hat sich doch einen Scheißdreck aus mir gemacht, die hält nix von Säufern ...» Make trank einen ordentlichen Schluck aus der Flasche, nahm ein Fünf-Kilo-Gewicht in die linke Hand und stemmte es mechanisch. Die Muskeln an Arm und Schulter schwollen an, je mehr Blut hineingepumpt wurde. Beim Anblick der violett pulsierenden Adern auf der Schulter musste ich plötzlich an Armis bläulich rotes, aufgedunsenes Gesicht denken.

«Der linke Schultermuskel ist ein bisschen schwächer als der rechte. Lohnt sich, mit so 'ner kleinen Hantel zu trainieren. Wir haben übrigens die Rudergeräte bald im Angebot, brauchste nicht eins? Die sind praktisch ...»

«Make, hör zu!», unterbrach ich ihn gequält. «Du hast dich in letzter Zeit mit Armi getroffen. Hast du sie gestern gesehen? Hat sie dich angerufen?»

«Getroffen? Ich hab sie manchmal besucht, nur zum Reden. Sie hat mir selbst gebackenen Kuchen serviert und versucht, mich zu trösten. Sonst konnt'ich ja mit keinem reden ... über

Sanna ...» Make wandte das Gesicht ab, aber ich sah an seinen Halsmuskeln, wie heftig er schluckte. «Der ganze Scheiß war meine Schuld», erklärte er den Pappeln vor dem Fenster.

«Armis Tod?», fragte ich aufgeregt.

«Armis? Nee, Sannas ... Warum hab ich bloß nicht begriffen, dass sie diesmal keine Witze macht?» Make rückte ganz dicht an mich heran und machte keine Anstalten mehr, seine Tränen zu verbergen. «Das verzeih ich mir nie, und wenn ich hundert Jahre alt werde. Auch wenn Armi gesagt hat, es wär nicht meine Schuld.»

Ich konnte beinahe hören, wie Armi beruhigend auf ihn einsprach, in ihrer Wohnung, wo es nach frisch gebackenem Kuchen duftet. Hellström hatte von echter Anteilnahme gesprochen. Vielleicht sollte ich mir an Armi ein Beispiel nehmen, statt die trauernden Jammergestalten auch noch unter Druck zu setzen. Nach reiflicher Überlegung entschloss ich mich aber doch, meinen miesen Charakter erst morgen abzulegen, und fragte weiter.

«Du hast mit Armi also über Sanna geredet?»

«Ja, und über die Hänninens im Allgemeinen. Ich glaub, Armi hatte ziemlich Schiss vor ihren künftigen Verwandten, Annamari ist bestimmt 'ne ziemlich eklige Schwiegermutter. Mich kann die Olle nicht ausstehen, ich war ihr nicht gut genug für ihre Sanna, bloß ein mickriger Industriekaufmann. Die hätte mich fast in den Knast gebracht wegen Sannas Tod. Armi war von allen die Einzige, die mir überhaupt nix vorgeworfen hat. Am Freitag hat sie mir noch gesagt, ich soll nicht mehr traurig sein, Sanna hätte mich wirklich geliebt, und an ihrem Tod wären ganz andere schuld. Zum Beispiel Sannas Mutter, die verdammte Zicke! Die hat mir am Freitag mit Tränen in den Augen was von Versöhnung vorgefaselt, dabei hat sie sich kein Stück um Sanna gekümmert, als die noch lebte ...» Make wischte sich am Handrücken die Nase ab und nahm einen Schluck aus seiner Flasche.

«Du warst nicht in Armi verliebt?»

«In Armi ... Ich glaub nicht, dass ich nochmal jemanden lieben kann, nach Sanna», schnaubte Make. «Was stellst du überhaupt für Fragen, bist du doch bei den Polypen?»

«Kimmo hat mich gebeten, ihn zu verteidigen. Ich such Beweise für seine Unschuld.»

«Von Beweisen weiß ich nix. Vielleicht war er wirklich eifersüchtig auf mich, die besten Freunde sind wir jedenfalls nicht. Wie ist Armi eigentlich umgebracht worden? Wenn sie unter irgendeiner Gummikapuze erstickt ist, dann setz ich nämlich auf Kimmo als Mörder. Seine schönste Sexphantasie ist, sich so ein Gummidings über den Kopf zu ziehen, bis er keine Luft mehr kriegt.»

Es durchfuhr mich eiskalt. Schon wieder ein Punkt für die Gegenseite.

«Du scheinst über Kimmos sexuelle Neigungen ja ziemlich gut Bescheid zu wissen. Woher?»

«Sanna hat mir davon erzählt», sagte Make, ohne mich anzusehen. «Die waren doch alle beide Masochisten. Sanna hat's bloß viel härter getrieben als Kimmo. Ich war bestimmt der Erste von ihren Lovern, der sie nicht verprügelt hat. Ich hab sie nicht geschlagen, obwohl sie es wollte, verflucht nochmal ...» Er trank den letzten Rest aus der Flasche. «Und Kimmo ist genauso masochistisch, der ist sogar mit Sanna in irgend so einen Klub gegangen, hinter Armis Rücken. Kimmo härmt sich, wenn Härmchen davon erfährt, hat Sanna gesagt. Sie hat Armi Härmchen genannt. Andauernd hat sie ihren Namen verdreht. O Harm und Leid, Härmchen kann nicht kommen ...»

Make holte sich das dritte Bier aus der Küche. Sein weinerliches Selbstmitleid ging mir allmählich auf die Nerven. Mochte er alleine saufen, ich fuhr jetzt am besten zu Mallu.

«Du, bleib doch noch», bat Make, als ich vom Rudergerät aufstand.

«Ich muss los, hab noch zu arbeiten. Sauf in der Kneipe weiter. Quatsch, ich meine, hast du nicht schon genug getrunken?»

«Ich komm schon klar», schnaubte er, schwenkte die Flasche und lächelte gezwungen.

Es fiel mir irgendwie schwer, ihm das zu glauben.

Ich fuhr an den Sportanlagen vorbei nach Tonttukumpu. Ein Fasanenpaar rannte über den Fahrradweg, ich hatte Lust, ihm nachzujagen wie Einstein, der vor ein paar Wochen einen Fasan gezwungen hatte, in einen Baum zu fliegen. Dort hatte der Vogel dann mindestens eine Stunde lang gehockt und beleidigt geschrien. Entlang der Fernwärmeleitung blühte Löwenzahn. Am liebsten hätte ich die Arbeit Arbeit sein lassen, wäre vom Fahrrad gestiegen und über die Wiese gelaufen, um nach interessanten Pflanzen zu suchen. Da drüben wuchs zum Beispiel Sternkraut. Ich musste an meinen Exfreund Harri denken, der mir beigebracht hatte, die häufigsten Pflanzen und Vögel zu erkennen. Fast hatte ich vergessen, dass ich mal mit jemand anderem zusammen war als mit Antti. Neun Monate sind eine lange Zeit, genug, um sich an einen Menschen zu gewöhnen. Man kann sich gar nicht mehr vorstellen, wieder allein zu leben. Dabei war ich gern allein. Bevor ich morgens meinen Kaffee getrunken hatte, war ich kaum ansprechbar, und ich hasste es nach wie vor, angemotzt zu werden, wenn ich nach Feierabend in voller Lautstärke Musik von Popeda hörte. Aber Antti hatte Verständnis dafür, er wollte selbst oft genug in Ruhe gelassen werden.

Die verwilderte Wiese reichte bis an die Tennishalle und den Parkplatz. Wenn die Eishockeyfans sich durchsetzten, gab es sie bald gar nicht mehr, stattdessen sollte hier eine neue Eissporthalle mit Hunderten von Parkplätzen entstehen. Dem Vernehmen nach nahm das Hickhack um die Halle die Stadtverordnetenversammlung völlig in Anspruch. Über Nebensächlichkeiten wie die Einsparungen im Sozialbereich sprach keiner mehr.

Ich traf Mallu nicht an, vermutlich war sie bei ihren Eltern in Lippajärvi. Eine Telefonzelle war nirgends zu sehen, außerdem knurrte mir trotz Ekis Hefezopf der Magen. Also beschloss ich kurzerhand, nach Itäranta zu fahren. Vielleicht war Antti ja inzwischen ansprechbar. Unterwegs legte ich mir genau zurecht, was ich sagen wollte. Zum Glück brauchte ich Antti nicht bei der Arbeit zu stören, er saß lesend im Garten.

«Hallo, Antti. Ich hab's doch geschafft, zwischendurch nach Hause zu kommen. Können wir jetzt reden?»

«Hmm», brummte er hinter seinem Buch.

«Ich weiß, wie Armis Tod dich aufgewühlt hat, aber ich bin doch daran nicht schuld. Ich bin gebeten worden, Kimmo zu helfen, der ziemlich in der Klemme steckt, und deshalb muss ich Fragen stellen, auch wenn sie unangenehm sind.»

Das alles klang eher nach einem Lehrbuch für zwischenmenschliche Beziehungen als nach mir selbst. Trotzdem redete ich weiter.

«Ich möchte dich gern trösten, aber dazu musst du mich an dich ranlassen. Ich bin ja auch traurig, obwohl ich Armi nicht gekannt habe. Ich ...»

Antti fing plötzlich an, heftig zu zucken, er wurde von Lachen und Weinen zugleich geschüttelt. Nach einer Weile setzte sich das Lachen durch, ein hysterisches Gelächter, das er nicht mehr stoppen konnte.

«Hör auf!»

Da mein Brüllen nichts nützte, nahm ich das Wasserglas, das neben Antti stand, und kippte es ihm über den Kopf. Zum Glück wirkte die kalte Dusche, ich brauchte ihm nicht auch noch ins Gesicht zu schlagen.

«Hoho», lachte er, schüttelte heftig den Kopf und zog mich neben sich auf den Rasen. «Ich war ganz sicher, dass du wahnsinnig wütend auf mich bist, und hatte mir auch so eine affige Rede zurechtgelegt wie du. Zum Glück warst du schneller. Wie geht's Kimmo?»

Erleichtert berichtete ich ihm über die jüngsten Ereignisse und erwähnte nebenbei, dass ich private Ermittlungen anstellen wollte.

«Könnten wir jetzt mal über diese Leute reden? Du kennst sie alle viel besser als ich.»

«Darf ich dein Watson sein?»

«Watson muss seinen Holmes über alles bewundern, die Rolle steht dir nicht, obwohl du ansonsten blöd genug wärst. Tommy und Tuppence passt auch nicht. Wir sind eben wir. Komm, lass uns was kochen. Dabei kannst du mir von Sannas Tod erzählen.»

Antti hatte das Einkaufen vergessen, aber in den Schränken fand ich Nudeln und Konserven, aus denen sich eine Soße zubereiten ließ. Ich war es gewohnt, aus den Zutaten, die ich im hintersten Winkel meines Küchenschranks aufstöberte, die abenteuerlichsten Pastasoßen zu kreieren. Mein Rekord war wohl die Pfefferschmelzkäse-Erdnussbutter-Soße. Die hatte gar nicht mal schlecht geschmeckt. Diesmal ging es konventioneller zu, ich mischte Käse, Zwiebeln, schwarzen Pfeffer und Basilikum unter den Inhalt einer Dose Tomaten.

«Was willst du denn über Sannas Tod wissen?», fragte Antti, während er drei Möhren raspelte.

«Die ganze Geschichte, so wie du sie einem Fremden erzählen würdest, der noch nie von Sanna gehört hat.»

Und Antti erzählte. Von Sanna, die am treffendsten mit dem Adjektiv selbstzerstörerisch zu charakterisieren war. Von Sanna, die eigentlich alles hatte, was man sich wünschen kann. Eine gute Familie, der Vater Diplomingenieur, die Mutter Lehrerin, der Stiefbruder glücklich verheiratet, der nette kleine Bruder Student an der Technischen Hochschule, in den Fußstapfen des Vaters ...

Sanna war schön. Ihre großen Augen waren braun wie trockene Eichenblätter, die langen Haare fast kohlrabenschwarz. Die Haut bleich von der ungesunden Lebensweise, aber sonst makellos, außer an den Stellen, an denen Sanna sich Schnitte oder Brandwunden zugefügt hatte. Eine kleine Nase, ein großer, sinnlicher Mund, um den sie sogar BB beneidet hätte. Schlank, mit großen Brüsten. Erotische Ausstrahlung gepaart mit Unsicherheit.

Überdies war Sanna begabt. Ein Einser-Abitur an einer Provinzschule bedeutete zwar nicht viel, die Zulassung zum Französisch- und Englischstudium in Helsinki aber schon. Bei Hänninens trat die Tochter in die Fußstapfen der Mutter, genau wie es in unserer Familie meine Schwestern getan hatten. Doch während des Studiums wurde Sanna in andere Dinge hineingezogen: immer mehr Alkohol, Drogen, prügelnde Männer, teils echte Kriminelle. Ein paar Abtreibungen, dann eine Anklage wegen Trunkenheit am Steuer, bei der sie gerade noch mit einer Geldstrafe davonkam.

«Zum Schluss haben Annamari und Henrik sich verhalten, als ob Sanna gar nicht existierte. Ihre Tochter war nicht mehr präsentabel. Geld haben sie ihr zwar noch gegeben, aber sonst haben sie sich nicht mehr um sie gekümmert. Henrik ist ja immer viel unterwegs gewesen, und Annamari hatte nur ab und zu mal einen Anfall von Anhänglichkeit», fuhr Antti fort.

«Bei ihrem ersten Selbstmordversuch war Kimmo gerade in der Armee. Die Hänninens wurden dadurch schon ein bisschen aufgerüttelt, und das war es ja, was Sanna erreichen wollte. Wir alle haben uns danach große Mühe gegeben, haben sie zu unseren Feten eingeladen und so weiter. Aber sie hat sich auf sämtlichen Partys sofort sinnlos betrunken und dann rumgetobt. Einmal hab ich sie vom Turm des Wärmekraftwerks in Tapiola runterholen müssen. Wenn sie nüchtern war, hat sie viel gelesen und geschrieben, zwischendurch fleißig studiert, aber sie ist immer wieder versumpft.»

Als Make auf der Bildfläche erschien, im Herbst vor Sannas Tod, ging es ihr eine Weile besser, wie immer, wenn ein neuer Mann in ihr Leben trat. Make war anständiger als seine Vorgänger, er stand erst am Anfang seiner Säuferkarriere. Sanna glaubte, sie hätte den Mann ihres Lebens gefunden. Und das musste jeden Abend begossen werden.

An ihrem dreißigsten Geburtstag wollte sie mit Make an der Mole in Westend eine Flasche Wodka leeren. Es war ein milder Winter gewesen, das Meer war eisfrei. Make schlief irgendwann am Strand ein, und Sanna war durch das flache Wasser am Ufer immer weiter ins Meer gewatet. Es war ein Mittwochabend im März vor einem Jahr, der Strand lag leer und verlassen da. Ein Mann, der seinen Hund ausführte, hatte Make gefunden und die Polizei alarmiert, aber erst in der Ausnüchterungszelle hatte der halb erfroren aus seinem Rausch erwachende Make sich gefragt, was eigentlich aus Sanna geworden war.

Ihre Leiche war am nächsten Tag angespült worden. Auf ihrem Schreibtisch, zwischen einem Totenschädel und einer schwarzen Kerze, hatte ein Buch gelegen, aufgeschlagen bei einem von Sannas Lieblingsgedichten, in dem sie viele Stellen unterstrichen hatte: «Lady Lazarus» von Sylvia Plath. Die Zeilen «And I a smiling woman. I am only thirty. And like the cat I have nine times to die» waren für Antti und Kimmo der Beweis, dass Sanna sich das Leben genommen hatte. Der Obduktion zufolge hatte sie unter dem Einfluss von Alkohol und Beruhigungsmitteln gestanden, weshalb die Polizei ihren Tod als Unglücksfall behandelte.

«Es war also nichts faul an der Sache?»

«Annamari wollte Make wegen unterlassener Hilfeleistung anzeigen, aber Eki Henttonen und Henrik haben sie davon abbringen können. Das hätte doch keinem was genützt. Make hat Sanna nicht ins Wasser geschubst, die ist selber gegangen. Freiwillig.» Antti nahm ein Stück Brot und tunkte den letzten Rest der Spaghettisoße auf. «Irgendwie hab ich das Gefühl, dass rund um die Hänninens ständig Tragödien passieren. Erst Sanna. Dann Mallus Fehlgeburt, nach jahrelangem Hoffen auf ein Baby, schließlich die Trennung von ihrem Mann. Und jetzt Armi und Kimmo …»

«Fehlgeburt und Trennung? Erzähl mal von Mallu.»

«Ich weiß nicht viel von ihr. Armis Schwester. Arbeitslose

Bauzeichnerin. Verheiratet mit Teemu Laaksonen, ich glaub, er ist Techniker. Nach dem, was Armi erzählt hat, hatten sie Probleme mit dem Kinderkriegen, aber letzten November hat's endlich geklappt, und im März hatte Mallu dann die Fehlgeburt. Jetzt ist Laaksonen aus der gemeinsamen Wohnung ausgezogen.» Antti verzog das Gesicht. «Klingt furchtbar, aber das ist eine ganz normale Geschichte. Das Leben geht ganz einfach daneben.»

«*Harm und Leid*», sagte ich, ohne weiter darüber nachzudenken. Wir prusteten los, obwohl mir eigentlich gar nicht danach zumute war. Aber es tat gut, mit Antti zu lachen.

Wenn ich mir in der Kanzlei den Honda holte, überlegte ich mir, würde ich es noch schaffen, die Familie Mäenpää zu besuchen. Also rief ich in Lippajärvi an, und nach einigem Sträuben war Armis Vater endlich bereit, mich zu empfangen. So ungern ich die armen Leute in ihrer Trauer behelligte, es musste sein. Schließlich kannten sie Armi am besten.

Fünf

Der Friedhof der ausrangierten Kinder

Ich parkte den kleinen schwarzen Honda vor dem verwitterten anderthalbstöckigen Einfamilienhaus. Irgendwo lärmten spielende Kinder. An der Tür schlug mir absolute Stille entgegen. Der Mann, der mir öffnete, musste Armis Vater sein, blond und stämmig wie sie. Er sagte nicht mal guten Tag, bedeutete mir nur stumm, hereinzukommen.

Nach den von Innenarchitekten eingerichteten Häusern, die ich in Tapiola gesehen hatte, wirkte das Wohnzimmer der Mäenpääs mit der aufdringlich gemusterten Tapete und dem abgewetzten Plüschsofa fast anheimelnd. Auf dem Bücherregal standen mehr Gläser, Pokale und Souvenirs als Bücher, und die wiederum waren hauptsächlich Auswahlbände von Reader's Digest.

Die Frau, die auf dem Sofa hockte, machte den Eindruck von Alltäglichkeit jedoch zunichte. Ihr Gesicht war so verweint, dass die Augen kaum noch zu sehen waren. Der abgetragene schwarze Rock und die an den Nähten glänzende Bluse sahen aus, als hätte sie darin geschlafen. Sie schien mich überhaupt nicht wahrzunehmen, sondern starrte an mir vorbei.

«Schon wieder Polizisten?» Eine schwarz gekleidete junge Frau kam ins Wohnzimmer, sie hatte eine Schürze vorgebunden: Mallu, Armis Schwester. Wir hatten uns am Freitagabend bei Hänninens unterhalten, aber sie schien mich nicht zu erkennen.

«Aha, diesmal eine Frau», sagte sie zornig. «Hoffentlich sind Sie rücksichtsvoller als die Kerle, die ich bisher erlebt habe. Das ist jetzt schon der dritte Besuch von der Polizei am selben Tag. Und jedem muss man wieder von neuem erzählen, dass meine Eltern gestern den ganzen Vormittag auf einem Ausflug des Seniorenclubs waren, was mindestens zwanzig Menschen bezeugen können.»

«Ich bin nicht von der Polizei. Wir haben uns übrigens vorgestern Abend bei Hänninens kennen gelernt.»

Mallu sah mich verblüfft an, dann fiel der Groschen:

«Ja klar, du bist Anttis Freundin! Du siehst so anders aus als an dem Abend. Warum bist du hier – wie heißt du noch gleich?»

«Maria Kallio. Ich arbeite für die Anwaltskanzlei Henttonen und bin Kimmo Hänninens Rechtsbeistand.» Ich kam mir vor wie ein Grabsteinverkäufer.

Als Kimmos Name fiel, kam Leben in die zusammengesunkene Gestalt auf dem Sofa. Tränen rollten über die Wangen, deren Farbe an erfrorene Äpfel erinnerte. Mallu legte schützend den Arm um ihre Mutter.

«Es tut mir aufrichtig Leid», sagte ich zu Armis Mutter gewandt.

«Sind Sie das Fräulein Kallio, das Armi gefunden hat?», fragte Armis Vater mit der lauten, krächzenden Stimme eines schwerhörigen Kettenrauchers.

«Wie kannst du Kimmos Rechtsbeistand sein, wenn du Armi gefunden hast? Stehst du nicht selbst sozusagen unter Verdacht?», fragte Mallu überraschend sachverständig.

Sie hatte den Nagel auf den Kopf getroffen. Bisher hatte niemand meine Rolle in Frage gestellt, und es gab auch kein Gesetz, das mir verboten hätte, Kimmo juristisch zu vertreten, aber moralisch befand ich mich in einer schwierigen Situation. Ich hatte mich schon gewundert, dass Pertsa mich nicht schärfer vernommen hatte. Vielleicht war er so fest von Kimmos Schuld überzeugt und wollte seine Energie nicht auf mich verschwenden.

«Die Polizisten haben uns so wenig erzählt ... Armi ist erwürgt worden ... Hat man ihr ... Hat man ihr sonst noch was angetan?», fragte Armis Vater. Ob sie sexuell missbraucht worden war, wollte er vermutlich wissen, das war immer das Erste, wonach die Väter ermordeter Mädchen fragten.

«Armi ist erwürgt worden, aber sonst ist ihr nichts geschehen.»

Sonst nichts. Als wäre Erwürgen nicht genug.

«Hat ... hat sie sehr gelitten?», stammelte Paavo Mäenpää.

Ich dachte an Armis bläulich schwarzes Gesicht, an die heraushängende Zunge und an die tiefen Spuren, die die Zehen mit den rosa lackierten Nägeln in den Rasen gegraben hatten.

«Es muss ganz schnell gegangen sein. Wahrscheinlich war sie in weniger als einer Minute bewusstlos», sagte ich tröstend. Eine Minute, das hört sich so kurz an, aber Armi war es sicher unendlich lang vorgekommen, und ihrem Mörder auch.

Die Stille, die auf meine Worte folgte, umhüllte uns wie dicker Nebel, der die Geräusche der Außenwelt dämpfte und unwirklich erscheinen ließ. Nur das Ticken der Uhr auf der Schrankwand erinnerte daran, dass die Zeit nicht stehen geblieben war.

«Armi hat uns nie Ärger gemacht», sagte Armis Mutter plötzlich. «Warum musste sie gerade jetzt sterben, wo sie doch heiraten wollte! Ich dachte immer, Kimmo wäre ein ordentlicher junger Mann ...»

Mallu klopfte ihrer Mutter beruhigend auf die Schulter.

«Und Sie verteidigen Kimmo auch noch? Bestimmt wollen Sie wissen, ob Armi noch andere Freunde hatte, so wie die Polizisten gestern. Unsere Armi war ein anständiges Mädchen, sie hat mit einem Freund genug gehabt. Was ist bloß in diesen Kimmo gefahren?», grämte sich Armis Vater.

Die Fragen, die ich mir zurechtgelegt hatte, erschienen mir plötzlich überflüssig und grausam. Sie Armis Eltern zu stellen war sinnlos, zumindest vorläufig.

«Also ... ich melde mich später noch einmal, vielleicht Ende nächster Woche. Es tut mir Leid», sagte ich und meinte alles, Armis Tod, meine Aufdringlichkeit, Kimmo. Ich trat den Rückzug Richtung Haustür an, als Mallu mich plötzlich fragte, ob ich sie nach Tonttukumpu mitnehmen könne.

«Vater, hör mal, ich schau ganz kurz zu Hause vorbei und nehm die Wäsche von gestern aus der Maschine, damit sie keinen Schimmel ansetzt. Ich komm so schnell wie möglich zurück, eine kleine Weile schafft ihr es doch auch allein.»

Mallus Aufbruch glich einer Flucht. Als wir auf die Turuntie abbogen, setzte sie zu einer Erklärung an:

«Ich hab tatsächlich gestern die Wäsche in der Maschine vergessen, als mein Vater anrief. Danke fürs Mitnehmen, ich hab nämlich kein Auto, das hat Teemu gekriegt.»

«Wer ist Teemu?»

«Teemu Laaksonen. Mein künftiger Exmann», sagte Mallu düster. «Darf ich rauchen?»

«Geht leider nicht, der Wagen gehört nämlich nicht mir, sondern der Kanzlei.»

Während meine künftige Schwägerin Marita von Natur aus hager war, schien Mallu Laaksonen vom Kummer ausgezehrt zu sein. Ihre dunkle Kleidung war ein paar Nummern zu groß, für eine Dreißigjährige hatte sie viel zu tiefe Falten im Gesicht, in den braunen Haaren waren schon einige graue Strähnen zu sehen. Ihr Gesichtsausdruck wirkte eher verbittert als traurig. Fehlgeburt, Scheidung und Tod der Schwester, und das alles in einem halben Jahr, wie konnte man damit überhaupt fertig werden?

«Was willst du denn über Armi wissen?», fragte Mallu und stopfte sich ein Kaugummi in den Mund. Sie gierte offenbar fürchterlich nach einer Zigarette, vielleicht war sie eine von den Frauen, die sich auch als Erwachsene nicht trauen, vor den Augen ihrer Eltern zu rauchen.

«Alles Mögliche. Ihr Lebenslauf, frühere Liebhaber, Freundeskreis. Ihr habt doch sonst keine Geschwister?»

«Nein. Die große Tragödie unserer Familie: nur zwei Töchter, kein Sohn. Mein Vater hatte eine kleine Spedition, zwei LKWs und einen Kleintransporter. Es war sein schönster Traum, eines Tages ‹P. Mäenpää und Sohn› auf seinen Wagenpark schreiben zu können. Als ich fünf war und Armi ein Jahr alt, hat Vater Mumps und als Folgekrankheit eine Hodenentzündung bekommen. Da musste er den Traum begraben, einen Sohn zu zeugen. Er hat dann auch bald seine Firma verkauft und ist Taxifahrer geworden.

Dann haben sie angefangen, von Enkelkindern zu reden. Fünf Jahre lang haben Teemu und ich es versucht. Dann hatte ich eine Fehlgeburt, und seitdem ist meine Gebärmutter so vernarbt, dass sich mit neunzigprozentiger Sicherheit keine Eizelle in ihr einnisten kann. Aber sie hatten ja immer noch Armi. Jetzt haben sie nicht mal mehr die.»

Mallu sprach monoton und ausdruckslos, trotzdem kam es mir vor, als ob sie schrie. Meine Hände auf dem Lenkrad zitterten, als ich sagte:

«Wir sind auch nur drei Mädchen, ich bin die Älteste. Jetzt ist meine mittlere Schwester schwanger, und die gesamte Verwandtschaft erwartet einen Jungen.»

«Ich weiß nicht mal, ob ich überhaupt Kinder gewollt hätte», fuhr Mallu fort, als hätte sie mich gar nicht gehört. «Ich war das ewige Probieren und die Tests so satt. Teemu hat schlechtes Sperma, ich eine Endometriose, die dann operiert wurde. Außer dem Versuch, Kinder zu kriegen, hatten wir nichts mehr gemeinsam.»

«Ihr wollt euch also scheiden lassen?»

«Das ist das Beste. Soll er doch sein schwaches Sperma an einer anderen Frau erproben», sagte Mallu verbittert und fing dann an, mir Fahranweisungen zu geben. Als ich vor den billig zusammengeschusterten Etagenhäusern anhielt, sagte sie zu meiner Überraschung:

«Jetzt hab ich bloß von mir geredet. Wenn du noch Zeit hast, mit reinzukommen, kann ich dir auch was über Armi erzählen. Ich hab's nicht eilig, nach Lippajärvi zurückzufahren, da werd ich nämlich noch verrückt.» Sie war mit einem Bein noch im Auto, als sie sich auch schon ihre Zigarette anzündete.

Natürlich hatte ich Zeit, es war erst kurz nach fünf. Mallu führte mich in eine dunkle Wohnung im Erdgeschoss, deren Einrichtung irgendwie halbiert wirkte. An dem großen Küchentisch standen nur zwei Stühle, bei der Sitzgruppe fehlten der Tisch und einer der beiden Sessel. Die Stereoanlage hatte immerhin zwei Lautsprecher. Mallu folgte meinem Blick und meinte trocken:

«Teemu hat das Auto und den Videorecorder gekriegt, ich die Haushaltsgeräte. Ach herrjemine, die Wäsche!»

Die Zigarette im Mundwinkel, räumte sie die Waschmaschine leer, der der gleiche Geruch entströmte wie dem Erdkeller meines Onkels. Mallu schnüffelte an ihrer Wäsche und erklärte, die müsse gleich nochmal gewaschen werden. Sie stellte die Maschine an und sagte, sie würde schnell ihre Eltern anrufen und Bescheid geben, dass sie etwas länger wegbliebe.

Zu guter Letzt saßen wir auf den beiden Küchenstühlen und tranken Kaffee.

«Also, zu Armi. Du hast ja gehört, was Mutter gesagt hat. Armi hat nie jemandem Ärger gemacht. Und irgendwie stimmt das auch. Sie war meine brave kleine Schwester, weißt du, so eine mit hübschen Schleifchen im Haar. Als sie klein war, hat sie für die Nachbarn die Hunde ausgeführt, später dann die Kinder gehütet. Wahrscheinlich ist sie deshalb auch auf die Schwesternschule gegangen, weil sie eben diesen Drang hatte, andere zu umsorgen. Aber sie hat schon als Kind immer erstaunlich viel über das Leben anderer Leute gewusst. ‹Mutti, warum stehen bei den Kervinens so viele leere Schnapsflaschen rum?› Solche Sachen hat sie gefragt, wenn sie vom Babysitten zurückkam.»

«Fürsorglichkeit ist eine Form, Macht auszuüben», erklärte ich, ohne genau zu wissen, was ich damit eigentlich sagen wollte.

«Genau. Ich bin mir immer schon sicher gewesen, dass Armi sich meinetwegen auf Frauenkrankheiten spezialisiert hat, nicht bloß, weil sie anderen helfen wollte. Vielleicht war das tatsächlich eine Art Machtstreben ...»

«Was ist deine Mutter von Beruf?»

«Kassiererin bei Elanto, inzwischen aber Frührentnerin, weil es ihr gesundheitlich nicht so gut geht. Unsere Familie ist natürlich nicht fein genug für Kimmos Mutter, die alte Hexe. Wenn Kimmo nicht verhaftet worden wäre, dann würd ich glatt behaupten, Mama Hänninen hat Armi erwürgt, damit die sich nur ja nicht in ihre feine Sippe einschleicht. Ich könnte schwören, dass irgendeiner von denen auch bei Sannas Tod die Finger im Spiel gehabt hat. Sanna war nämlich ein Schandfleck für die Familie.»

Mallu spürte offenbar, wie entsetzt ich sie anstarrte, denn sie hob den Blick von ihrer Kaffeetasse und sagte in warnendem Ton:

«Du solltest mir nicht glauben. Ich rede alles Mögliche. Ich bin ja bekanntermaßen labil, geh auch zur Therapie wegen der Fehlgeburt. Arbeitslos und so, ich hab ja Zeit, mir wer weiß was auszudenken.» Mallus kühle Stimme sprach ganz offensichtlich nach, was jemand anders über sie sagte. Ich hätte gern gewusst, wer. Und wieso tauchte andauernd Sanna auf, wenn es um Armis Ermordung ging?

«Habt ihr euch nahe gestanden, Armi und du?»

«Nahe gestanden ... Wenn du selber Schwestern hast, weißt du ja, wie das ist. Hass, Neid und Liebe, alles durcheinander, aber Liebe sicher am wenigsten. Gesehen haben wir uns oft, vor allem in letzter Zeit. Armi meinte anscheinend, sie müsste mich aufmuntern, und hat mich überall mit hingeschleppt. Wie am Freitag zu diesen Hänninens. Sie hat mir auch den Psychiater besorgt.»

Fürsorge ist Macht, dachte ich wieder und überlegte, ob Armi gehofft hatte, auch über mich Macht zu gewinnen. Mehr als je war ich davon überzeugt, dass sie sich mit mir nicht nur über das Engermachen von Röcken unterhalten wollte.

«Wie lange waren Armi und Kimmo zusammen?»

«Vier Jahre. Die Krankenpflegeschule und die Technische Hochschule haben eine gemeinsame Party veranstaltet, mit dem Gedanken im Hinterkopf, dass an der Krankenpflegeschule nur Frauen und an der TH nur Männer wären. Da haben sie sich kennen gelernt. Vor Kimmo hatte Armi erst einen Freund gehabt, der lebt inzwischen in Rovaniemi.»

«Ist zwischen Armi und Make Ruosteenoja mal was gelaufen?»

«Ich weiß nicht, was da von Makes Seite aus war – ich könnte mir aber vorstellen, dass er eher wilde Frauen mag, solche wie Sanna. Bei Armi war es einfach nur Mitleid mit Make, den wollte sie natürlich auch bemuttern. Make ist nämlich im Grunde ein armes Würstchen. Er war mit Teemu in einer Klasse, daher kenn ich ihn.»

«Hat man eigentlich rausgefunden, wodurch deine Fehlgeburt ausgelöst wurde?»

Mallu schien sich über meine Frage nicht zu wundern. Sie steckte sich die nächste Zigarette an und meinte lakonisch:

«Da gab's nicht viel rauszufinden. Teemu und ich hatten an dem Samstag Kimmo und Armi besucht und waren auf dem Heimweg. Das war im März, und die Straßen waren spiegelglatt. Teemu war auch ein bisschen beschwipst, er hatte mit Kimmo Squash gespielt und anschließend Bier getrunken. Wir sind über die Straße gegangen, nicht am Zebrastreifen, es war ja sowieso kein Verkehr. Plötzlich kam ein Auto angerast, irrsinnig schnell, und bei dem Glatteis konnte es nicht mehr rechtzeitig bremsen. Ich bin ausgewichen, das hat auch geklappt, aber ich bin ausgerutscht und schwer gestürzt und ...»

«Hat der Wagen angehalten?»

«Dreimal darfst du raten. Wir haben gedacht, es wäre glimpflich abgegangen, bloß die Strumpfhose war zerrissen, und sind nach Hause gegangen. In der Nacht hat dann die Blutung angefangen. Um sechs hat Teemu Dr. Hellström angerufen, und der hat ihm gesagt, wir sollen einen Krankenwagen bestellen. Aber da war nichts mehr zu machen. Als ich aus der Narkose erwachte, hab ich als Erstes Hellströms rote Augen gesehen. Ich dachte, er hätte geweint, meinetwegen, aber er hatte Schnupfen.»

«O Scheiße!» Ich hätte gern etwas anderes gesagt, aber die richtigen Worte fielen mir natürlich nicht ein.

«Rat mal, was das Komischste an der Sache war? Wir haben von dem Auto nicht mal die Farbe genau gesehen, geschweige denn Marke oder Kennzeichen, aber Teemu hat Stein und Bein geschworen, dass Armi am Steuer saß.»

Ich hielt den Atem an. Merkte Mallu denn nicht, dass sie mir gerade ein Motiv für den Mord an Armi serviert hatte?

«Dabei kann es gar nicht Armi gewesen sein. Die hat gar keinen Führerschein, und ein Auto erst recht nicht. Außerdem sind die beiden gleich schlafen gegangen, als wir weg waren. Ich versteh immer noch nicht, wie Teemu auf den Blödsinn gekommen ist. Armi war auch ganz verdattert, als sie davon gehört hat.»

Aus dem Badezimmer hörte man das Knacken der Waschmaschine, die jetzt zum ersten Spülgang ansetzte. Ich war ganz wirr im Kopf. Und wenn Armi doch am Steuer gesessen hatte?

«Wo wohnt Teemu jetzt?»

«Bei seinen Eltern in Kirkkonummi. Die stehen im Telefonbuch, Laaksonen, Taisto. Moment mal, ich seh schnell nach, ob ich den Schlauch ins Waschbecken gehängt hab, sonst gibt's wieder eine Überschwemmung.»

Ich fragte mich, wie weit ich Mallu vertrauen konnte. Vielleicht sollte ich Teemu Laaksonen aufsuchen und mir seine Version des Unfallhergangs anhören. Hohe Geschwindigkeit, Samstagabend und Fahrerflucht, die Kombination klang verdächtig nach Trunkenheit am Steuer.

Mallu kam mit einem Fotoalbum zurück. «Hier sind ein paar

Fotos von Armi drin. Die meisten sind allerdings von mir. Hier ist Armi mit unserem Hund, da war sie sechs.»

Ein pummeliges kleines Mädchen mit langen Zöpfen lächelte selbstgefällig, den Arm um einen grimmig dreinschauenden Schäferhund gelegt. Auf der nächsten Seite posierten dasselbe Zopfmädchen und Mallu, damals noch erheblich molliger, neben ihren Fahrrädern. Mallu blätterte hastig einige Seiten weiter, zeigte mir Aufnahmen von Armis Konfirmation und Abitur und von der Abschlussfeier an der Krankenpflegeschule. Auf der letzten Seite war ein relativ neues Foto eingeklebt. Es zeigte Mallu, mindestens zehn Kilo schwerer als jetzt und glücklich lächelnd, mit einem Mann vor einem Christbaum. Wortlos riss Mallu das Foto aus dem Album, zerknüllte es und warf es in den Mülleimer. Ihr Atem ging plötzlich heftiger.

«Das hier ist von Armis und Kimmos Verlobung an Weihnachten.»

Der gleiche Christbaum, davor Kimmo und Armi Hand in Hand. Stolz präsentierten die beiden ihre Verlobungsringe. Ich erinnerte mich an Anttis Worte: «Letzten November hat's endlich geklappt.» Bestimmt hatte Mallu an Weihnachten auch ihre Schwangerschaft gefeiert.

«Weißt du, wann wir Armi beerdigen können?», fragte Mallu, als sie ihren Atem wieder unter Kontrolle hatte.

«Frühestens in zwei Wochen, würde ich sagen. Die polizeilichen Untersuchungen dauern meistens mehrere Tage, bis zu einer Woche. Habt ihr irgendwelche Wünsche?»

«Nein, wenn es nur möglichst bald passiert. Man soll seine Toten begraben. Ich hätte so gern mein Kind gesehen, aber sie haben's mir nicht gezeigt. Angeblich war es sowieso in Stücke gegangen, weil sie mich ausschaben mussten. Wahrscheinlich haben sie es in den Müll geworfen. Oder vielleicht gibt es irgendeinen Friedhof für ausrangierte Kinder. Ich hab nicht danach gefragt.»

Mallu knallte das Fotoalbum zu und stieß dabei gegen ihre

leere Kaffeetasse, die vom Tisch fiel, aber zum Glück nicht zersprang.

«Verdammt, jetzt red ich wieder von mir, dabei wolltest du was über Armi hören», keuchte Mallu beim Aufheben. «Hast du denn noch Fragen? Hoffentlich ist die Maschine bald fertig, damit ich endlich wieder nach Lippajärvi komme», fügte sie nervös hinzu. Es klang wie eine Aufforderung zu gehen, und ich richtete mich danach.

Erst im Auto ging mir auf, dass ich Mallu gar nicht gefragt hatte, wo sie am gestrigen Vormittag gewesen war. Die gleiche Frage musste ich auch einigen anderen stellen, zumindest Risto, Marita und Annamari. Make hatte einen Teil des Vormittags in seinem Geschäft verbracht, die übrige Zeit zu Hause. Von Hakalehto zur Jousenkaari hätte er es nicht weit gehabt, genau genommen lag Armis Wohnung fast an seinem Weg, wenn er ins Geschäft fuhr. Ich machte einen Abstecher zur Jousenkaari. Wie zu erwarten, hatte die Polizei den Eingang zu Armis Garten abgesperrt und die Haustür versiegelt. Eine Wache war allerdings nicht aufgestellt worden.

Ich stand eine Weile vor dem Kletterpflanzenzaun und schaute zu den Nachbarhäusern hinüber. Von den beiden mehrstöckigen Häusern auf der östlichen Seite konnte man mit einiger Wahrscheinlichkeit Armis Garten einsehen. Hoffentlich hatten Pertsas Männer das auch gemerkt und dort nachgefragt. Man sollte zwar meinen, jeder würde sofort die Polizei alarmieren, wenn er sah, dass im Nachbargarten gerade eine Frau erwürgt wurde. Aber so sicher war das gar nicht, als Polizistin hatte ich oft genug Betrunkene aufgesammelt, die mitten auf der Straße lagen, zweimal sogar Menschen, die auf dem Bürgersteig einen Schlaganfall gehabt hatten und gestorben waren – alle hatten sie stundenlang dagelegen, ohne dass auch nur ein Passant sich um sie gekümmert hätte.

Nach dem deprimierenden Gespräch mit Mallu musste ich mich erst mal abreagieren. Also brachte ich den Honda zur

Kanzlei zurück und fuhr mit dem Fahrrad nach Nihtisilta. Ich trat wie eine Verrückte in die Pedale, fuhr total rücksichtslos und wäre zweimal beinahe unters Auto gekommen – beide Male auf dem Zebrastreifen. Vielleicht hatte der allgemeine Selbstvernichtungstrieb auch mich angesteckt. Was hatte ich denn gestern und heute anderes getan, als mit unglücklichen Menschen zu reden?

Pertsa hatte sich noch nicht blicken lassen, aber Kimmo war endlich aufgewacht. Zu dumm, dass ich nicht daran gedacht hatte, ihm Kleidung zum Wechseln mitzubringen. Seine Jeans und sein Hemd sahen ziemlich verdreckt aus, Rasur und Haarwäsche hätte er auch vertragen können. Ich wunderte mich, dass er bei seinen blonden Haaren so dunkle Bartstoppeln hatte. Wahrscheinlich mischten sich auf seinem Kopf die Gene und er hatte die blonden Locken von seiner Mutter, den dunklen Bart von seinem schwarzhaarigen Vater Henrik geerbt. Sanna wiederum hatte die dunklen Haare und Augen ihres Vaters und den hellen Teint ihrer Mutter gehabt.

«Schlimme Nacht?», fragte ich vorsichtig.

«Ja ...» Kimmo schüttelte ratlos den Kopf. «Ich hab erst heute Nacht so ganz begriffen, dass Armi wirklich tot ist. Und dass ich in der Zelle sitze, weil sie glauben, ich hätte sie umgebracht. Ich hab immer gedacht, so was passiert im richtigen Leben nicht. Jedenfalls nicht in Finnland. Nicht mir ...» Das hilflose Entsetzen in Kimmos Augen war mir unerträglich, ich wich seinem Blick aus.

«An Armis Tod können wir nichts mehr ändern», sagte ich knallhart. «Aber wenn du es nicht getan hast, holen wir dich hier raus, wahrscheinlich schon morgen.»

«Soso, morgen in die Freiheit!» Boshaft lächelnd betrat Kommissar Pertti Ström das Vernehmungszimmer. «Daraus wird wohl nichts. Hänninen, du hast behauptet, du hättest dich nicht mit der Mäenpää gestritten. Einer von euren Nachbarn hat aber deutlich gehört, dass ihr Streit hattet. Ungefähr um

Viertel nach eins. Obwohl du angegeben hast, schon um zwölf weg gewesen zu sein. Erklär mir mal, wieso unsere Zeugin mehr als eine Stunde später gehört hat, wie du dich mit Armi gezankt hast?»

Ich schluckte. Das hörte sich wirklich schlimm an. Warum sollte Kimmo gelogen haben? Er sah maßlos entsetzt aus, als er jetzt stammelte:

«Aber ich bin wirklich um Viertel nach zwölf weg. Ich hab um halb eins die Nachrichten im Radio gehört, und da war ich schon eine Weile zu Hause gewesen.»

«Kann das jemand bezeugen? War deine Mutter zu Hause?», fragte Pertsa zweifelnd.

«Sie hatte mir einen Zettel hingelegt. Sie war mit Matti und Mikko in der Stadt.»

«Hast du unterwegs irgendwelche Bekannten gesehen, Nachbarn oder sonst irgendwen?», fuhr ich dazwischen, bevor Pertsa seinen Angriff fortsetzen konnte. Ich hoffte inständig, dass irgendjemand Kimmos Aussage bestätigen konnte. Hatte Pertsa wirklich eine glaubwürdige Zeugin, oder bluffte er nur? Hoffte er, Kimmo würde sich in Widersprüche verwickeln?

«Ich hab niemanden gesehen, jedenfalls erinnre ich mich an keinen», erklärte Kimmo nach kurzem Nachdenken niedergeschlagen.

«Am besten lässt du deine Jungs Hänninens Nachbarn befragen, vielleicht hat einer von denen Kimmo gesehen», schlug ich Pertsa vor, aber das hätte ich besser nicht getan.

«Zum Teufel, Fräulein Maria – als Jungfrau kann man dich ja wohl nicht titulieren –, fang ja nicht an, mir vorzuschreiben, wie ich meine Arbeit tun soll. Ich hab genauso gut die Polizeischule besucht wie du! Halt die Schnauze, oder ich sorge dafür, dass du bei meinen Vernehmungen nicht mehr dabei sein darfst!»

Den ganzen Tag über war ich brav und empathisch gewesen. Jetzt reichte es!

«Und du, Pertti Ström, solltest dich sowohl mir als auch dem

Verhafteten gegenüber anständig benehmen, sonst kriegst du echt Probleme! Ist deine Erfolgsrate so miserabel, dass du den ersten Besten verhaftest, ob schuldig oder nicht? Geht's mit deiner Karriere nicht weiter?»

Wir waren beide aufgesprungen und hatten die Hände geballt, wir starrten uns an wie zwei Kampfhähne. Hätte Pertsa noch ein falsches Wort gesagt, hätte ich ihm das Finnische Gesetzbuch an den Kopf geworfen, das ich als Schreibunterlage mitgebracht hatte. Kimmo und der protokollierende Wachtmeister glotzten uns verwundert an.

«Machen wir weiter», sagte Pertsa schließlich.

Ich gab mir alle Mühe, die Fassung wiederzugewinnen, dabei hätte ich ihn am liebsten zum Duell gefordert. So war es schon auf der Polizeischule, wir gingen ständig aufeinander los. Mit Schusswaffen kam ich allerdings nicht gegen ihn an, aber vielleicht mit einem Degen?

«Wieso kann irgendeine Zeugin behaupten, ich wäre noch um Viertel nach eins bei Armi gewesen? Ich will wissen, was sie gesagt hat», forderte Kimmo überraschend scharfsinnig.

«Darüber muss ich dir keine Auskunft geben! Und du bist still, Kallio, du weißt genau, dass das stimmt.»

Der mitschreibende Wachtmeister lächelte mir hinter Pertsas Rücken mitfühlend zu. Das tat gut. Vielleicht waren wir hier drei gegen einen.

Pertsa ging Kimmos Aussage wieder und wieder durch, bis wir alle völlig geschafft waren. Endlich wechselte er das Thema.

«Wenn deine Verlobte diesen perversen Kram nicht mochte, wieso hast du deinen Gummianzug dann überhaupt zu ihr mitgenommen?»

Darüber hatte ich auch schon nachgedacht. An diesem einen Punkt schien Kimmos ansonsten einleuchtende Geschichte nicht zu stimmen.

«Ich bin am Freitag direkt aus der Stadt zu Armi gefahren, um sie zu Ristos Geburtstagsfeier abzuholen. Den Anzug hatte ich bei mir, weil ich in der Stadt nach einem guten Poliermittel gesucht hatte. Ich mag nämlich kein Silikon verwenden, davon wird die Oberfläche so klebrig, deshalb hab ich so was Ähnliches gesucht wie das Wachs, mit dem man Möbel poliert. Als wir dann zu Risto gegangen sind, hab ich meine Sachen bei Armi gelassen, weil ich ja bei ihr übernachten wollte.»

«Politur für deinen Gummianzug, soso ... Und wo hast du das Zeug dann gekauft?»

«Bei Stockmann in der Haushaltsabteilung.»

«Und da hast du nach Poliermittel für Gummianzüge gefragt?»

«Ich hab überhaupt nichts gefragt, ich hab verschiedene Sorten ausprobiert und dann an der Kasse bezahlt.»

«Hast du die Dose und den Kassenbon noch?», fragte ich rasch dazwischen.

«Das Mittel müsste in meinem Zimmer sein, in einer Tüte, der Kassenbon ist bestimmt auch dabei.»

«Wird überprüft», seufzte Pertsa und wechselte das Thema. «Als perverser Gummifetischist, bist du da Sadist oder Masochist? Was willst du mit den Frauen anstellen?»

Der Protokollant lächelte mich wieder an. Kimmo errötete.

«Soll das etwa eine sachdienliche Frage sein? Kimmo, du kannst den ersten Teil beantworten, den zweiten kannst du vergessen.»

«Masochist», sagte Kimmo leise. «Ich will niemandem was tun», fuhr er fort, ohne sich um meinen Rat zu kümmern. «Ich will, dass man mir was tut.»

«Was denn?», fragte Pertsa mit kaum verhohlener Neugier. Es waren natürlich seine eigenen unterdrückten Begierden, die ihn fesselten. Viele halten Polizeibeamte ja für Sadisten. Vielleicht hätten sie in Pertsas Fall sogar Recht.

«Hat das in diesem Zusammenhang irgendeine Bedeutung? Reicht es nicht, wenn er sagt, dass er Masochist ist?», warf ich ein.

Pertsa gab sich überraschend leicht geschlagen.

«Kann irgendwer deine masochistische Veranlagung bezeugen? Eine Exfreundin, eine Hure, egal wer?»

«Ich hab ziemlich viel mit den Leuten in diesem S/M-Club geredet ... Die wahrscheinlich.»

«Wer – die?»

Kimmo überlegte eine Weile, weigerte sich dann aber, Namen zu nennen.

«Ich will da niemand reinziehen, schon gar nicht, wenn Sie die mit der gleichen Voreingenommenheit behandeln wie mich.»

Auch über den Club wollte Kimmo nicht sprechen. Ich versuchte ihm zu signalisieren, er solle nicht den Helden spielen, aber er schwieg verbissen.

«Wenn du mir keine Namen nennst, glaub ich dir kein Wort von deiner Masochistenstory. Ich behaupte, du willst Frauen würgen und schlagen und hast bei deiner Freundin sozusagen deine Wünsche verwirklicht», dröhnte Pertsa.

«Also gut. Markku Ruosteenoja. Da hast du einen Zeugen. Die Adresse ist Hakarinne sechs. Der kann dir bestätigen, dass Kimmo masochistische Neigungen hat», sagte ich.

«Und wer ist dieser Ruosteenoja? Hänninens Loverboy, oder wie?»

«Nee, der Freund von Kimmos Schwester.»

«Dann war deine Schwester also Sadistin», blaffte Pertsa Kimmo an, und wenn in dem Moment nicht die Tür aufgegangen wäre, hätte er doch noch das Finnische Gesetzbuch an den Kopf gekriegt. Der Diensthabende bat Pertsa ans Telefon. Nach kurzem Wortwechsel erklärte Pertsa die Vernehmung für beendet, wies den Protokollanten an, Kimmo in seine Zelle zurückzubringen, und verschwand. Als ich seinem Rücken die Zunge rausstreckte, kicherte der Schreiber auf einmal los. Er sah nett aus und erinnerte mit seinem Rotschopf an den kleinen Amateurdetektiv Winski in Aapelis Jugendbüchern.

«Kimmo, nenn wenigstens mir einen aus diesem Club. Ich versprech dir, dass ich mich zivilisiert benehme.»

«Meinetwegen. Elina Kataja, der Engel. Ich weiß ihre Nummer nicht, aber sie steht im Telefonbuch. Die ist da so 'ne Art Vorsitzende.»

«Auf geht's, Hänninen», sagte Winski freundlich und lächelte mir zum Abschied zu. Aus irgendeinem Grund ließ er sein Notizbuch liegen. Es war bei einer der gestrigen Vernehmungen aufgeschlagen, und zwar nicht bei Kimmos. Schnell schrieb ich mir daraus Namen und Adresse von Pertsas Hauptbelastungszeugin ab. Offenbar war ich nicht die Einzige, die von Ströms Methoden die Nase voll hatte.

Sechs

Gefangene der Liebe

Als ich nach Itäranta kam, stand das Auto der Sarkelas auf dem Hof. Ich war todmüde und überhaupt nicht in gesellig er Stimmung, aber ich musste wohl oder übel reingehen.

«Hallo, Maria!», rief Marjatta Sarkela aus der Küche. «Ist Kimmo schon frei?»

«Nein, leider noch nicht. Mal sehen, wie das Gericht morgen entscheidet. Ich nehme an, er wird auf freien Fuß gesetzt», erklärte ich und setzte mich an den Küchentisch, wo Antti mit seinen Eltern Tee trank.

«Wir haben Matti und Mikko nach Hause gebracht und dachten uns, wir könnten morgen Vormittag einiges erledigen, ehe wir nach Inkoo zurückfahren», erklärte Tauno Sarkela. «Hoffentlich stören wir nicht.»

«Aber nein, das ist doch euer Zuhause.» Ich hoffte, das klang nicht allzu säuerlich. Gerade aus Angst vor derartigen Situationen hatte ich anfangs gezögert, nach Itäranta zu ziehen. Obendrein hatten sie sich den schlimmsten Zeitpunkt für ihre Überraschungsvisite ausgesucht: Die Wohnung war nicht aufgeräumt, wir hatten nichts zu essen im Haus. Aber verdammt nochmal, ich hatte immerhin das ganze Wochenende für einen Verwandten der Sarkelas gearbeitet, wann hätte ich mich da um die Wohnung kümmern sollen? Außerdem war Antti genauso verantwortlich wie ich.

Am allermeisten wurmte mich, dass ich mir über so was den Kopf zerbrach. Warum maß ich meinen Wert als Frau an der Sauberkeit der Wohnung und an der Menge selbst gebackenen Kuchens?

«Nimm dir Tee, Maria!», forderte meine Beinahschwiegermutter mich auf. Sie ließ keinen Zweifel darüber aufkommen, in wessen Küche wir uns befanden. Als ich aufstand und ohne große Hoffnung im Schrank nach etwas Essbarem suchte, kam Einstein an und strich mir um die Beine. Gut, dass sie die Katze zurückgebracht hatten, da war Antti an den nächsten Abenden wenigstens nicht ganz allein.

Unsere Schränke waren überraschend gut gefüllt. Ich schwenkte ein Stück Käse in der Hand und sah Antti fragend an.

«Ich war schnell mal in der Bahnhofspassage», erklärte er. Erleichtert atmete ich auf. Natürlich konnte Antti sich um die Einkäufe kümmern, er hatte schließlich genauso lange allein gelebt wie ich. Ich schmierte mir ein fürstliches Butterbrot mit Käse und Wurst und setzte mich an den Tisch. Der Tee schmeckte nach Zitrone und Alkohol. Die Sarkelas tranken gern Tee mit Schuss, eine Angewohnheit, die Antti von seinen Eltern übernommen hatte.

«Was ist da drin?», fragte ich höflich.

«Wodka mit Zitrone. Schmeckt gut, oder? Tauno und ich brauchen eine kleine Stärkung, nach der Zeit mit Matti und Mikko. Die armen Kerlchen sind natürlich ganz verschreckt. Die Erinnerung an Sannas Tod ist ja noch ganz frisch, und jetzt Armi ... Mikko musste gestern Abend vor dem Schlafengehen unbedingt Marita anrufen, er wollte sich bestimmt vergewissern, dass seine Mutter noch da ist.»

«Einstein braucht jetzt aber auch eine Stärkung, nachdem er den Fängen der Zwillinge entronnen ist.» Antti holte Krabben, Einsteins Lieblingsspeise, aus dem Gefrierschrank und schob eine Portion zum Auftauen in die Mikrowelle. Der Duft der Schalentiere brachte die Katze völlig aus dem Häuschen. Sie schnurrte so laut wie drei mittelgroße Generatoren, schubste der Reihe nach jeden von uns an und miaute fordernd. Als Antti ihr das Futter hinstellte, erreichte das Schnurren die Lautstärke von fünf Generatoren.

Plötzlich fiel mir ein, dass ich Elina Kataja anrufen wollte. Das Telefon in der Küche mochte ich jetzt nicht benutzen, also nahm ich den Zweitanschluss in Anttis Arbeitszimmer.

«Höret, was der Engel spricht: Ich bin schwofen und weiß nicht, wie lange es dauert. Bitte, hinterlassen Sie eine Nachricht, ich rufe zurück, sobald ich wieder klar denken kann», verkündete Elina Katajas Anrufbeantworter. Offensichtlich war sie weithin unter ihrem Spitznamen Engel bekannt.

Ich blieb noch eine Weile an Anttis Schreibtisch sitzen. Meine Schultern schmerzten, die Beine waren immer noch steif von dem gestrigen Gewaltmarsch. Wie gern wäre ich jetzt allein in meiner alten Wohnung gewesen und hätte mich in der großen Wanne geaalt! Sarkelas hatten keine Badewanne, und um die Sauna zu heizen, war es schon zu spät.

Ich ging zurück in die Küche, trank meinen Tee aus und ließ mir von Marjatta nachschenken. Auf einmal fiel mir ein, dass Marita gesagt hatte, ihre Mutter wäre mit Dr. Hellström nicht zufrieden gewesen.

«Marjatta, hatte dein Entschluss, nicht mehr zu Dr. Hellström zu gehen, etwas mit Armi zu tun?»

Sie sah mich verdutzt an.

«Nein, überhaupt nicht, Armi war sehr nett und kompetent. Das lag einzig und allein an Erik», schnaubte sie. «Wie du weißt, ist mir vorletztes Jahr die Gebärmutter entfernt worden. Nicht, dass ich mich deshalb geniere, aber ich fand es nicht gerade angenehm, dass Erik anderen Patientinnen erzählt hat, der Frau Sarkela hätte er die Gebärmutter rausgenommen und jetzt wäre sie wieder prima in Schuss», erklärte sie aufgebracht.

«Es gab aber auch noch andere Gründe. Ich bin eher für eine natürliche Lebensweise, und für meinen Geschmack hat Erik allzu eifrig versucht, mir Hormone und andere Medikamente aufzuschwatzen. Man munkelt, dass er sich selbst am allermeisten verschreibt ... das ist allerdings nur Tratsch. Und einmal hab ich zufällig gesehen, wie er in der Praxis eine seiner Patientinnen geküsst hat. Ich weiß zwar, dass seine Ehe praktisch am Ende ist, aber als Arzt sollte er Patientinnen gegenüber Zurückhaltung wahren!»

«Er scheint ein ziemlicher Frauenheld zu sein», murmelte ich.

«Das bildet er sich zumindest ein. Für manche mag so ein Arzt ja attraktiv sein. Eriks Frau Doris hatte das Ganze jedenfalls satt. Sie ist Malerin und lebt sechs Monate im Jahr irgendwo bei Nizza. Da unten hat sie sich einen hübschen jungen Bildhauer angelacht. Das muss für Erik ein harter Schlag gewesen sein ...» Marjatta grinste schadenfroh, ich lächelte zurück und merkte, dass ich nicht nur sie, sondern auch die unbekannte Doris Hellström sympathisch fand.

Erik Hellström küsst seine Patientinnen ... Hatte Armi vielleicht etwas gegen ihn in der Hand gehabt?

Ich dachte noch am nächsten Morgen darüber nach, während ich zur Arbeit fuhr. Mein altes grünes Fahrrad schaukelte gemütlich, es war ein warmer, diesiger Morgen, den ich am liebsten im Freien verbracht hätte. Hellström wäre ein Tatverdächtiger nach meinem Geschmack: Ich konnte ihn nicht leiden, und er war nicht mit Antti verwandt. War meine Denkweise auch nur einen Deut besser als Pertsas?

Nach unserer üblichen Montagsbesprechung erörterten Eki und ich den Fall Kimmo. Eki wirkte zunehmend besorgt.

«Bist du felsenfest von Hänninens Unschuld überzeugt?»

«Fünfundneunzigprozentig.»

«Aber die Polizei hat doch sogar eine Zeugin, die gehört hat, wie Kimmo und Armi sich noch um Viertel nach eins gestritten haben.»

«Mit der Zeugin bin ich in einer halben Stunde verabredet. Willst du mitkommen?»

«Mach das ruhig allein. Ich kann Kimmo vor Gericht vertreten, wenn du mir vorher ein Resümee lieferst.»

Ich wusste nicht recht, ob ich erleichtert oder enttäuscht sein sollte. Natürlich hatte ich mir längst ausgemalt, wie ich in der Verhandlung über die richterliche Anordnung der Untersuchungshaft als heldenhafte Verteidigerin auftreten und Pertsas elende Theorien mit scharfen Bemerkungen vom Tisch fegen würde. Das war natürlich reine Phantasie. In Wahrheit würde ich ebenso die Beherrschung verlieren wie Pertsa, und die ganze Show würde Kimmo überhaupt nichts nützen.

Also machte ich mich auf den Weg in die Jousenkaari zu der Witwe Kerttu Mannila, Pertsas Kronzeugin. Sie wohnte am anderen Ende der Häuserreihe und war am Samstagmorgen kurz bei Armi gewesen.

Das alte Mütterchen war mindestens fünfzehn Zentimeter kleiner als ich, zusammengeschrumpft und runzlig, aber immer noch resolut und energisch.

«Ich bin am Morgen bei der Armi vorbeigegangen, weil, ich hatte gerade Brei gekocht und Piroggenteig geknetet. Weißt du, Mädchen, die Armi hat mich nämlich mal gefragt, ob ich ihr beibringen kann, wie man Piroggen macht. Ich wollt mich ja eigentlich am Abend vorher anmelden, aber da war sie nich daheim. So um neun hab ich dann bei ihr geklingelt, und da hat sie gesagt, jetzt geht's nich. Hast du Besuch von deinem Verlobten, hab ich gefragt. Sie hat gesagt, sie muss alles Mögliche erledigen. Ich hab versprochen, ihr später 'ne Kostprobe zu bringen, und wir haben ausgemacht, dass wir ein andermal zusammen backen.»

«Und gegen eins haben Sie ihr dann die Kostprobe gebracht?», fragte ich gespannt. Wenn Kimmo gelogen hatte, würde ich ihm höchstpersönlich das Fell über die Ohren ziehen.

«Meine Schwester hat grade angerufen, wie ich das letzte Blech aus dem Ofen geholt hab, deswegen hab ich die Armi erst ganz vergessen. So gegen fünf vor eins bin ich dann zu ihr rübergegangen, durch den Garten, aber wie ich zum Törchen kam, hab ich mich richtig erschrocken, weil, da hab ich Armi gehört. Sie war wütend, dabei ist sie sonst nie böse geworden.» Die Augen der Alten funkelten, sie wusste offenbar ganz genau, wie wichtig ihre Aussage war.

«War das ganz sicher Kimmo Hänninen, mit dem Armi sich gestritten hat? Was haben die beiden gesagt?»

«Na ja, ich hab eigentlich nur Armis Stimme gehört. Wie ich also ans Tor kam, hat die Armi so was gesagt wie ‹Ich spiel da nicht mehr mit, das ist gegen mein Gewissen› ...»

«Und was hat der andere gesagt?»

«Ach, weißt du, ich hör ja nich mehr so gut wie früher. Tiefe Stimmen versteh ich ganz schlecht. Die Armi war so wütend, dass sie ziemlich schrill gesprochen hat. Aber der andere, der hat bloß gemurmelt. Ich hab nich mitgekriegt, was der gesagt hat. Dann hat die Armi wieder gerufen, dass sie zur Polizei geht. Da hab ich gemerkt, dass das nich für meine Ohren bestimmt is, und bin heim. Ich hab gedacht, ich ruf vorher an, eh ich nochmal mit den Piroggen hingeh, aber wie ich um halb zwei telefoniert hab, is keiner drangegangen.»

«Gut, dass Sie nicht zurückgegangen sind, sonst wären Sie noch über die Leiche gestolpert», meinte ich.

«Ach, Kleine, ich hab doch keine Angst vor Toten. Ich war im Krieg bei der Frauenhilfstruppe ganz vorn an der Front, da hab ich alle Sorten von Leichen gesehen. Die sind auch nich anders wie die Lebenden», versetzte Kerttu Mannila. «Wenn ich bloß den Mut gehabt hätte, mit meinen Piroggen einfach reinzugehen, dann wär die Armi vielleicht noch am Leben.»

Was sollte ich dazu schon sagen, im Grunde hatte sie Recht. Aber wenn der Mörder von Kerttu Mannilas Aussage erfuhr, war sie womöglich selbst in Gefahr. Ob Pertsas Leute daran gedacht hatten?

Als ich sie darauf ansprach, lachte sie nur.

«Was weiß ich denn schon, ich hab den Mörder doch gar nich

richtig gehört. Ich kann nich mal sagen, ob's ein Mann war oder 'ne Frau. Er hat leise gesprochen, als wenn er Angst hätte, dass ihn einer hört. Natürlich hab ich erst gedacht, es ist Kimmo, manchmal streiten sich ja auch Liebespaare, aber jetzt weiß ich nicht ...»

Wenn Pertsa seinen Antrag auf Haftbefehl gegen Kimmo mit Frau Mannilas Aussage begründete, war seine Beweiskette mehr als wacklig. Vielleicht fand sich ja jemand, der bezeugen konnte, dass Kimmo schon kurz vor eins zu Hause gewesen war. Sollte ich nach Zeugen suchen? Die Polizei schien jedenfalls nichts dergleichen zu tun.

Als ich ins Büro kam, musste ich gleich als Erstes ans Telefon rennen.

«Elina Kataja hier, Tag. Sie haben um Rückruf gebeten.»

«Guten Tag. Ja, ich würde gern mit Ihnen über den Club Bizarre und über Kimmo Hänninen sprechen. Sie kennen ihn doch?»

«Kimmo? Ja, den kenn ich. Wieso? Sind Sie seine Freundin?» Elinas tiefe Stimme klang gereizt und misstrauisch.

Ich erklärte ihr, was passiert war und weshalb ich nachweisen musste, dass Kimmos sadomasochistische Neigungen ihn nicht automatisch zum Mörder machten.

«Kimmo hat Ihnen also selbst gesagt, Sie sollten mit mir sprechen?», fragte Elina. «O Gott! Muss ich etwa auch vor Gericht?»

«Vorläufig nicht. Eventuell später, falls gegen Kimmo Anklage erhoben wird. Aber Sie können mir also bestätigen, dass Kimmo ... Masochist ist?»

«Klarer Fall von Maso», lachte Elina. «Das ist ja gerade sein Problem. Er möchte zu gern mit einer dominanten Frau seine S/M-Geschichten treiben, will aber seine Freundin nicht betrügen, weil er sie liebt. Verflixt, ich hab erst geglaubt, Sie wären das, obwohl Ihr Name mir gar nicht bekannt vorkam. Ich dachte, jetzt ruft Armi an und sagt mir, ich soll die Finger von Kimmo lassen.»

«Wieso? War denn was zwischen euch?», fragte ich aus purer Neugier.

«Nein! Wir haben allerdings bei unseren Clubfeten so 'ne Performance gemacht, wo ich Kimmo quäle. Alles bloß Vorspiel, überhaupt kein richtiger Sex, den verhindert nicht nur das finnische Gesetz, sondern auch Kimmos Moral. Wir hätten sofort die Bullen am Hals, wenn wir in der Öffentlichkeit ficken würden … Und wie gesagt, Kimmo wollte seine Freundin nicht betrügen. Er hält diese Seite seines Lebens streng getrennt von allem anderen. Trotzdem hält sie ihn gefangen, und gleichzeitig ist er ein Gefangener von Armis Liebe. Über diese Dinge spricht er garantiert mit keinem, den er im Alltagsleben kennt, jedenfalls nicht mehr, seit Sanna tot ist. Sie war Kimmos Schwester.»

«Ja, Sanna hab ich auch gekannt. War sie denn auch Clubmitglied?»

«Durch Sanna ist Kimmo ja überhaupt erst zu uns gekommen. Die Sanna kannte einen gewissen Ode, den ich übrigens länger nicht mehr gesehen habe, der hat sie in den Club eingeführt, Sanna hat Kimmo davon erzählt und so weiter. Ich fand es ziemlich aufregend und gleichzeitig schrecklich, dass diese ganzen Sachen für Sanna so real waren.»

«Real? Wie meinen Sie das?», fragte ich und musste wieder an Sannas zerschnittene Arme denken.

«Sie wollte richtig geschlagen werden. Also ganz echt geprügelt, nicht bloß so zum Schein. Nicht wie … Ach was, ich hasse es, am Telefon darüber zu sprechen! Wissen Sie was, wir haben morgen eine Fete in der alten Lagerhalle. Sie können ja mit Kimmo hinkommen, wenn er freigelassen wird.»

Es kommt äußerst selten vor, dass mir etwas die Sprache verschlägt, doch jetzt war ich sprachlos. Ich dachte an die Zeitschriften, die Pertsa mir unter die Nase gehalten hatte, an die Fotos, die mich faszinierten und mir zugleich Angst machten.

«Sie brauchen sich nicht extra zurechtzumachen, kommen

Sie ruhig in Jeans oder so», fügte Elina hinzu. Es wunderte mich, dass sie so eifrig für die Clubfete warb, denn ich hatte immer geglaubt, bei solchen Veranstaltungen wäre man lieber unter sich. Wir einigten uns darauf, dass ich anrufen würde, wenn ich wusste, ob Kimmo freikam.

Ich legte auf und ging in Gedanken meine Garderobe durch. Da war doch der schwarze Lederrock ... Bestimmt hatte Marita eine Nähmaschine. Meine Lederjacke aus Punkerzeiten hing auch in Itäranta. Dann noch die Haare aufwuscheln und ordentlich Schminke ins Gesicht ... Der Gedanke, auf eine S/M-Fete zu gehen, erschien mir immer verlockender.

Eki platzte mitten in meinen Tagtraum hinein. Es fiel mir schwer, ihm von dem Telefonat zu berichten, ohne verlegen zu stottern. Er machte sich ungerührt Notizen, als alter Scheidungsanwalt kannte er vermutlich alle Seiten des Lebens.

Nachdem er gegangen war, arbeitete ich an meinen anderen Fällen weiter, obwohl es mir schwer fiel, mich auf Beleidigungen und dergleichen zu konzentrieren, wo mir die ganze Zeit Sex und Mord im Kopf herumspukten. Der Beleidigungsprozess, mit dem ich mich befassen musste, war eine Farce, aufgeführt von zwei Kaufleuten, beide Inhaber von Geschäften für Haushaltsgeräte – der eine war dem anderen mit seiner Anzeige knapp zuvorgekommen. Praktisch alle Unternehmen waren von der Rezession betroffen, und diese beiden sahen ihre Rettung darin, durch gnadenlose Reklamefeldzüge und Wortgefechte den Konkurrenten auszuschalten.

Ich zwang mich, bis zwei Uhr im Paragraphendschungel auszuharren, und lief dann rasch ins Einkaufszentrum, um mir etwas zum Mittagessen zu holen. Auf dem Weg schaute ich kurz in Makes Sportgeschäft vorbei, ich wollte sehen, ob er sich inzwischen von seiner Wochenendsauferei erholt hatte. Bei unserer ersten Begegnung hatte Make behauptet, er würde nur zwei Bier pro Tag trinken, aber in letzter Zeit schien er seine Prinzipien über Bord geworfen zu haben.

Im Laden war überhaupt nichts los. Ein paar Jungen besahen sich die Baseballschläger, im Radio lief einer der süßlichsten Songs aus Elvis' schlimmsten Jahren, Make lehnte am Ladentisch und sah aus, als bräuchte er dringend ein Bier. Auf meinen Gruß antwortete er nur mit einem knappen Nicken.

«Wie fühlst du dich?», fragte ich überflüssigerweise. Schon aus einigen Metern Entfernung war zu sehen und zu riechen, wie es um ihn stand.

«Entsetzlich. Nachdem du weg warst, bin ich ins Balloons und dann noch wer weiß wohin. Haben sie Kimmo schon freigelassen?» Make drehte das Radio lauter, als wollte er verhindern, dass die Jungen unser Gespräch mithörten, obwohl die sich allem Anschein nach nur für die Baseballschläger interessierten, die sie allerdings, so wie sie sie anfassten, ganz und gar nicht zu sportlichen Zwecken zu verwenden gedachten.

«Über den Haftbefehl wird gerade verhandelt. Wie hieß nochmal der Bekannte von dir, der dir von Armis Tod erzählt hat?»

«Stögö oder eigentlich Staffan Brandt. Wieso? Willst du ihn fragen, wie ich reagiert hab, oder was? Musst du als Verteidigerin einen anderen Verdächtigen finden?» Make spannte die Backenmuskeln an, sein Gesicht wirkte ungewohnt hart. «Um welche Zeit ist Armi umgebracht worden? Ich hab jedenfalls kein ordentliches Alibi. Ich war gegen halb zwei hier im Geschäft, und auf dem Weg hierher bin ich mit dem Rad ziemlich nah an der Jousenkaari vorbeigefahren, ich war nämlich in der Pizzeria am Oravannahkatori und hab mir eine Calzone zum Mitnehmen gekauft. Du kannst ja den Pizzaverkäufer fragen, ob ich mordlustig ausgesehen hab ...»

«Du hast dir deine Antwort ja genau zurechtgelegt», gab ich ebenso aggressiv zurück.

«Ich warte doch bloß drauf, dass irgendein bescheuerter Bulle auf die Idee kommt, ich hätte erst Sanna umgebracht und jetzt Armi. Bei den Idioten muss man mit allem rechnen.» Make schrak zusammen, als plötzlich Heavymetal aus dem Radio dröhnte, und stellte das Ding leiser, weil gerade zwei Herren mittleren Alters das Geschäft betraten.

«Ich werf dir überhaupt nichts vor», zischte ich und machte mich auf den Rückweg in die Kanzlei. Trotzdem gingen mir Makes Worte nicht mehr aus dem Kopf: «... ich hätte erst Sanna umgebracht und jetzt Armi.» Womöglich war es tatsächlich so gewesen.

Als ich gerade das letzte Stück von meiner Avocado verspeiste, klingelte das Telefon. «Eki hier, hallo. Schlechte Nachrichten, Kimmo bleibt in Untersuchungshaft. Er möchte dich sprechen. Nimm den Honda und komm her.»

«Was, zum Teufel ...?» Ich war so geschockt, dass ich beinah den Avocadokern runtergeschluckt hätte.

«Neues Beweismaterial. Wir reden drüber, wenn du hier bist.»

Mit zitternden Händen ließ ich den kleinen schwarzen Wagen an. Auf der völlig leeren Mankkaantie musste ich schwer an mich halten, um nicht voll aufs Gaspedal zu treten. Ich fragte mich, wo eigentlich der viel beschworene Durchgangsverkehr war, dessentwegen man Millionen in den Ausbau der Umgehungsstraße zwei steckte.

Der picklige Diensthabende, den ich schon vom letzten Mal kannte, führte mich in den Vernehmungsraum, in dem Eki und Kimmo saßen. Eki sah verärgert aus. Kimmo sprang bei meinem Anblick auf, als wollte er sich mir an den Hals werfen, aber als ich ihn umarmte, machte er sich ganz steif und legte seine Arme nicht um mich.

«Mit welcher Begründung wollen die Blödmänner Kimmo weiter festhalten?», fragte ich Eki, setzte mich an den Tisch und holte meinen Notizblock hervor. Kimmo schlurfte ans Fenster, mit hängenden Schultern und schleppenden Schritten, wie der Inbegriff des Schuldigen. Hatte er mich doch hinters Licht geführt?

«Die Staatsanwaltschaft möchte die Vernehmungen fortsetzen und hält es für wahrscheinlich, dass gegen Kimmo Mordanklage erhoben wird. Motiv: Streit über Sexualpraktiken, Begründung: das von einer Nachbarin mitgehörte Gespräch, Kimmos sexuelle Perversionen sowie die Ergebnisse der kriminaltechnischen Untersuchungen, wonach Armis Würger höchstwahrscheinlich Gummihandschuhe trug und an Kimmos Kleidung Fasern von Armis Kleidung und Erde aus ihrem Garten gefunden wurden.»

«Aber für die Fasern und die Erde gibt es doch andere Erklärungen. Und was die Nachbarin gehört hat, belastet Kimmo meiner Meinung nach nicht, eher im Gegenteil. Warum sollte Armi wegen einer Meinungsverschiedenheit mit Kimmo zur Polizei gehen? Und Kimmo hat doch ausgesagt, dass er die Handschuhe nicht bei sich hatte. Vielleicht hat der Mörder Armis Haushaltshandschuhe verwendet. Ist überprüft worden, ob welche im Haus sind? Und ...»

«Außerdem ist angeblich einer der Nachbarn ganz sicher, dass Kimmo erst um halb zwei nach Hause gekommen ist», unterbrach Eki. Er glaubte nicht an Kimmos Unschuld, das sah ich ihm an.

«Wer? Ich will sofort mit ihm sprechen!»

Eki schüttelte den Kopf, sei es, weil er den Namen nicht wusste, sei es, weil er keinen Sinn darin sah.

«Kimmo, zum letzten Mal: Du hast Armi doch nicht umgebracht?»

Da er nicht reagierte, sondern nur stumm aus dem Fenster starrte, ging ich zu ihm hin, packte ihn an den Schultern und zwang ihn, mir in die Augen zu sehen. Sein Gesicht war fleckig, die Aknenarben leuchteten auf der blassen Haut wie kleine Messerschnitte. Mit völlig apathischer Stimme sagte er:

«Nein. Aber das glaubt mir ja keiner. Die Polizei nicht, Eki nicht ... und du jetzt auch nicht mehr ...»

Bei seinen Worten fühlte ich mich wie Brutus. Ohne mich weiter um Eki zu kümmern, berichtete ich Kimmo von meinem Gespräch mit Elina Kataja. Als er hörte, dass ich am nächsten

Tag zur Fete des Club Bizarre gehen wollte, raffte er sich sogar zu einem schwachen Lächeln auf.

«Am besten nimmst du Antti mit.»

«Wozu denn? Ich kann allein auf mich aufpassen.»

«Sicher, aber spätestens nach einer halben Stunde hast du garantiert die Nase voll von den Männern, die dort um dich rumstreichen. Da sind 'ne ganze Menge, die sich freuen, wenn neue Frauen auftauchen.»

«Ich weiß nicht, was Antti davon hält. Kannst du ihm irgendwelche Klamotten leihen, wenn er mitgeht? Oder hat Pertsa dein Geheimversteck geplündert?»

Kimmo grinste zaghaft. «Meine Sachen sind in einem abgeschlossenen Schrank in meinem Zimmer. Der Schlüssel liegt in einem Buch auf meinem Regal, ‹Die sieben Brüder›. Das nimmt sowieso keiner in die Hand, hab ich mir gedacht.»

«Ich würde gern mal mit Armis Freundinnen reden. Wer käme denn da in Frage?», erkundigte ich mich noch rasch, bevor wir gehen mussten.

Eki und ich fuhren hintereinanderher zur Kanzlei. Ich stellte in Gedanken verschiedene Listen auf. Dinge, die zu tun waren, Leute, mit denen ich reden musste, andere Verdächtige: Make, Mallu, ihr Mann Teemu Laaksonen, Armis Eltern, sogar Risto und Marita. Hellström und Eki waren ja auch auf Ristos Geburtstagsfeier gewesen ... Wenn nun Eki Armi ermordet hatte und es für die ideale Lösung hielt, Kimmo die Schuld zuzuschieben?

Aber warum? Ich betrachtete den feisten Nacken und den kahlen Hinterkopf meines Chefs, der vor mir fuhr. Was wusste ich letzten Endes von ihm? Eigentlich kannte ich ihn noch gar nicht so lange. Vielleicht hatte Armi mir etwas über Eki sagen wollen ...

Ich bin paranoid, dachte ich, als ich meinen Honda vor der Kanzlei parkte. Eki stieg aus seinem Wagen aus und erklärte, wir müssten miteinander reden. In den Büroräumen war es still, nur aus Maras Zimmer drang gedämpftes Gemurmel.

«Unter uns gesagt, ich glaube nicht, dass der junge Hänninen unschuldig ist.» Eki ließ sich auf den bequemsten Stuhl des Konferenzzimmers fallen und nahm das letzte Stück Schokoladenkuchen vom Tisch. «Der Fall sieht ziemlich klar aus. Am besten arbeiten wir auf Totschlag hin, und eine Untersuchung seines Geisteszustandes sollten wir auch beantragen. Die Hänninens sind alle ein bisschen seltsam ... zumindest Annamari und ihre Kinder», setzte er hinzu, als fürchte er, meine Beinahverwandten zu beleidigen.

«Ich bin anderer Meinung. Ich halte Kimmo für unschuldig.»

«Begründung?»

«Die Beweise, die Pertsa ... Kriminalkommissar Ström vorgelegt hat, sind nicht stichhaltig. Und dann der allgemeine Eindruck. Mein Instinkt sagt mir, dass Kimmo Armi nicht umgebracht hat.»

«Das Gericht trifft seine Entscheidungen aber nicht aufgrund weiblichen Instinkts», sagte Eki in scharfem Ton. «Ich halte es jedenfalls für richtiger, dass wir uns auf Kimmos Verteidigung konzentrieren. Du kannst gern zu diesem Club gehen, wenn du willst, vielleicht bringt das ja was. Kimmo vertraut dir. Wäre es nicht am allerbesten, wenn du versuchst, ihn zu einem Geständnis zu überreden?»

Fassungslos starrte ich Eki an. Ich fühlte mich miserabel: Hatte ich überhaupt das Zeug zu einer Anwältin, wenn ich nicht einmal fähig war, meinen Chef zu überzeugen?

«Ich kann ja verstehen, dass du als Expolizistin den Fall genauer untersuchen willst, das liegt dir sozusagen im Blut. Du kannst es auch gerne tun, aber nicht in der Arbeitszeit!»

Ich zählte langsam bis zehn. Wenn ich jetzt explodierte, war keinem gedient. Eki hatte seinen Standpunkt klar gemacht, ich musste mich fügen. Auch die Polizei hielt den Fall für geklärt. Die einzige Argwöhnische war ich.

Den Rest des Tages bearbeitete ich folgsam andere Fälle, versuchte zwischendurch allerdings, Elina Kataja, die ich in Gedanken auch schon Engel nannte, und Armis Freundinnen zu erreichen. Nach fünf machte ich mich auf den Weg ins Fitnesscenter, die Sporttasche hatte ich vorsorglich schon am Morgen zur Arbeit mitgenommen. Wenn ich mich mit den Hanteln ausgetobt hatte, würde es mir etwas besser gehen.

Im Spiegel des Umkleideraums sah ich, wie sich die energische Anwältin in eine Bodybuilderin verwandelte. Abschminken, die Haare am Oberkopf zum Pferdeschwanz binden. Raus aus dem Sommerkleid, rein in das ärmellose Top und das enge grüne Trikot. Turnschuhe statt Ledersandalen. Schweißband um den Kopf, Handgelenkschützer anziehen, und fertig war das zweite Ich der Maria Kallio. Wie viele gab es noch gleich?

Im Fitnesscenter war es wunderbar ruhig, an Sommertagen hatte niemand Lust, sich drinnen abzurackern. Systematisch trainierte ich anderthalb Stunden lang und versuchte gleichzeitig, Ordnung in meine Gedanken zu bringen. Ich überlegte, woher Marita den blauen Fleck hatte und ob Makes morgendlicher Cocktail so harmlos war, wie er behauptete. War das Fitnesscenter womöglich ein Umschlagplatz für Drogen und Hormone, schluckte Make irgendwelche Mittelchen? Übermäßig muskulös war er zwar nicht, aber sein Alkoholkonsum zehrte garantiert an den Muskeln. Vielleicht brauchte er zum Ausgleich Hormone. Und wenn er wusste, wo man die bekam, war nahe liegend, dass er auch Sanna Stoff besorgt hatte.

Als ich das Fitnesscenter verließ, hatte ich eine ganze Liste von Fragen, auf die ich eine Antwort suchen wollte. Für mich war der Fall keineswegs so eindeutig wie für Pertti Ström.

Antti hockte wieder in seinem Arbeitszimmer. Ich klapperte in der Küche herum, um ihn wissen zu lassen, dass ich zu Hause war. Auf einem Stück Brot kauend, rief ich Marita an, die nächste Nähmaschinenbesitzerin. Außer Hilfe beim Nähen erhoffte ich mir von ihr ein paar Informationen.

«Von mir aus kannst du jetzt gleich kommen. Was ist denn nun mit Kimmo?»

Es fiel mir schwer, ihr die schlechte Nachricht zu überbringen. Irgendwie hatte ich das Gefühl, dass auch Marita schon an Kimmos Schuld glaubte. Ich sagte ihr, ich käme irgendwann vorbei. Dann rief ich eine der beiden Freundinnen von Armi an, die Kimmo mir genannt hatte: Minna, die mit Armi zur Krankenpflegeschule gegangen war.

«Ja, ich hab's schon gehört. Von Sari Rannikko, einer Schulfreundin von Armi. Sie hat mich angerufen und kommt mich gleich besuchen. Das ist alles so schrecklich ...», schluchzte Minna.

«Könnten wir uns vielleicht zu dritt treffen? Sari wollte ich nämlich auch noch anrufen. Wie wäre es heute um halb acht im Café Socis?»

Antti kam endlich aus dem Kellergeschoss raufgepoltert.

«Wie ist es ausgegangen?», fragte er und las mir die Antwort am Gesicht ab.

«Oh, verflucht ... Hat der Kerl es doch getan?» Wieder einmal redete ich über Beweise und Konstellationen und verfluchte die Blödheit Ekis und der Polizei. Antti dagegen schaute nachdenklich drein.

«Ich kenn Kimmo besser als du», meinte er, als ich mit meinem Sermon fertig war. «Und ich weiß nicht ... vielleicht ist es doch möglich, dass er Armi umgebracht hat. Jeder kann töten, wenn er in Wut gerät.»

«Vor der Zivildienstkommission hast du garantiert nicht so geredet», gab ich angriffslustig zurück. «Kommst du morgen mit zu dieser Fete?»

«Ich glaub, ich hab keine Lust, den Spanner zu spielen, ich bin schließlich nicht Kimmos Anwalt. Bist du übrigens sicher, dass du dich bei deinem Urteil nicht von deiner alten Antipathie gegen diesen Ström leiten lässt? Du warst doch selbst bei der Polizei, da wirst du ja am besten wissen, dass die keinen ohne stichhaltigen Grund verhaften.»

«Die machen es sich einfach zu leicht! Soll ich etwa die Hände in den Schoß legen und zugucken, wie Kimmo für Jahre ins Gefängnis wandert?»

«Du bist keine Polizistin mehr.»

«Nee, bin ich nicht, aber ich hab trotzdem nicht vor, einfach alles laufen zu lassen! Du kannst ja von mir aus den Kopf in den Sand stecken, genau wie damals bei Jukka!»

Das hatte gesessen. Antti wurde erst rot, dann blass, seine Augen verengten sich wie die einer wütenden Katze. Sekundenlang dachte ich, er würde mich schlagen, aber dann drehte er sich wortlos um und verschwand türenknallend in seinem Arbeitszimmer. Ich hatte ihn an seinem wundesten Punkt getroffen, denn er fühlte sich immer noch mitschuldig am Tod seines Freundes und an dem, was danach geschehen war.

Blödian, dachte ich, ohne recht zu wissen, wen von uns beiden ich meinte. Vielleicht war es doch besser, dass wir uns trennten, wenn wir uns sowieso andauernd stritten. Aber nein, so leicht wollte ich nicht aufgeben, weder im Beruf noch im Privatleben.

Sieben

Unbarmherzige Armi

Einige Stunden später saß ich im Bus nach Helsinki, betrachtete die Wolken, die über den Himmel zogen, und dachte immer noch über Antti nach. Als hätten wir es so verabredet, hatten wir seit letztem Sommer nicht mehr über den Mord an Jukka gesprochen. Wir fühlten uns beide schuldig am Schicksal der Mörderin. Antti hatte Informationen zurückgehalten, ich war bei der Festnahme unvorsichtig gewesen. Die Täterin saß immer noch in einer Nervenheilanstalt.

Antti war allerdings sensibler und empfindlicher als ich. In schwierigen Situationen zog er sich in sein Schneckenhaus zurück, er verkroch sich in sein Arbeitszimmer und grummelte vor sich hin. Ich dagegen tobte eine halbe Stunde lang und lenkte dann allmählich ein. Antti wollte jedes Problem hin und her wälzen, von allen Seiten untersuchen, wie ein gründlicher Mathematiker eben. Ich war schneller, kam manchmal zu ziemlich radikalen Ergebnissen und hatte keine Ader für stundenlange Grübeleien.

Wie wohl jedes Mädchen hatte auch ich als Teenager von einem geheimnisvollen Helden geträumt. Groß sollte er sein, dunkelhaarig und leicht melancholisch. Antti erfüllte alle diese Voraussetzungen, aber das Leben an der Seite eines solchen Mannes war nicht immer leicht. Vielleicht hatte Jessica Rabbit ganz Recht, sich einen Mann zu wünschen, der sie zum Lachen brachte.

Als ich aus dem Bus stieg, wurde mir plötzlich bewusst, dass Antti mich auch zum Lachen bringen konnte. Nur in letzter Zeit hatte der Stress mit seiner Dissertation ihm offenbar die Lust genommen, Witze zu reißen. Und war es wirklich so unverständlich, wenn es ihn schlauchte, nun schon zum zweiten Mal in einen Mord verwickelt zu sein? Nur die Helden der Krimiserien leben einfach weiter wie bisher, auch wenn um sie herum reihenweise Menschen ermordet werden. Im wirklichen Leben hinterlässt jeder gewaltsame Tod Spuren bei den Menschen, die mit ihm in Berührung kommen. Ohne die dünne Schutzschicht, die ich mir im Beruf zugelegt hatte, wäre ich wahrscheinlich auch völlig durcheinander.

Anhand der Beschreibung, die Minna mir gegeben hatte, fiel es mir nicht schwer, Armis Freundinnen im Café zu entdecken. Sie saßen mit ihren Teegläsern an einem Fenstertisch und unterhielten sich, Minna leise und bedrückt, Sari mit lauter, schriller Stimme.

Ich war sowieso schon grantig, da verbesserte Saris Organ meine Laune nicht gerade. Menschen mit hässlicher Stimme sind mir einfach zuwider. Sari sah genauso aus, wie ihre Stimme vermuten ließ: lang und dürr, mit scharfen Gesichtszügen, unregelmäßiger Haut, kurz geschorenem Haar. Durch ihre modische Brille blinzelte sie mir kurzsichtig entgegen.

«Ist es wahr, dass Kimmo Armi ermordet hat?», trompetete sie, als ich mich setzte.

«Die Polizei nimmt es jedenfalls an», sagte ich etwas gedämpfter und berichtete wieder einmal, was passiert war. «Es wäre aber gut, wenn ihr auch über andere Alternativen nachdenkt. Was für einen Eindruck habt ihr von der Beziehung zwischen Armi und Kimmo? Hat Armi in letzter Zeit irgendetwas Besonderes erwähnt? Ich hol mir einen Tee, dann können wir weiterreden. Kann ich euch zu irgendwas einladen?»

«Ich hätte irre Lust auf Eis, aber ich weiß nicht, ob sich das schickt, wo Armi ...», quäkte Sari.

«Armi würde es dir nicht krumm nehmen», mischte sich Minna ein. Sie war klein, hatte sanft gerundete Formen und dunkle Locken. Unter normalen Umständen glich sie mit ihren runden Augen und roten Wangen sicher einer lappischen Trachtenpuppe, aber jetzt wirkte sie erschüttert und ohne einen Funken Lebensfreude.

Sari stand noch an der Theke und überlegte, welche Eissorte sie nehmen sollte, als ich an den Fenstertisch zurückkam. Minna putzte sich die Nase und sagte hastig:

«Ich begreife Sari nicht. Sie war mit Armi von Anfang an in einer Klasse, und trotzdem kommt es mir fast so vor, als ob ihr das Ganze irgendwie gefällt ...»

«Ich hab Vanille und Malaga», verkündete Sari im nächsten Moment. «Armi mochte Malaga mit Erdbeer. Komische Mischung, was? Ich hab Armi vor einer Woche das letzte Mal gesehen, da hat sie mich besucht. Ich wohn in Koivumankkaa, in einem Neubau. Am Samstag hab ich sie nochmal angerufen, ich hab schon überlegt, ob ich das der Polizei sagen sollte.»

«Du hast am Samstag mit ihr telefoniert? Um welche Zeit?» Ich machte mir nicht die Mühe, meine Aufregung zu verbergen, obwohl es mich anwiderte, wie begierig Sari meine Reaktion zur Kenntnis nahm.

«Gegen halb eins. Ich wollte mich mit ihr in der Stadt verabreden, aber sie hat gesagt, sie bekäme Besuch und ...»

«Hat sie gesagt, von wem?», unterbrach ich sie rigoros.

«Irgendeine Maria. Warst du das? Und dann wollte sie noch ihre Schwester anrufen.»

Ich nahm mir vor, Mallu nach dem Telefonat zu fragen. War Armi noch dazu gekommen, sie anzurufen?

«Wie hörte sie sich an? War sie wütend oder ängstlich?»

«Ganz normal. Sie hatte sich wohl mit Kimmo gestritten, aber es war nichts Ernstes. Kimmo war gerade gegangen.»

Mein Gesichtsausdruck verriet ihr offenbar, wie wichtig dieser Satz war.

«Darüber hab ich mich auch gewundert», fuhr Sari fort. «Ist er denn nochmal zurückgekommen?»

«Am besten erzählst du der Polizei von dem Anruf. Das kann für Kimmo sehr wichtig sein.» Ich seufzte erleichtert auf. Wenigstens etwas, was Kimmo entlastete.

«Und du, Minna, wann hast du Armi zuletzt gesehen?»

Minna überlegte.

«Das ist wohl zwei Wochen her ... Ich hatte vorige Woche Nachtschicht und hab nicht mal mit ihr telefoniert. Aber als wir uns das letzte Mal gesehen haben, waren wir zuerst im Kino und haben danach noch ein Glas Wein getrunken. Armi war ziemlich besorgt, ich weiß aber nicht, worüber. Sie hat mich nach Medikamenten ausgefragt, sie wollte alles Mögliche über Benzodiazepine wissen.»

«Was ist das?»

«Beruhigungsmittel, ziemlich milde. Sie hat gesagt, einer von ihren Bekannten futtert die wie Bonbons.»

Ich überlegte, ob ich die Medizinschränkchen meiner Bekannten inspizieren sollte. Allerdings machte Tablettenmissbrauch noch keinen zum Mörder. Aber Armi hatte in einer Privatpraxis gearbeitet. Vielleicht hatte sie mit Medikamenten gedealt?

«Mit mir hat sie mal über diese Sanna gesprochen», mischte sich Sari ein. «Also über die Schwester von Kimmo, die letztes Jahr ertrunken ist. Die war ja total bescheuert, hat sogar Drogen genommen. Vor ein paar Wochen war Armi zum Kaffee bei mir und hat gesagt, sie hätte sich mit Kimmo über Sanna gestritten. Armi wollte nämlich nicht an Sannas Selbstmord glauben.»

Sari redete so laut, dass die Leute an den Nachbartischen sich zu uns umdrehten. Ich ärgerte mich. Ein wirklich intimes Gespräch, nur das halbe Café Socis hörte mit!

«Armi meinte, Sanna ist ermordet worden!», rief Sari triumphierend. Minna sah ganz erschrocken drein.

«Wer soll sie denn umgebracht haben?», fragte ich eine Spur zu aggressiv.

«Ihr Freund ... Hat Armi jedenfalls gesagt: dass Sanna von ihrem Liebhaber umgebracht worden ist.»

«Von Make? Warum denn das? Hat sie mit Kimmo darüber gesprochen?»

«Sie hat nur gesagt, sie hätten sich gestritten, weil Kimmo an Selbstmord glaubt, aber sie meint, dass Sanna ermordet worden ist.»

Ich trank mein Teeglas in einem Zug leer. Ein Schnaps wäre mir lieber gewesen. Warum war Armi überzeugt gewesen, dass Make Sanna umgebracht hatte? Make hatte mir selbst erzählt, wie oft er mit Armi über Sanna gesprochen hat. War ihm dabei irgendetwas entschlüpft, was Armi auf seine Spur gebracht hatte? Oder hatte er seine Tat sogar zugegeben? Ich dachte an das Gespräch, das Kerttu Mannila mitgehört hatte. Armi hatte von ihrem Gerechtigkeitssinn gesprochen und gesagt, sie wolle zur Polizei gehen. Konnte es Make gewesen sein? Ich dachte an die verängstigten Augen in seinem jungenhaften Gesicht, an die durchtrainierten Armmuskeln ... Er hatte Kraft genug, Armi zu erwürgen.

Oder hatte Armi etwas anderes gemeint? In Sannas Blut waren Alkohol und Medikamente gefunden worden. Vielleicht hatte Armi herausgefunden, dass Make Sanna Tabletten besorgt hatte. Womöglich hatte sie auch gar nicht von Make gesprochen, sondern von ihrem eigenen Freund, von Kimmo?

«Bist du sicher, dass Armi von Sannas Freund gesprochen hat, nicht von ihrem eigenen?»

Sari sah mich verwundert an, runzelte dann übertrieben nachdenklich die Stirn. «Ich glaub nicht, dass sie von Kimmo ... Warum hätte sie sich sonst mit ihm streiten sollen?»

Gerade deshalb, wollte ich sagen, hielt aber den Mund. Saris Aussage eröffnete viele neue Möglichkeiten. Ich musste Make überprüfen und Kimmo nach dem Streit fragen.

Draußen rumpelte die Straßenbahn vorbei, der Wind wirbelte eine gelbe Plastiktüte unter ihre Räder und fuhr den Frauen unter die Röcke. Am Himmel waren tintenblaue Wolken aufgezogen, in der Nacht würde es Regen geben, und mit der Traubenkirschblüte in unserem Garten war es bald vorbei.

«Ihr wart Armis beste Freundinnen. Was für ein Mensch war sie eigentlich?»

Wieder ergriff Sari das Wort.

«Wir waren schon auf der Volksschule in derselben Klasse. Damals war sie sehr ruhig und brav, wie eine – nimm's mir nicht übel, Minna –, die später mal Krankenschwester wird. Immer die Hausaufgaben gemacht und picobello angezogen. Ich war damals schon eine Quasselstrippe» – sie lächelte selbstzufrieden – «und hab Armi in der Schule beschützt.»

«Ich hatte gar nicht den Eindruck, dass sie so schüchtern war, eher im Gegenteil», warf ich ein.

«Dazu wollt ich gerade kommen. In der Mittelstufe hat Armi sich allmählich verändert. Gewissenhaft war sie zwar immer noch, aber irgendwie hatte sie mehr Schwung. Wir haben uns damals ziemlich gezankt, eigentlich sind wir erst in der Abiturklasse wieder Freundinnen geworden. Obwohl ich mich manchmal ganz schön über sie geärgert hab, sie konnte nämlich furchtbar dickköpfig sein. Und außerdem war sie neugierig, das muss ich schon sagen, auch wenn man über Tote nicht schlecht reden soll!»

«Hat Armi viel getratscht?»

«Eine Klatschtante war sie nicht», sagte Minna schnell, als hätte sie Angst, dass Sari ihr zuvorkam. «Sie wollte alles über die Leute wissen, aber sie ist über niemanden hergezogen.»

«Armi konnte die Leute zum Reden bringen. Über mich hat sie bestimmt alles gewusst», ergänzte Sari.

Daran zweifelte ich nicht, denn Sari schien zu den Menschen zu gehören, die am liebsten von sich selbst reden.

«Armi war ein wenig zu direkt. Sie hat nichts beschönigt. Vielleicht war sie für eine Krankenschwester nicht taktvoll genug», erklärte Minna.

«Sie hat sich gewundert, wie Minna es in der Sterbeklinik aushält, wo sie nur unheilbare Kranke um sich hat. Armi wollte heilen. Deshalb hat sie die Sache mit Mallu ja auch so mitgenommen. Also, dass die keine Kinder kriegen kann, obwohl sie sich welche wünscht. Armi hat medizinische Bücher gelesen und mit ihrem Chef, Dr. Hellström, gesprochen, sie hat dauernd überlegt, wie sie Mallu helfen könnte.»

«Hat sie mit euch über Mallus Unfall gesprochen?»

«Oft», sagte Minna. «Sie hielt den Fahrer für schuldig an der Fehlgeburt. Darüber hat sie übrigens bei unserem letzten Treffen auch geredet. Sie hat gesagt, wenn sie das doch nur wieder gutmachen könnte ...» Minna runzelte die Stirn. «Seltsam! Sie hat tatsächlich ‹wieder gutmachen› gesagt. Dabei war der Unfall doch gar nicht ihre Schuld.»

Mir fiel ein, dass Mallus Mann sich eingebildet hatte, Armi am Steuer des Unfallwagens gesehen zu haben, und es überlief mich kalt. Womöglich glaubte einer der beiden Laaksonens immer noch, Armi wäre schuld an ihrer Tragödie. Was dann?

«Ich kann mir nicht vorstellen, dass Kimmo Armi umgebracht hat. Sie konnte ziemlich unbarmherzig sein; wenn sie über irgendwen was Schlimmes gewusst hätte, wäre sie bestimmt zur Polizei gegangen», dröhnte Sari.

Jetzt bekam ich fast eine Gänsehaut. Trug ich indirekt die Schuld an Armis Tod? Sie hatte fest vorgehabt, mir etwas zu erzählen, und das hatte jemand um jeden Preis verhindern wollen. War die Person, die Mallus Unfall verursacht hatte, auf Risto Hänninens Geburtstagsfeier gewesen? Oder Sannas Mörder? Ich dachte an die Menschen, die in der lauen Sommernacht gefeiert hatten, und überlegte, wer von ihnen die böse Schlange sein mochte.

«Na ja, wenn wir andere Kandidaten suchen wollen, muss ich wohl auch euch nach eurem Alibi fragen», sagte ich und versuchte die Sache ins Lächerliche zu ziehen. «Wo wart ihr denn letzten Samstag zwischen eins und zwei?»

«In der Sterbeklinik, im Dienst», sagte Minna leise.

«Zwischen eins und zwei? Da war ich in Tapiola, mitten im Zentrum», erklärte Sari fröhlich. «Ist das ein gutes Alibi? Ich hab mindestens zehn Bekannte gesehen, auch Mallu Laaksonen. Vielleicht hätt ich Zeit gehabt, zwischendurch mal schnell Armi zu erwürgen, aber sag mir doch mal, weshalb?»

«War Mallu in Tapiola?» Mir gegenüber hatte sie behauptet, sie wäre den ganzen Tag zu Hause gewesen.

«Ja, sie hat sich auf dem Markt Pfifferlinge angeschaut und gesagt, die kann sie sich als Arbeitslose nicht leisten.»

«Um welche Zeit war das genau?»

«Ich weiß nicht, vielleicht so gegen halb zwei.»

Um halb zwei war Mallu also in Tapiola gewesen, um Pfifferlinge zu bestaunen ... Konnte ein Mensch, der gerade seine kleine Schwester ermordet hat, anschließend in aller Seelenruhe über den Markt bummeln? Wer weiß. Allmählich hatte ich das Gefühl, dass alles möglich war.

Beim Abschied schärfte ich Sari ein, sich unbedingt bei der Polizei zu melden. Es war schon neun, zu spät für einen Besuch bei Mallu. Mit einem mulmigen Gefühl machte ich mich auf den Heimweg, ich wusste, ich hatte mich Antti gegenüber unfair verhalten, aber ich mochte auch nicht zu Kreuze kriechen.

Im Haus war es still, auch Anttis Arbeitszimmer lag verlassen da. Das Lämpchen am Anrufbeantworter blinkte, auf dem Band waren zwei Nachrichten. Die erste war von Antti: «Hallo. Ich bin spazieren.» Die zweite Nachricht stammte von Annamari Hänninen. Mit hysterischer Stimme bat sie um Rückruf, egal, wie spät, sie müsse mit mir über Kimmo reden. Ich zögerte, sie jetzt noch anzurufen, doch dann überlegte ich mir, dass ich sie bei der Gelegenheit gleich nach Sanna fragen konnte.

«Maria! Kannst du sofort herkommen? Wir müssen miteinander reden. Ich weiß, es ist schon spät, aber es ist wichtig ...»

«Ich bin in einer Viertelstunde da.» Ich zog mir die Jeansjacke über, schwang mich in den Sattel und fuhr los.

Wegen der friedlichen Abendstimmung fuhr ich ausnahmsweise langsam. Ich bewunderte das Sonnenlicht, das sich auf dem Meer spiegelte. Im Ufergewässer schwammen Möwen und Enten, Scharen von Hundebesitzern führten ihre Lieblinge aus, die Hunde beschnüffelten einander, kurze und lange, dünne und dicke Schwänze wedelten eifrig. Amsel und Fink zwitscherten um die Wette, eine Taube und eine Nachtigall lieferten die Begleitmusik. Der Hornklee blühte schon.

Eigentlich hatte ich vorgehabt, an der Mole vorbeizufahren und nachzuschauen, ob Antti an seinem Lieblingsplatz saß, aber um Zeit zu sparen, nahm ich nun doch den direkten Weg.

Bei Annamari und Kimmo war ich bisher erst einmal gewesen, und damals hatte ich nur die Sauna und das Untergeschoss zu Gesicht bekommen. Das Haus hatte eine wunderschöne Lage, nur die Straße trennte es vom Meeresufer. An Geld mangelte es den Hänninens wahrlich nicht. Ich hatte Antti immer zugute gehalten, dass er sich nicht wie ein verwöhntes Kind reicher Eltern benahm, jetzt wurde mir klar, dass man das Gleiche auch von Kimmo sagen konnte. Beiden fehlte auch die Selbstsicherheit, die Reichtum meistens mit sich bringt. Eine Prise davon hätte ihnen durchaus gut getan. Unsichere, jammernde Männer waren mir zuwider, aber im Zusammenhang mit diesem Fall begegneten sie mir gleich scharenweise, wenn ich Make mit seinem ewigen Selbstmitleid dazurechnete.

Annamari, die mir die mit Kletterrosen bewachsene Haustür öffnete, wirkte auch nicht gerade selbstsicher. Das sonst so gepflegte Make-up war in den Fältchen um Augen und Nase zusammengelaufen. Die Hände bewegten sich die ganze Zeit, fuhren synchron zur gepressten Stimme auf und ab.

«Maria, wie schön, dass du gekommen bist! Erzähl mir alles von Kimmo! Wird er wenigstens anständig behandelt? Warum behalten sie ihn im Gefängnis, mein kleiner Kimmo ist doch kein Mörder!»

«Hat Eki Henttonen dich denn nicht angerufen?»

«Doch, doch, aber er hat mir nichts erzählt. So sind die Männer eben, ohne Verständnis für die Gefühle einer Mutter. Trinkst du einen kleinen Kognak mit mir? Ich kann einen vertragen ...»

Der Duftwolke nach war es nicht ihr erster. Das wunderte mich gar nicht, ich hoffte nur, dass ihr der Kognak Erleichterung verschaffte.

«Henttonen hat so geredet, als ob Kimmo schuldig wäre», sagte Annamari und reichte mir einen großzügig gefüllten Kognakschwenker. Der Inhalt brannte erst am Gaumen, dann in der Kehle und breitete sich bald darauf im Magen aus. Der Nachgeschmack war himmlisch – es stimmte offenbar, dass es auch beim Kognak Unterschiede gab. Ich hatte mir bisher nur die billigste Sorte leisten können.

«Es sind alle möglichen Beweise gegen Kimmo gesammelt worden, aber die sind nicht unbedingt stichhaltig.»

«Die Polizisten haben heute Kimmos Sachen durchwühlt und wer weiß was mitgenommen!»

«Wie sahen die aus? Hatten sie einen Durchsuchungsbefehl?» Es ärgerte mich, dass Pertsa mir offenbar zuvorgekommen war.

«So ein großer Unhöflicher und ein kleinerer Rothaariger. Sie haben mir einen Wisch unter die Nase gehalten, und dann haben sie mich nach Kimmo ausgefragt ... Ob mir irgendetwas an ihm aufgefallen ist, ob er als Kind gewalttätig war, ob er viele Freundinnen gehabt hat, ob ich ihn verprügelt habe ...» Annamari schüttelte den Kopf, nicht ohne Grund. Die Fragen klangen nach Pertsas selbst gestrickter Psychologie. Ström hatte sich in den Kopf gesetzt, dass Kimmo ein verkorkster Lustmörder war, und suchte jetzt überall nach Beweisen für seine abstruse Theorie.

«Und dann wollten sie noch wissen, wo ich am Samstag war.

Ob ich bezeugen kann, wann Kimmo nach Hause gekommen ist. Aber ich bin doch schon gegen elf zu Stockmann gegangen, dann war ich am Heikintori zur Massage, und kurz nach eins habe ich die Zwillinge abgeholt und bin mit ihnen nach Helsinki gefahren. Zwischendurch war ich nicht zu Hause. Hätte ich nur geahnt ...»

«Um welche Zeit bist du zu Risto gegangen?»

«Wieso? Um Viertel nach eins, halb zwei ... ich weiß nicht so genau. Die Jungen waren noch nicht fertig, wir sind erst mit dem Zweiuhrbus gefahren.»

Von der Jousenkaari nach Suvikumpu waren es zu Fuß nur ein paar Minuten. Warum, zum Teufel, hatten sich an diesem Samstag alle im Zentrum von Tapiola aufgehalten? Nur Antti und ich hatten zu Hause herumgehangen und unseren Kater auskuriert.

«Was wollt ihr denn jetzt unternehmen, Henttonen und du, um Kimmo freizukriegen?», fragte Annamari fordernd.

«Ich suche Indizien dafür, dass jemand anders Armi umgebracht hat. Du sprichst sicher nicht gern darüber, Annamari, aber ich habe Gerüchte gehört, dass Armi den Verdacht hatte, Sanna wäre ermordet worden.»

Annamari reagierte heftiger, als ich erwartet hatte. Sie wurde kirschrot, ihr Atem beschleunigte sich, und sie fing an zu zittern.

«Ermordet!» Ihre Stimme war schneidend. «Sanna ist nicht ermordet worden! Das war ein Unfall! Sie hat ihren Geburtstag ein bisschen zu heftig begossen und ist ins Meer gefallen. Es war ein Unfall. Kein Selbstmord, wie manche behaupten. Warum hätte Sanna denn Selbstmord begehen sollen? Warum hätte sie jemand ermorden sollen?» Mit zitternden Händen goss sie sich Kognak ein.

Ich überlegte, ob sie sich im Gespräch mit Armi vielleicht ebenso aufgeregt und zu guter Letzt ihre künftige Schwiegertochter erwürgt hatte. Dann dachte ich darüber nach, ob Mütter fähig sind, ihre Tochter zu ermorden und ihren Sohn für ihre eigenen Taten büßen zu lassen. Offenbar hatte ich immer noch ein idealisiertes Mutterbild, obwohl ich noch keine Mutter gesehen hatte, die ihm gerecht wurde.

«Hat Sanna irgendwas Persönliches hinterlassen? Briefe, Tagebücher, Notizen?» Ich wollte Sannas Gedankenwelt kennen lernen, um Aufschluss über ihren Tod zu gewinnen. Vielleicht ging aus ihren Aufzeichnungen hervor, dass sie sich tatsächlich das Leben nehmen wollte.

«Sanna hat Dutzende von Tagebüchern voll geschrieben», sagte Annamari stolz. «Aber Henrik und Kimmo haben nach Sannas Tod alle verbrannt. Sie meinten, Sanna hätte das so gewollt. Und das letzte hat Sanna mit ins Meer genommen. Oben im Wandschrank sind noch ein paar Papiere von ihr, willst du sie sehen?»

Wir gingen ins Obergeschoss, wo Annamari mich in eine Art Kleiderkammer führte, die mit allem möglichen Zeug voll gestopft war. In einer Ecke standen zwei Schuhkartons. Vorsichtig blätterte ich den Inhalt des einen durch. Dabei fiel aus einem Stapel Papier, offenbar Mitschriften von Vorlesungen, ein Foto heraus, auf dem sich eine sehr unschuldig wirkende Sanna und ein hässlicher Mann mit schwarzem Bart küssten.

«Wer ist der Mann?», fragte ich Annamari. Sie rang die Hände, als ginge die Antwort über ihre Kräfte.

«Das ist dieser furchtbare Hakala. Otso Hakala. Zum Glück sitzt er wegen Drogenhandels im Gefängnis ...»

«War Sanna mit ihm befreundet?»

«Sie hat sich nichts aus ihm gemacht! Der Kerl hat sie sich mit seinen Drogen gefügig gemacht ...»

«Kann ich die Sachen mitnehmen? Vielleicht finde ich etwas, das mich weiterbringt.»

«Wieso meinst du, du könntest Kimmo helfen, indem du Sannas Leben untersuchst?», fragte Annamari skeptisch, und ich wusste keine Antwort. Klammheimlich steckte ich das Foto ein.

Annamari ging ins Erdgeschoss, um eine Tragetasche zu holen, in die wir Sannas Papiere packen konnten. Sie klapperte lange herum, rief dann, sie ginge nach draußen in den Schuppen. Plötzlich wurden meine Erinnerungen an Sanna lebendig. Es war einer der letzten Abende im Mai, ein paar Tage vor dem Ende des Schuljahrs und vor Sannas Abiturfeier. Unsere Band hatte geprobt, anschließend waren wir zum Saufen in den Park gezogen. Dort stießen noch andere zu uns, darunter Sanna. Innerhalb eines Jahres hatte sie sich in der Kleinstadt einen abgrundschlechten Ruf erworben. Vielen war es geradezu unbegreiflich, dass eine Rumtreiberin wie sie ein Einserabitur hingelegt hatte. Ich kannte sie praktisch nicht, hatte sie nur aus der Ferne bewundert und sie um ihre braunen Augen und ihre verletzliche Schönheit beneidet.

Irgendwann waren von den Mädchen nur noch Sanna und ich übrig. So ging das immer, in unserer Kleinstadt mussten Mädchen auf ihren Ruf achten und abends brav nach Hause gehen. Sanna saß auf einem Felsbrocken und drehte sich eine Zigarette. Auch das galt als Zeichen von Verkommenheit: Wenn eine schon rauchte, musste sie wenigstens genug Geld haben, um sich eine Schachtel leichte Zigaretten kaufen zu können.

Obwohl ich eigentlich nicht rauchte, bat ich Sanna um eine Selbstgedrehte. Inzwischen ist mir klar, dass es ein Annäherungsversuch war – schon damals sehnte ich mich nach seelenverwandten Frauen.

Sanna drehte mir einen Glimmstängel, leckte mit ihrer Zunge, rosarot wie die eines Kätzchens, über die Klebfläche, zündete das fertige Röllchen an und reichte es mir. Ich paffte ungeschickt und versuchte dreinzuschauen, als täte ich so etwas alle Tage. Es war ein warmer Abend, aber Sanna trug enge schwarze Jeans und eine verschlissene braune Lederjacke. Sie hielt ihre Bierflasche fest in der Hand, als wäre sie ihr größter Schatz. Ich hätte gern mit ihr geredet, es fiel mir bloß nichts ein. Dann quasselten die Jungs etwas von einer Kneipentour, und Sanna ging mit ihnen.

Am Abend nach ihrer Abiturfeier glotzten wir dann alle ihre

Narben an. Es war mir noch genau in Erinnerung, wie sie zurückstarrte, trotzig und beschämt zugleich, wie ich versuchte, sie anzulächeln, wie sie mir einen Schluck aus ihrer Flasche anbot, als wollte sie mir danken ...

Dann verschwand Sanna nach Helsinki. Dort begegneten wir uns später manchmal und grüßten uns, wie das Leute, die aus derselben Kleinstadt kommen, in Helsinki eben tun. Sie sah immer gleich aus, schlank und mädchenhaft. Nur ihr Gesicht wurde immer bleicher, es erinnerte bald an eine Totenmaske. Ich wagte ihr nicht zu sagen, dass ich die Polizeischule besucht hatte, sondern gab ihr zu verstehen, ich hätte verschiedene Jobs gehabt, bevor ich zum Jurastudium zugelassen wurde.

Ich sah sie manchmal in der Mensa beim Bier, damals, als dort noch Bier ausgeschenkt wurde, manchmal auch mit einer Zigarette vor der Uni, die uralte braune Lederjacke lässig umgehängt. Sie sagte, sie schriebe an einer Magisterarbeit über die Metaphern in Sylvia Plath' Lyrik. Ob die Arbeit jemals fertig geworden war?

Annamari kam mit einer großen Einkaufstüte von Stockmann und riss mich aus meinen Gedanken.

«Kann ich die Papiere vielleicht doch erst später abholen? Dann komm ich mit meinem Rucksack, da sind sie leichter zu transportieren», schlug ich vor. Ich ließ die Sachen nicht gern bei den Hänninens zurück, aber es war mir zu umständlich, sie jetzt mitzunehmen.

«Henrik ruft morgen wieder an. Was soll ich ihm denn nur sagen?» Annamari rang die Hände wie die Heldin eines alten Schauerromans.

«Erzähl ihm einfach, wie die Sache steht.» Ich erinnerte mich noch gut an Henrik Hänninens buschige, finstere Augenbrauen. Der Mann hatte etwas Teuflisches an sich.

«Ich ertrage sein Gebrüll nicht ... Besteht denn gar keine Hoffnung auf Kimmos Freilassung?»

«Hoffnung gibt es immer.» Etwas anderes als diese banale

Floskel fiel mir nicht ein. In Annamaris Gesellschaft fühlte ich mich eingeengt, es kam mir vor, als würde ich vor etwas fliehen, was mich ersticken wollte, als ich die von Kletterpflanzen berankte Haustür öffnete.

Ich radelte am Ufer entlang zur Mole, denn ich wollte die Stelle sehen, wo Sanna gestorben war. An jenem dunklen Märzabend war die Mole sicher einsam und verlassen gewesen, merkwürdig weit entfernt von den anheimelnden Lichtern, die sich in den Wellen spiegelten. Was mochte Sanna empfunden haben, als sie ins Wasser fiel? Ich dachte an die eisige Umklammerung des vier Grad kalten Meeres und fuhr, in Gedanken versunken, viel zu schnell über den schmalen gepflasterten Uferstreifen. Plötzlich flog ein Stein gegen das Vorderrad. Ich riss den Lenker herum – und da passierte es.

Die Lenkstange löste sich vom Gestell. Vergeblich drückte ich den Bremshebel. Alles drehte sich, Meer und Himmel purzelten durcheinander, und plötzlich lag ich im Wasser, ging unter, krallte die Finger in den sandigen Grund und sog das kalte, salzige Element in die Lungen, kämpfte mich verzweifelt an die Oberfläche.

Zum Glück war das Wasser am Ufer nur knapp einen Meter tief. Ich hatte mir nur das Handgelenk und das linke Knie verletzt. Nun hockte ich im Meer und fluchte, sah den Lenker ein Stück weiter weg auf den Wellen schaukeln. Wenn ich es mir recht überlegte, hatte ich schon auf dem Weg zu Annamari ein etwas seltsames Fahrgefühl gehabt. Offenbar hatte sich eine Schraube gelöst ...

Da erst merkte ich, wie wahnsinnig kalt das Wasser war und dass mir das Knie wehtat. Ich angelte mir den Lenker und watete zu meinem armen Fahrrad, das zwei Meter weiter geflogen war. Keuchend zerrte ich es ans Ufer. Ich war pitschnass.

Fluchend und schimpfend schob ich den Lenker in die Gabel, drehte die Schrauben fest, so gut es mit bloßen Händen ging, und fuhr vorsichtig nach Hause. Es wunderte mich nun doch, dass sich die Lenkstange einfach so gelöst hatte, ich hatte das Rad doch gerade erst überholt und alle Teile gecheckt. So unangenehm es war, im Meer zu landen, es hätte noch viel schlimmer ausgehen können. Wäre ich zum Beispiel in meinem üblichen Tempo durch eine scharfe Kurve gerast ... Ich trug ja nicht mal einen Helm.

Hatte mir jemand einen Streich gespielt? Mein Fahrrad war schon öfter ramponiert worden, immer wieder hatte man mir die Ventile geklaut, einmal sogar die Reifen aufgeschlitzt. Das alte, leuchtend grün lackierte Herrenrad war eine echte Persönlichkeit, auf der ganzen Welt gab es kein zweites, das so aussah, ich mochte es nicht missen. Vielleicht hatte mein auffälliges Gefährt jemanden irritiert? Oder war ich es, die jemandem auf die Nerven ging?

Klapperten meine Zähne auf den letzten Metern zum Haus nur vor Kälte? Ich zog die nassen Klamotten aus, ließ sie im Ankleideraum auf den Fußboden fallen und duschte zehn Minuten lang, so heiß es nur ging.

Als ich endlich, in einen dicken Bademantel gehüllt, ins Wohnzimmer kam, sah Antti mich besorgt an.

«Was ist passiert?»

«Ich bin mit dem Fahrrad im Meer gelandet. Möchtest du einen Tee?» Ich gab mir große Mühe, ruhig zu sprechen, obwohl die Angst allmählich überhand nahm. Dass wir uns am frühen Abend gestritten hatten, spielte keine Rolle mehr, ich war heilfroh über Anttis Anwesenheit.

«Wie? Wo?»

«An der Mole von Toppelund, ausgerechnet auf der Brücke ist mir die Lenkstange abgegangen.»

«Einfach so? Wir haben das Rad doch gerade erst gründlich überholt!»

«Wahrscheinlich hat mir jemand einen Streich spielen wollen.» Antti ließ sich von meinem gewollt munteren Ton nicht täuschen.

«Du Arme, du musst einen furchtbaren Schreck gekriegt haben!» Er zog mich an sich. «Deine Nase ist ganz kalt. Zieh dir Wollsocken an, damit du dich nicht erkältest! Ich hol die Vitamintabletten.»

Seine Fürsorglichkeit rührte mich zu Tränen. Der Tag war viel zu lang gewesen, und ich hatte Angst. Wer hatte an meinem Rad herumgepfuscht? Antti streichelte mir über die Haare, und Einstein schubberte mitfühlend gegen meine Knöchel. Mochte draußen ein Mörder herumlaufen, ich wurde von einem Mann und einer großen Katze beschützt.

Acht

Schwarz glänzende Nacht

Ich saß an der Mole und schaute über das Meer. Plötzlich ragten Arme aus dem Wasser, von Algen und grünem Schleim bedeckt, und wollten mich in die Tiefe ziehen. Unter dem Wasserspiegel sah ich Sannas grünes Gesicht und ihren schuppigen Körper, der in einem Seejungfrauenschwanz endete. Sie war gekommen, um mich zu holen …

Ich schrak auf, als Einstein, den mein Gestrampel störte, vom Bett sprang und das Radio umstieß. Es war fünf Uhr früh, draußen lärmten die Vögel. Ich zog das Kissen über den Kopf, schmiegte mich enger an Anttis Rücken und fiel für ein paar Stunden in unruhigen Schlaf. Nach dem Frühstück inspizierten wir mein Fahrrad supergründlich, ohne eine natürliche Erklärung dafür zu finden, dass die Lenkstange sich gelöst hatte. Nun wurde auch Antti nachdenklich.

«Vielleicht hat sich jemand über deinen originellen grünen Drahtesel geärgert. Trotzdem, ich kann mir kaum jemanden vorstellen, der mit einem Schraubenschlüssel in der Hand durch die Gegend läuft und Lenker losschraubt. Hast du etwa heimliche Feinde?», fragte er nur halb im Scherz.

Ich wurde wieder nervös. Hatte mir jemand Schaden zufügen wollen? Wer? Annamari war während meines Besuchs draußen am Schuppen gewesen. Kannte sie sich gut genug mit Fahrrädern aus, um an den richtigen Schrauben zu drehen? Dann dachte ich an all die Stellen, wo mein Rad in den letzten Tagen gestanden hatte, und war so klug wie zuvor.

«Bist du sicher, dass dein Unfall nichts mit Armis Tod zu tun hat?», fragte Antti noch, als ich abfahrbereit auf dem Hof stand. Ich wusste nicht, was ich darauf antworten sollte, und um nicht lügen zu müssen, fuhr ich wortlos davon, zur Kanzlei.

Es war kühler als in den letzten Tagen, über dem Meer lag Nebel, und auf dem Uferweg führten weniger Leute ihre Hunde aus als sonst. Ich fuhr langsamer als gewöhnlich, weil mein Knie noch ziemlich wehtat.

Kurz nach zwölf besuchte ich Kimmo und bekam einen Wutanfall, als ich hörte, dass Pertsa ihn ohne Rechtsbeistand zwei Stunden lang vernommen hatte. Wäre Ström noch auf dem Präsidium gewesen, hätte ich ihn zur Schnecke gemacht. Ich riet Kimmo, Beschwerde einzulegen und die Antwort zu verweigern, wenn so etwas noch einmal vorkam, aber er schüttelte nur apathisch den Kopf.

«Was nützt das schon ... Die versteifen sich drauf, dass ich es getan hab. Ich komm sowieso ins Gefängnis ... Und überhaupt, mir ist alles egal, seit Armi tot ist ...» Er hing kraftlos auf seinem unbequemen Stuhl, seine Augen waren gerötet. Ich hatte große Lust, ihm einen Tritt zu versetzen.

«Kimmo, du musst dich wehren! Wir sind hier nicht bei Kafka, das hier ist das richtige Leben. Wenn du unschuldig bist, können sie dich nicht ins Gefängnis werfen. Warum, in drei Teufels Namen, hast du mir nicht von Armis Vermutung erzählt, Sanna wäre ermordet worden? Wie kam sie überhaupt darauf?»

«Ich weiß nicht», greinte Kimmo. Am liebsten wäre ich aufgestanden und hätte das Häufchen Elend sich selbst überlassen. «Ich weiß wirklich nicht, wieso sie sich das in den Kopf gesetzt hat. Es kam mir vor, als hätte sie nur versucht, meine Eltern zu trösten. Ich bin mir jedenfalls ganz sicher, dass Sanna sich das Leben genommen hat.» Kimmo schaute an mir vorbei in eine Welt, die nur ihm sichtbar war. Ich dachte an Sannas grüne

Arme, die im Traum nach mir griffen, und überlegte, ob Kimmo je von seiner Schwester träumte.

«Sicher, Sanna hat davon geredet, mit dreißig ein neues Leben anfangen zu wollen, und uns vorgeschwärmt, wie glücklich sie mit Make ist, aber vom Alkohol und von den Tabletten wäre sie bestimmt nicht mehr losgekommen. Vielleicht hat Sanna sich umgebracht, weil ihr das klar geworden ist. Antti meint auch, dass sie damit ihren Selbstmord ankündigen wollte.»

«Warum hat Armi erst jetzt behauptet, dass Sanna ermordet wurde? Das ist doch schon mehr als ein Jahr her!»

«Sie hatte die finnische Übersetzung von dem Gedicht gelesen und meinte, da ginge es nicht um Selbstmord, sondern um Wiedergeburt. Ich weiß nicht, ich bin kein Literaturwissenschaftler. Lies es selbst!»

Insgeheim wunderte ich mich über Kimmos Worte. Eigentlich hatte Armi keinen literaturinteressierten Eindruck gemacht. Ich versuchte mich zu erinnern, ob ich in ihrem Bücherregal außer Eino Leinos Gesammelten Werken irgendwelche Lyrikbände gesehen hatte. Dass sie Sylvia Plath' Gedichte analysierte, passte überhaupt nicht zu dem Bild, das ich mir von Armi gemacht hatte.

Ich überreichte Kimmo die Naturkundebücher, die Antti mir für ihn mitgegeben hatte und die ihm die schlimme Zeit in der Zelle erträglicher machen sollten. Nach Feierabend ging ich zu Marita, um meinen Lederrock enger zu nähen. Sie führte mich in die Küche, wo die Nähmaschine stand, hatte zu meiner Enttäuschung aber keine Zeit, sich mit mir zu unterhalten, weil eine Kollegin zu Besuch gekommen war. «Eine alte Klatschbase», sagte Marita verbittert. Da erst ging mir auf, dass Armis Ermordung in Tapiola natürlich die große Sensation sein musste. Vielleicht sollte ich mich auf den Heikintori setzen, den Marktplatz, mir die Gerüchte anhören und die Penner befragen.

Als Marita sich vorbeugte, um mir die Fadenspule zu zeigen,

sah ich den blauen Fleck unter ihrem Ohr, der mir neulich schon aufgefallen war. Am Rand färbte er sich schon gelblich.

Ich war gerade dabei, die Fäden zu vernähen, da polterten die Zwillinge in die Küche und machten sich über den Saft her. Erst nachdem sie die ganze Kanne geleert hatten, kamen sie zu mir.

«Maria, hast du den Kimmo verhaftet, wo du doch Polizistin bist?», eröffnete Matti das Gespräch.

«Nein, ich nicht, das waren andere Polizisten. Außerdem bin ich gar nicht mehr bei der Polizei», erklärte ich und schnipste den letzten Faden ab.

«Waren das böse Polizisten, so wie manchmal im Fernsehen?»

Statt den Zwillingen die Vorzüglichkeit des finnischen Rechtssystems nahe zu bringen, nickte ich nur schlapp.

«Den Ode haben auch böse Polizisten abgeholt, und Sanna hat geweint», meinte Mikko.

Ode, Otso ... Der Engel hatte von Ode gesprochen, Annamari von Otso Hakala. Von dem Mann, der Sanna verprügelt hatte und jetzt wegen Drogen im Gefängnis saß. Hörte sich ganz nach einem potenziellen Mörder an.

«Ist der Kimmo ein Mörder? Warum erzählt uns keiner was?», wollte Mikko wissen, aber bevor ich antworten konnte, rannten die beiden schon aus der Küche, als wollten sie die Wahrheit gar nicht hören. Ich wusste, wie sehnsüchtig Marita auf den Freitag, den letzten Schultag vor den Ferien, wartete. Sie wollte die Jungen zu den Großeltern nach Inkoo schicken, bis sich die schlimmste Aufregung gelegt hatte.

Kaum zu Hause angekommen, startete ich auch schon zu meiner üblichen Joggingrunde. Mein Knie hielt die Strecke gut durch, aber die linke Schulter schmerzte jedes Mal, wenn ich den linken Fuß in zu spitzem Winkel aufsetzte. Ich lief auf die Insel Karhusaari und bewunderte die frisch renovierte alte Villa, die ich bisher nur unter Planen gesehen hatte. Der Strand war menschenleer, ich joggte in den schattigen Wald und achtete sorgsam darauf, nicht über freiliegende Baumwurzeln zu stolpern. Der Verkehrslärm vom Westring drang nicht bis hierher, außer Vogelgezwitscher war kein Laut zu hören. Am Ufer machte ich ein paar Sprintübungen und lief dann in ruhigem Tempo über den Waldweg zurück. Da hörte ich hinter mir lautes Stampfen und keuchende Atemzüge. Irgendwer verfolgte mich in Carl-Lewis-Tempo.

Instinktiv beschleunigte ich meine Schritte. Ich hasse es, wenn jemand mich beim Laufen einzuholen versucht. Ein verstohlener Blick über die Schulter brachte nicht viel, ich sah nur einen dunklen Jogginganzug, der im Schatten der Bäume verschwand. Der verkappte Lewis bog auf einen Pfad ein, der ins Innere der Insel führte. Vielleicht nahm er eine Abkürzung und lauerte mir weiter unten am Ufer auf, bereit, mich ins Meer zu stoßen wie Sanna ...

Erst als ich beinahe über eine Kiefernwurzel gestolpert wäre, setzte mein Verstand wieder ein. Wer sollte mir denn auflauern? Bestimmt hatte ich dem Fahrradunfall viel zu große Bedeutung beigemessen. Dennoch war ich erleichtert, als ich den Weg erreichte, der am Westring entlangführte und auf dem Radfahrer und Spaziergänger unterwegs waren.

Gegen neun fing ich an, mich für den Club Bizarre zu stylen. Ich zog den glänzenden schwarzen Trikotbody an, den ich manchmal beim Aerobic trage. Dazu Netzstrümpfe, den Lederrock und die Stöckelschuhe mit den 7-cm-Absätzen. Ich brauchte eine Viertelstunde und eine halbe Flasche superstarkes Haarspray, um die Wuschelfrisur so hinzukriegen, wie ich sie wollte. Aus den unergründlichen Tiefen meines Schminkbeutels fischte ich hellen Puder, schwarzen Eye-Liner und feuerroten Lippenstift. Oft genug hatte ich über mich selbst geflucht, weil ich es nicht übers Herz brachte, mein altes Make-up wegzuwerfen. Offenbar war ich doch klüger gewesen, als ich dachte.

Als ich fertig war, tänzelte ich in den Flur und zog die schwarze Lederjacke über. Im großen Garderobenspiegel erblickte ich die Maria von vor zehn Jahren. Das gleiche geschmacklose, punkige Make-up wie damals, die gleiche wilde Mähne, in der ein kleines Tier hätte nisten können, die Lederjacke als schützende Uniform. Aber ich selbst war nicht mehr dieselbe wie damals in der Oberstufe. Obwohl ich nicht wesentlich älter wirkte, sah ich anders aus, sogar schöner. In meinen Augen lag mehr Selbstsicherheit, längst plagten mich nicht mehr so viel Ängste wie damals. Wie gut, dass ich diese Jahre hinter mir hatte.

Ich stöckelte die Treppe hinunter und klopfte an die Tür zu Anttis Arbeitszimmer.

«Darf ich reinkommen und mich zeigen?» Amüsiert stellte ich fest, dass Antti große Augen machte.

«Wow! Das solltest du öfter machen. Dreh dich mal um. Yeah! Was hast du denn drunter an? Vielleicht sollte ich doch besser mitgehen», feixte Antti. «In dem Outfit kommst du noch in Schwulitäten.»

«Ich kann schon selbst auf mich aufpassen», lächelte ich. «Hoffentlich sitzen keine von unseren Klienten im Bus. Ich genehmige mir noch einen Drink, bevor ich gehe, trinkst du einen mit?»

«Ich setz mich so lange zu dir, aber trinken mag ich nichts, ich will heute Abend noch arbeiten.»

Wenn er so weitermachte, bekam Antti seine Dissertation noch vor dem Jahresende fertig, auch wenn er zwischendurch immer wieder Verzweiflungsanfälle hatte, die ihn veranlassten, seine Aufzeichnungen an die Wand zu schmeißen und mich zu löchern, ob ich ihn lieb hätte, auch wenn er es zu nichts brächte – nicht zum Doktorhut, meinte er wohl. Anttis Assistentenstelle war ihm noch drei Semester sicher, aber er hatte oft davon gesprochen, gleich nach der Promotion, also nächstes Frühjahr, ins Ausland zu gehen, wahrscheinlich in die USA. Für mich gab es dort nichts zu tun. Oder brauchte das FBI eventuell Verstärkung aus Finnland?

Ich goss mir eine ordentliche Portion von dem Zitronenwodka ein, den die Sarkelas mitgebracht hatten, und füllte das Glas mit Sprite auf. Eigentlich hätte ich mir Alkohol verkneifen müssen, immerhin war ich dienstlich unterwegs, aber ich hatte das Gefühl, mir Mut antrinken zu müssen.

«Wenn du unter Mordverdacht stündest, würdest du dann wollen, dass ich dein ganzes Leben offen lege, um deine Unschuld zu beweisen?», fragte Antti plötzlich.

«Ich hab keine dunklen Geheimnisse. Warum fällt es dir eigentlich so schwer, zu akzeptieren, was ich tue?»

«Ich weiß nicht ... Vielleicht bin ich ein winziges bisschen eifersüchtig ... Warum machst du dir so viel Umstände wegen Kimmo?»

Beinahe hätte ich laut losgelacht. Was ich für Kimmo empfand, war höchstens schwesterliche Zuneigung. «Für dich würde ich mir fünfzehnmal mehr Umstände machen», beruhigte ich Antti. «Außerdem will ich einfach die Wahrheit rausfinden. Hinter dieser Geschichte steckt garantiert mehr, als es den Anschein hat.» Ich dachte an das, was Minna über Sannas Tod gesagt hatte. Darüber wollte ich allerdings vorläufig noch nicht sprechen, nicht einmal mit Antti.

Er begleitete mich zur Bushaltestelle. Meine Monatskarte hatte ich nirgends finden können, offenbar hatte ich sie gestern bei meinem Sturz verloren. Ärgerlich, sie war nämlich noch zwei Wochen gültig. Ich stieg beim alternativen Jugendzentrum Lepakko aus, und obwohl ich auf dem Weg ins Industriegebiet Ruoholahti nur zwei Menschen traf, hatte ich das Gefühl, pausenlos angestarrt zu werden.

Ich musste eine ganze Weile auf meinen Pfennigabsätzen durch das verlassene Areal staksen, bevor ich die richtige Lagerhalle fand. Alle diese Gebäude sollten bald abgerissen werden, um einem neuen Wohnviertel Platz zu machen. Aus der Halle dröhnte Techno, am Eingang stand ein glatzköpfiger Bursche im dicken Lederoverall. Ich freute mich auf den Abend, seit ewigen Zeiten hatte ich keine wilde Fete mehr mitgemacht.

Drinnen sah es toll aus: Die beiden ineinander übergehenden alten Lagerhallen wurden nur von einigen Lampen und Dutzenden Kerzen beleuchtet. Vereinzelte Tische, kaum Stühle, weiter hinten eine Bartheke und eine Bühne, auf der die merkwürdigsten Gerätschaften lagen. Die Musik wechselte, jetzt war Abba dran, mit «Gimme Gimme». Bei einem jungen Mädchen in Glitzerperücke und schwarzem Samt kaufte ich eine Eintrittskarte.

«Weißt du, ob der Engel schon da ist?», fragte ich sie.

«Da drüben an der Bar, die mit den langen Haaren.»

Im vorderen Raum liefen zwei Videos, eins von Madonna und ein amateurhaftes Sexvideo. Ich stöckelte in den hinteren Raum. Überraschend viele Männer waren in normaler Alltagskleidung erschienen, ich spürte ihre Blicke. Nie zuvor hatte ich mich so eindeutig als Sexobjekt gefühlt.

Die Engelsfrau war tatsächlich die mit den längsten Haaren. Ich hatte diesen Blondschopf schon öfter gesehen, an der Uni, irgendwann auch mal beim Aerobic. Die goldblonden, leicht gewellten Haare fielen in dichten Kaskaden über den Rücken hinab bis zu den Oberschenkeln.

Auch sonst machte Engel ihrem Namen alle Ehre. Ihr Gesicht hätte auf ein Renaissancegemälde gepasst, und sie war klug genug, es nicht mit zu viel Make-up zu übertünchen. Die Kleidung bildete einen faszinierenden Kontrast zum Gesicht: Sie trug ein hautenges schwarzes Latexkleid, das in Kniehöhe aufsprang und in einen breiten, bodenlangen Seejungfernschwanz überging. Es hatte lange Ärmel und einen weiten Ausschnitt, der die strahlend helle Haut zur Geltung brachte. Wahrhaftig ein Engel, von dem garantiert viele träumten.

«Du bist sicher Engel, also Elina. Ich bin die Maria, die wegen Kimmo Hänninen angerufen hat.»

«Ah ja, grüß dich. Hol dir was zu trinken, dann verziehen wir uns ein bisschen in den Hintergrund und reden.»

Also erstand ich an der Bar eine Halbliterflasche Weißwein,

ersparte mir das umständliche Hantieren mit dem Glas und nahm den ersten beruhigenden Schluck direkt aus der Flasche.

Ich bat Engel um die Erlaubnis, unser Gespräch aufzunehmen, mit dem praktischen kleinen Diktaphon, das ich mir in meiner Zeit bei der Polizei gekauft hatte und mit dem ich mir vorkam wie Dale Cooper in Twin Peaks. Die ganze Situation war unwirklich, ich musste mir Mühe geben, nicht mit offenem Mund die Leute anzustarren, die in den unglaublichsten Kreationen in die Lagerhalle strömten. Die Schwaden, die von Zeit zu Zeit aus dem Nebelwerfer quollen, verstärkten den irrealen Eindruck ebenso wie die Musik, die nach Klaus Nomi klang.

Ich fragte Engel nach der Tätigkeit des Clubs. Es schien sich um einen ganz normalen Verein zu handeln, wo mancher seinem Hobby nachging, nur dass das Hobby ein wenig ausgefallen war.

«Aber ist das hier nicht auch so was wie ein Aufreißlokal? Wie viele Männer kommen denn her, um eine Sexpartnerin zu suchen? Und warum haben manche Männer ganz normale Terylenanzüge an?» Meine Weinflasche war schon zur Hälfte leer, die ärgsten Hemmungen schwanden allmählich.

«Also, mit dem Aufreißen ist es nicht so weit her. Wie du siehst, ist das Verhältnis Frauen zu Männer eins zu drei. Mindestens die Hälfte der Frauen sind Lesben, die sich alle genau kennen. Von der anderen Hälfte kommen viele mit ihrem festen Partner. Es gibt nicht viel freies Potenzial, nimm dich also in Acht», warnte Engel mit irritierendem Lächeln.

«Was sucht denn Kimmo hier?»

«Dasselbe wie die meisten anderen. Die Gewissheit, mit seinen Neigungen nicht allein zu sein. Außerdem kann man hier seine neuen Klamotten vorführen und andere anschauen. Sex hat Kimmo hier jedenfalls nicht gesucht. Wie ich dir am Telefon schon gesagt hab, hing er viel zu sehr an seiner Armi. Er hat ihr offenbar verheimlicht, in welchen Kreisen er verkehrt. Kimmo ist sehr aktiv, er hat Feten organisiert und zusammen mit Joke unsere Rundschreiben verfasst.» Engel sprach den Namen des anderen Mannes englisch aus, wie das Wort für Witz. «Joke kommt heute auch, ich kann dich mit ihm bekannt machen.»

«Was waren denn das für Performances, die ihr vorgeführt habt?»

«Kimmo ist Masochist. Ich bin mal dies und mal das, Sklavin oder Domina, ich steh auf Männer und Frauen.» In Engels Lächeln lag jetzt etwas Herausforderndes, dem ich nicht gewachsen war. «Wir haben Szenen gestellt, in denen ich Kimmo auf verschiedene Weise erniedrige, ich hab ihn gefesselt, gepeitscht, geknebelt ... So was erregt ihn, aber er traut sich nicht, mehr zu wollen. Da oben auf der Bühne ist er ein ganz anderer Mensch, überhaupt nicht so schüchtern und zurückhaltend wie sonst. 'tschuldige, ich werd am Eingang gebraucht. Bin gleich wieder da!»

Als Engel mich verließ, fühlte ich mich wie ausgesetzt. Ich drückte mich enger an die Wand, trank Wein und beobachtete verstohlen die anderen Leute. Mitten im Raum tanzte ein Paar, eine Frau meiner Größe im superkurzen, tief ausgeschnittenen Latexkleid, mit rasselnden Ketten behängt, und ein großer Mann mit Bürstenhaarschnitt in einer Naziuniform aus Gummi. Vermutlich ein grundsolides Ehepaar, das sich einen schönen Abend machte. Wie sie es wohl geschafft hatten, sich umzuziehen, ohne dass der Babysitter etwas merkte?

Gierige Erwartung lag in der Luft. Die Anwesenden maßen einander unverblümt. Einer der Terylenmänner starrte mich an, als brenne er darauf, meine Bekanntschaft zu machen. Ich wandte den Blick ab. In einer Ecke standen zwei Lederboys, die den Zeichnungen von Tom of Finland aufs Haar glichen, und küssten sich leidenschaftlich. Ein dritter Mann, der aussah wie ein Finanzbeamter, starrte sie lüstern an. Der Terylentyp rückte näher, verzog sich aber zum Glück, als Engel angerauscht kam.

«Eine Verwechslung bei den Freikarten», erklärte sie. «Aber ich wollte noch was zu unseren Performances sagen. Die hat sich Kimmo ausgedacht. Er wusste haargenau, was er wollte. Ich hab nach seiner Regie gespielt. Dass er es genießen würde, zu dominieren, kann ich mir schwer vorstellen. Er ist ein lupenreiner Masochist, er will von anderen beherrscht werden.»

«Das hab ich auch schon gemerkt», knurrte ich und erklärte Engel, wie ich mich heute geärgert hatte, als Kimmo das arme Würmchen spielte. Wieder lachte sie ihr verführerisches Lachen.

«Deswegen kann ich mir auch nicht vorstellen, dass Kimmo diese Armi ermordet hat. Er ist so passiv. Sicher sind nicht alle Sadomasofetischisten brave Bürger, aber die wenigsten trauen sich, ihre Phantasien im Alltag auszuleben. Außerdem hat Kimmo nie davon phantasiert, seine Freundin zu würgen.»

«Für Sanna Hänninen waren diese Dinge aber Alltag, hast du gesagt. Erzähl mir von ihr!»

«Sanna ist schon ganz am Anfang zu uns gestoßen, mit einem Mann, Ode Hakala. Dieser Ode war ein ziemlich gefährlicher Bursche, ein Junkie und Dealer. Jetzt sitzt er schon seit ein paar Jahren im Gefängnis. Die beiden haben hier ziemlich harte Szenen hingelegt, wir mussten sie immer wieder bremsen ... Für die war Schlagen und Demütigen kein aufregendes Ritual, sondern totaler Alltag. Wir haben uns sogar überlegt, ob wir solche Leute überhaupt dabeihaben wollen. Hast du Sanna gekannt?»

Als ich nickte, fuhr Engel fort: «Dann verstehst du es ja. Sanna war eine Frau, der man alles verzeiht. Sicher, sie war drogensüchtig und alkoholabhängig und in jeder Hinsicht verkorkst, aber trotzdem einfach wundervoll. Als Ode verhaftet wurde, schien sich ihr Leben zum Besseren zu wenden. Wir waren auch zusammen in den gleichen Vorlesungen. Zu schade, dass sie nicht auf Frauen stand ... Ich hab sie an der Uni getroffen, zwei Tage vor ihrem Tod. Sie war ganz nüchtern und hat erzählt, sie hätte einen Freund, mit dem sie ein neues Leben beginnen wollte. Ich hab ihr fast geglaubt. Und dann, ein paar Tage später, rief Kimmo an und sagte, Sanna ist tot ... Das hat mich nicht mal überrascht. Es war, als hätte ich immer schon damit gerechnet.»

Ich stellte mir Sanna hier in der Betonhalle vor, die Ärmel ihrer Lederjacke aufgekrempelt, mit vernarbten Armen, einen unschuldig-unterwürfigen Blick in den großen braunen Augen.

«Hat Sanna diesen Ode Hakala im Gefängnis besucht?», hakte ich nach. Engel wusste es nicht. Wenn ich noch bei der Polizei gewesen wäre, hätte ich mühelos überprüfen können, wo sich Hakala zum Zeitpunkt von Sannas und Armis Tod aufgehalten hatte. Er wäre der ideale Tatverdächtige, ein vorbestrafter Krimineller. Und obendrein jemand, den ich nicht kannte.

«Der da drüben ist übrigens von der Polizei», sagte Engel und deutete auf einen schnauzbärtigen Mann in Jeans, der sich gerade an der Bar etwas zu trinken holte. «Komisch, dass sie immer denselben Typ herschicken, um über unsere Sittsamkeit zu wachen.»

Der Jeansträger kam mir vage bekannt vor. Vermutlich war er schon vor sieben Jahren bei der Sitte gewesen, als ich nach dem Abschluss der Polizeischule dort gearbeitet hatte. Hoffentlich erkannte er mich nicht!

«Vielleicht ist er wegen Kimmo hier.» Wenn Pertsa nicht völlig verblödet war, würde er auch dieses Umfeld überprüfen.

«Mag sein, aber dann müsste er sein Cover aufgeben. Der arme Kerl glaubt, er wäre völlig inkognito, dabei sieht man ihm den Polizisten schon von weitem an. Die Bullen kloppen sich bestimmt darum, wer zu solchen Partys gehen darf, ich möchte wetten, dass sich mindestens die Hälfte von ihnen um den Job reißen würden», brüstete sich Engel.

«Zu welcher Hälfte gehör ich denn? Ich war nämlich auch auf der Polizeischule, bevor ich Jura studiert hab», erklärte ich. Die blöden Klischees, mit denen sie da hantierte, ärgerten mich, aber sie grinste nur, auf eine Weise, die mich verlegen machte. Ich trank meinen Wein aus und machte mich auf die Suche nach dem Klo. Natürlich gab es in der Lagerhalle keins, dafür standen weiter hinten auf dem Hof mobile Toilettenhäuschen. Für eine Sommernacht war es überraschend dunkel, zudem merkte ich auf dem Weg über den Hof, dass mir der reichlich bemessene Abschiedsdrink und die kleine Flasche Wein zu Kopf gestiegen waren. Ab jetzt musste ich mich zurückhalten, sonst wurde es nichts mehr mit Arbeiten. Der verdammte Engel faszinierte und ärgerte mich. Warum flirtete sie mit mir, sah man mir nicht schon meilenweit an, dass ich schüchtern, hetero und obendrein dienstlich unterwegs war?

Die Toilette war überraschend sauber. Als ich gerade den Rock herunterzog, näherten sich Schritte, aber es schien niemand auf eins der anderen Klos zu gehen, obwohl alle frei waren. Als ob da draußen jemand auf mich wartete.

Mein Herz pochte heftig. Garantiert war mir einer von den Terylenmännern nachgegangen und wollte jetzt wer weiß was von mir. Beklommen überlegte ich, was ich tun sollte, sagte mir dann aber, dass ich eine Frau war und kein Hasenfuß. Außerdem trug ich, wie immer, mein kleines Messer in der Handtasche. Also trat ich beherzt hinaus.

Eine kahlköpfige Frau trat gerade ihre Zigarette aus und ging dann in das Häuschen, aus dem ich gerade gekommen war. Lachend sagte sie: «Seit meine Geliebte mir verboten hat, zu Hause zu rauchen, bring ich's nicht mal mehr fertig, auf dem Örtchen zu qualmen.»

Gleichzeitig mit mir betrat ein prächtiges Mannsbild die Halle. Minutenlang starrte ich den Kerl bewundernd an: Er war mindestens so groß wie Antti, um seine langen dunklen Locken hätte ihn jeder Heavy-Rocker beneidet, und seine Boots und der abgetragene braune Lederanzug saßen wie eine zweite Haut. Ich war versucht auszuprobieren, ob ich noch fähig war, Männer aufzureißen, rief mich aber zur Ordnung. Schließlich war ich nicht zum Vergnügen hier.

Während ich draußen gewesen war, hatte die Show angefangen. Ein fetter, von Kopf bis Fuß tätowierter Mann saß im Lotussitz mitten auf der Bühne, ließ sich von einer mindestens genauso üppig tätowierten, spindeldürren Frau frisch sterilisierte

Akupunkturnadeln reichen und steckte sich eine nach der anderen in die Haut. Die Schwaden aus dem Nebelwerfer vermischten sich mit Krankenhausgeruch. Auf der Tanzfläche tobte sich ein junger Mann in Stöckelschuhen aus. Ich kam mir so verloren vor, dass ich trotz meiner guten Vorsätze an die Bar marschierte und mir noch ein Fläschchen Wein kaufte. Das Zeug schmeckte irgendwie besser als die erste Flasche. Ich trat näher an die Bühne und beobachtete die ritualisierte Nadelperformance, zwang mich zuzusehen, wie die Nadelspitzen in die Haut des Mannes eindrangen und ein Stückchen weiter wieder zum Vorschein kamen, am Oberschenkel, am Arm, schließlich auch am Hals ... Ob er etwas spürte? War er ein Yogi oder so was, konnte er seine körperliche Hülle verlassen?

«Ey Mädchen, macht dich das an?», fragte eine Männerstimme. Ich hob unwillkürlich den Blick und sah einen ganz normalen, nett wirkenden Mann im klassischen Rebellenoutfit: Jeans, weißes T-Shirt und eine schwarze Lederjacke, die meiner ziemlich ähnelte.

«Nee, eigentlich nicht.»

«Na dann, wollen wir tanzen?»

Warum nicht, dachte ich mir, und wir tanzten zum Getöse von Syntheziser und Schlagzeug, was die Beine hergaben. Vielleicht war ich tatsächlich noch einmal achtzehn und zum ersten Mal erlaubterweise in einer Kneipe, auf der Suche nach dem Einen, dem Richtigen. Als dann auch noch der alte Hit von Pelle Miljoona, «Ich will mit dir schlafen», aus den Lautsprechern dröhnte, fühlte ich mich vollends in die Zeit Ende der siebziger, Anfang der achtziger Jahre versetzt, auf eine der Oberstufenpartys, auf denen Sanna neben mir zur gleichen Musik tanzte ...

Sanna! Ich war doch nicht zum Tanzen hier. Als Pelle mit seinem Lied fertig war, verließ ich die Tanzfläche. Mein Kavalier folgte mir auf dem Fuß.

«Genug getanzt? Einen tollen Rock hast du an.» Der Typ begutachtete meinen Körper mit dem gleichen Blick wie Dr. Hellström. «Wenn Piercing nicht dein Ding ist, worauf stehst du dann? Bist du 'ne Domina?»

«Ich bin alles Mögliche, mein Sternzeichen ist nämlich Fische, deswegen bin ich wechselhaft, veränderlich und vielseitig», gab ich zurück und versuchte, Engels herausfordernden Tonfall nachzuahmen.

«Alles Mögliche ... Klingt interessant. Ich heiße Sebastian», sagte der Mann und reichte mir die Hand.

«Ich bin Maria.»

«Aber keine Jungfrau?» Ich zog meine Hand zurück.

«Ein blöder Witz und alt dazu.»

«Verzeihung, Herrin. Ich werde mir bessere einfallen lassen.» Als Sebastian sich verbeugte wie ein Höfling aus einem Film der vierziger Jahre, ging mir auf, dass ich, ohne es zu wollen, ein Rollenspiel in Gang gesetzt hatte, aus dem ich mich wieder herauswinden musste. Mir fiel nichts Gescheiteres ein, als möglichst hochmütig zu säuseln: «Auf Männer, die alte Witze erzählen, lege ich keinen Wert!» Dann marschierte ich zurück in den vorderen Raum und hielt nach Engel Ausschau. Da war sie ja, sie sprach ausgerechnet mit dem dunkellockigen Prachtkerl. Als sie mich bemerkte, winkte sie einladend.

«Das ist Joke», stellte sie mir den Augenschmaus vor.

Joke erkundigte sich nach Kimmo. Sein besorgter Tonfall passte nicht recht zu seinem Äußeren. Bis hin zu der Reitpeitsche am Gürtel glich er dem düsteren Helden eines Schauerromans, der die weibliche Hauptgestalt zuerst auspeitscht, nur um sie dann zu umarmen und ihr ins Ohr zu flüstern, er strafe sie nur aus Liebe.

«Seid ihr bereit, für Kimmo auszusagen und zu bestätigen, dass er nicht gewalttätig ist? Könnt ihr bezeugen, dass ... Verdammte Scheiße!»

Vor dem Mädchen, das die Eintrittskarten verkaufte, stand mit gezücktem Dienstausweis kein anderer als Herr Kriminalkommissar Pertti Ström. Er schaffte es tatsächlich, umsonst eingelassen zu werden, drehte sich um und musterte die Anwesenden mit der gleichen angewiderten Miene, die meine Mutter aufsetzte, wenn sie Silberfischchen im Mehl entdeckte.

«Das ist der Mann, der Kimmo verhaftet hat. Ein absoluter Hornochse», erklärte ich Engel und Joke. Wenn Pertti hier auftauchte, konnte das eigentlich nur bedeuten, dass er doch nicht ganz von Kimmos Schuld überzeugt war. Vielleicht hatte ich ihn auch unterschätzt, er hatte sich seine Karriere doch nicht mit den Ellenbogen erkämpft, sondern war tatsächlich ein guter Ermittler, der pedantisch alle Einzelheiten überprüfte.

Das bisschen Respekt, das ich Ström ein paar Minuten lang entgegenbrachte, verflog, als er sich vor uns aufbaute und dröhnte: «Kallio, schau an! Deswegen verteidigst du also das perverse Schwein. Du bist selbst so eine!»

«Vorsicht, Perversität ist ansteckend», erwiderte ich eisig. «Allerdings glaub ich nicht, dass du in puncto Sadismus noch was lernen kannst!»

Pertsa starrte wie gebannt auf meinen Lederrock und meine Netzstrümpfe.

«Wenn ich gewusst hätte, dass du auf Gummi stehst, hätte ich dich verhaftet statt den Hänninen. Du wolltest die Mäenpää aus dem Weg räumen, damit du mit Hänninen deine Spielchen treiben kannst.»

Die Vorstellung war so absurd, ich prustete los. «Und wieso hab ich meinen Freund nicht auch gleich umgebracht?», fragte ich und trank meinen Wein aus, bevor die Versuchung, ihn Pertsa über den Kopf zu schütten, übermächtig wurde. Er würdigte mich keiner Antwort. Stattdessen fing er an, Joke und Engel ähnliche Fragen zu stellen wie ich vorhin, nur in weitaus barscherem Ton. Ich knipste heimlich mein Diktaphon an, obwohl ich mich damit strafbar machte. Der Wein tat seine Wirkung, ich war zu beschwipst, um noch etwas Vernünftiges zustande zu bringen, und beschloss, für den Rest des Abends so zu tun, als wäre ich zum Vergnügen hier.

Pertsa stellte geschicktere Fragen, als ich ihm zugetraut hätte, aber er würde sicher nicht mehr aus Engel und Joke rauskriegen als ich, die beiden hatten nämlich was gegen die Polizei. Joke zitierte gerade Wort für Wort einen Artikel, den Kimmo für die Clubzeitung geschrieben hatte, als ich schon wieder auf die Toilette musste.

Dort wurde mir klar, dass es das Klügste war, nach Hause zu gehen. Ich wollte mich rasch von Engel verabschieden und dann verschwinden.

Als ich aus der Klobude kam, trat plötzlich eine Gestalt aus dem Dunkel und packte mich am Arm.

«So leicht wirst du mich nicht los, Maria», nölte er. Hass sprühte aus seinen Augen, und noch etwas, das ich lieber nicht so genau benennen wollte.

«Pfoten weg!» Ich versuchte mich loszureißen, wie ich es im Selbstverteidigungskurs gelernt hatte, aber Sebastians Griff lockerte sich nicht. Mit dem plötzlichen Tritt in die Rippen hatte er allerdings nicht gerechnet, er krümmte sich vor Schmerzen und sackte auf die Knie.

«Überleg dir nächstes Mal vorher, wen du belästigst», fauchte ich und rannte nach drinnen. Sebastian war weiter nichts passiert, der Schmerz würde bald nachlassen. Wer weiß, was er dann mit mir anstellte. Am besten haute ich wirklich bald ab.

In der Halle sah ich Pertsa immer noch bei Joke stehen, den er offenbar ziemlich in die Mangel nahm. Joke sah aus, als könnte er Hilfe brauchen, aber ich war nicht zu Samariterdiensten aufgelegt, sondern verzog mich in den hinteren Raum, wo Engel sich gerade mit ein paar gut aussehenden Lederlesben unterhielt. Auf der Bühne legte eine Marilyn-Imitation eine Dragshow hin. Ich ließ mich von den Frauen ins Gespräch ziehen – auch sie redeten über Kimmo und die Polizei – und sagte nicht nein, als mir ein kahlköpfiges Mädchen mit stechendem Blick ihren whiskygefüllten Flachmann hinhielt.

«Die Frauen hier sind alle so perfekt angezogen», sagte ich

und lächelte einem Transvestiten zu, der im Hausfrauenlook der sechziger Jahre an mir vorübertanzte. Kaum zu glauben, dass tatsächlich jemand wie eine Hausfrau aussehen wollte. Ob er wohl von einem Partner in grell geblümtem Kleid und mit stahlblauem Kopftuch träumte?

«Hoffentlich kriegst du Kimmo mal in voller Ausstattung zu Gesicht», meinte Engel. «Bei unseren Partys ist er immer einer der am besten angezogenen Männer.»

«Kennst du übrigens einen Sebastian? Der ist draußen zudringlich geworden, ich musste ihm 'ne kleine Abreibung verpassen.»

Engel schüttelte den Kopf.

«Beim Namen kenn ich nur die Stammgäste. Aha, jetzt ist Joke dem Bullen endlich entronnen.»

Joke tänzelte zu uns herüber. Pertsa war nirgends zu sehen, Sebastian zum Glück auch nicht. Ich ließ mich von der Partystimmung mitreißen, schnappte aber hier und da ein paar Worte über Kimmo auf. Alle hielten ihn für lieb und nett, keiner konnte sich ihn als Mörder vorstellen. Ich wirbelte zwischen schwarzen Kleidern, roten Lippen und glitzernden Ketten mit den anderen herum, legte mit Joke einen wilden Rock 'n' Roll aufs Parkett, holte mir zwischendurch ein Bier gegen den Durst ...

Bis es auf einmal halb drei war und ich schwer einen in der Krone hatte.

In der elenden Fabrikhalle gab es nicht mal ein Telefon. Da niemand wusste, wo der nächste Taxistand war, beschloss ich, zu Fuß zum Westring zu gehen und unterwegs ein Taxi anzuhalten.

Meine Schritte klapperten über den Asphalt. Die Polizistin in mir wusste, was sexy angezogenen, betrunkenen Frauen in dieser einsamen Gegend alles passieren konnte. Meine feministische Seite hielt dagegen, dass auch sexy gekleidete, betrunkene Frauen das Recht haben, unbehelligt durch die Straßen zu gehen. Verzweifelt versuchte ich, nicht allzu auffällig zu schwanken.

«Mariaaa! Maaariiaaa!» Eine Männerstimme hallte schaurig verzerrt über den Asphalt. Sie kam mir bekannt vor. Sebastian? Wer konnte es sonst sein? Egal, wer da nach mir rief, ich rannte, so schnell es in Stöckelschuhen möglich war, in eine belebtere und heller beleuchtete Gegend. Die Rufe waren noch eine ganze Weile zu hören. Vor dem Jugendzentrum blieb ich stehen und winkte jedem vorbeifahrenden Taxi, aber sie waren alle besetzt.

Da hielt auf einmal ein dunkelblauer Saab an.

«Grüß dich, Kallio, warum hast du nicht auf mich gewartet? Steig ein!» Die raue, befehlsgewohnte Stimme kannte ich.

«Zu dir steig ich nicht freiwillig ins Auto, Ström!»

«Soll ich dich festnehmen?»

«Mit welcher Begründung?»

«Trunkenheit und Erregung öffentlichen Ärgernisses. Wohin willst du? Wohnst du in Tapiola?»

Pertsas Saab lockte. Wenn ich mit ihm fuhr, konnte ich in zehn Minuten zu Hause sein. Also bezwang ich meinen Stolz und stieg ein, wobei ich mich mit dem Gedanken tröstete, dass man Hornochsen ruhig ausnutzen darf. Dank Ströms Chauffeurdienst sparte ich einen hübschen Batzen Geld.

«Warum bist du eigentlich aus dem Polizeidienst ausgeschieden?», fragte Pertsa ungewohnt freundlich, als wir die Brücke in Lauttasaari erreicht hatten.

«War eben nicht der richtige Job für mich.»

«Findest du die Juristerei denn besser? Heute Abend hatte ich eher den Eindruck, du spielst Privatdetektivin.»

«Was tut eine aufopfernde Anwältin nicht alles für ihren Klienten ... Verdammt nochmal, Ström, du hast Kimmo vernommen, ohne mich dazuzubitten. Mach das nicht nochmal, sonst kriegst du eine Beschwerde an den Hals!»

«Er hat keinen Rechtsbeistand verlangt. Bist du ganz sicher, dass du deine Fähigkeiten nicht vergeudest?»

«Indem ich Kimmo Hänninen verteidige?»

«Nee, ich meine diese ganze Rechtsanwaltsgeschichte. Willst

du wirklich dreißig Jahre lang am Schreibtisch sitzen, Papiere hin und her schieben, Gesetzbücher wälzen und von einem stinklangweiligen Prozess zum anderen rennen, wo du ganz was anderes sagst, als du eigentlich denkst? Das ist doch nicht das Richtige für dich! Du brauchst Action, das hat man heute Abend ja gesehen. Außerdem ist es einfach unmoralisch, zu verhindern, dass ein schuldiger Täter verurteilt wird.»

«Ich find es viel unmoralischer, dass du mit deinen beschissenen Zwangsvorstellungen versuchst, einen Unschuldigen hinter Gitter zu bringen, statt dem wahren Mörder nachzuspüren! Verdammt nochmal, du hast ja nicht mal alle anderen Spuren überprüft!» Trotz meiner Trunkenheit merkte ich, dass ich mich verplappert hatte. Ich wollte den Fall doch selbst aufklären, statt Pertsa mit der Nase auf die Verbindung zu Sanna zu stoßen.

«Welche anderen Spuren? Wenn du mir irgendwelche Informationen vorenthältst, Kallio, dann wirst du Hänninen in seiner Zelle bald Gesellschaft leisten, das sag ich dir!»

«Ich enthalt dir überhaupt nichts vor, und von deinen Drohungen hab ich jetzt genug! Lass mich sofort raus!»

Pertsa trat wortlos auf die Bremse und hielt verbotenerweise auf dem Seitenstreifen. Wir waren schon an der Abzweigung nach Otaniemi, von wo ich bequem zu Fuß nach Hause gehen konnte, aber das brauchte er nicht zu wissen. Ich zog die Schuhe aus und marschierte auf Strümpfen los. Mit einer anderen Taktik und weniger Alkohol hätte ich im Club Bizarre viel mehr herausfinden können, schalt ich mich selbst. Aber vielleicht entdeckte ich auf meinem Tonband doch ein paar nützliche Informationen, wenn ich wieder nüchtern war. Und außerdem hatte ich mich gut amüsiert.

Neun

Wie das andere Mädchen

«Du kannst mir nichts vorwerfen, auch wenn ich mich falsch erinnert hab», giftete Mallu mich an. Es war Donnerstagvormittag geworden, bevor ich sie endlich telefonisch erreichte, um sie noch einmal zu fragen, wo sie gewesen war, als Armi ermordet wurde.

«Außerdem hab ich der Polizei schon alles gesagt, und meines Wissens bist du keine Polizistin!»

«Hör mal, Mallu, könnten wir uns trotzdem treffen?» Natürlich hatte sie Recht: Ich hatte keinerlei Befugnis, sie zu vernehmen.

Am Mittwoch war ich völlig verkatert gewesen, hatte mit Müh und Not Routinearbeiten bewältigt und war am Abend beim Eisessen vor dem Fernseher eingeschlafen. Den Donnerstagmorgen hatte ich dann mit dem grandiosen Gefühl begonnen, das jeder kennt, der schon mal einen Hangover überstanden hat.

Schließlich konnte ich Mallu überreden, am Nachmittag in die Kanzlei zu kommen. Ich radelte ins Zentrum von Tapiola, um mir etwas zum Mittagessen zu holen, bevor der nächste Klient kam.

«Na, wie geht's dem Stahlross? Keine Beschwerden?» Make stand rauchend vor seinem Geschäft. Ich zuckte zusammen. Sollte das eine ironische Bemerkung sein – oder eine Warnung?

«Wie meinst du das? Hast du was damit zu tun?» Ich zeigte ihm die abgerissenen Bremsseile, die Antti und ich notdürftig geflickt hatten.

«Ist dir was passiert?» Make wirkte ehrlich überrascht.

«Nichts weiter, nur die Lenkstange hat sich gelöst, auf dem Uferweg in Toppelund, und ich bin ins Meer geflogen. Sieht so aus, als hätte jemand nachgeholfen.»

«Da haben sich bestimmt irgendwelche Halbstarken einen Spaß erlaubt.»

«Mag sein. Sag mal, wie lange warst du eigentlich mit Sanna befreundet?»

Der abrupte Themenwechsel schien Make zu befremden, er sah mich verblüfft an. «Na ja, nicht sehr lange ... Sanna ist ... im März ... gestorben. Wir hatten uns kurz vor Weihnachten in der Kneipe da drüben kennen gelernt.» Er gab sich vergeblich Mühe, locker zu wirken.

«Drei Monate ... das ist wirklich nicht viel. Trotzdem scheinst du immer noch um Sanna zu trauern.»

Make trat seine Kippe aus. «Du begreifst nicht, wie das ist, wenn deine Liebe nicht ausreicht. Wenn der Mensch, den du am liebsten hast, sich trotz deiner Liebe umbringt. Und du stehst daneben und kannst ihn nicht daran hindern.»

«Keiner kann einen anderen erlösen! Jeder muss sich selbst retten», sagte ich im besten Predigerton.

«Sanna war eine tolle Frau ... Sie war viel klüger als ich, redete dauernd über Literatur und Philosophie. Vielleicht war sie zu klug für diese Welt», setzte Make niedergeschlagen hinzu.

«Was weißt du von ihren früheren Freunden? Mit wem war sie vor dir zusammen?»

«Mit so 'nem Arschloch, der sie verprügelt hat. Der war gerade wegen Drogen in den Knast gewandert. Hakanen oder Hakala ...»

«Ode Hakala?»

«Ja genau, so hieß er. Sanna hat mir mal Fotos gezeigt, das

war so ein Schwarzhaariger, sah ziemlich böse aus. Sanna hat ihn ein paar Mal besucht, ich war ein bisschen eifersüchtig. Aber wieso fragst du die ganze Zeit nach Sanna?»

«Sie interessiert mich eben. Und es tut mir Leid, dass ich so wenig Kontakt mit ihr gehalten hab. Vielleicht fühl ich mich auch ein bisschen schuldig, so wie du.»

Makes Gesicht hellte sich auf.

«Jetzt versteh ich ... dich hat sie gemeint, als sie von dem einzigen Mädchen aus ihrer Bergwerksstadt erzählt hat, mit dem sie halbwegs auf einer Wellenlänge lag. Irgendwie seid ihr euch ähnlich. Vielleicht hab ich gerade deshalb ...»

«Was hast du gerade deshalb?», fragte ich, obwohl ich die Antwort erriet.

«Na ja, es ... wäre schön, wenn du ungebunden wärst», stammelte Make, errötete und verzog sich in seinen Laden.

Im Zentrum von Tapiola wimmelte es von Menschen. Schüler kauften Sommersachen, Familien deckten sich für die Ferien ein, die am Wochenende begannen, die Buchhandlung pries Krimis als Sommerlektüre und Prachtbände als Abiturgeschenk an. Ich war daran gewöhnt, nie im Sommer Urlaub zu machen, diese Geschäftigkeit kam mir befremdlich vor. Meine Eltern dagegen warteten sehnsüchtig auf das Ende des Schuljahrs. An einem der nächsten Wochenenden würde ich mich wohl zu einem Besuch in meiner alten Heimatstadt aufraffen müssen, spätestens wenn meine Schwester, die im Nachbarort wohnte, ihr erstes Kind zur Welt brachte. Ich wurde Tante, was für eine Vorstellung! Aber wie mochte es erst sein, Mutter zu werden, einen anderen Menschen in sich zu tragen, seine Tritte zu spüren, die Bewegungen eines fremden Wesens im eigenen Körper zu spüren? Was für ein Gefühl war es, zu gebären?

Ich überholte eine Frau mit Kinderwagen. Ihr Einjähriges rief in einem fort «Mama» und «Kacka» und unterstrich seine Worte, indem es sein Schäufelchen auf den Sicherheitsbügel haute. Ich dachte an Mallus totes Baby. Wollte ich ein Kind? Der Gedanke machte mir Angst. Ein Kind? Ich? Womöglich mit Antti? Dabei konnte nur eine egoistische Nervensäge rauskommen. Ganz unmöglich war die Vorstellung aber nun auch wieder nicht. Die biologische Uhr tickte, ich wurde bald dreißig und lebte nach langem Alleinsein endlich in einer halbwegs funktionierenden Zweierbeziehung. «Funktionierende Zweierbeziehung», das hörte sich widerlich an. Es klang nach etwas, das man sich anschafft wie ein neues Sofa.

Wider besseres Wissen aß ich einen Hamburger und kam zeitig genug in die Kanzlei zurück, um vor dem Termin mit meinem Klienten meinen persönlichen Informanten im Polizeiarchiv anrufen zu können: meinen alten Kollegen Koivu. Zum Glück erreichte ich ihn in seinem Zimmer.

«Maria hier, hallo. Du, ich geb dir einen aus, wenn du zwei Strafregister für mich überprüfst. Erstens Hakala, Otso, genannt Ode, Geburtsdatum weiß ich nicht, er kann aber nicht viel älter als dreißig sein, hat mindestens Drogenbesitz auf dem Konto, und zweitens Hänninen, Sanna, geboren am 2. März 1962. Falls Hakala gerade sitzt, möchte ich wissen, ob er am zweiten März vorigen Jahres und letzten Samstag Freigang hatte. Wie geht's bei euch?»

«Das alte Spiel. Kinnunen ist gestern besoffen zum Dienst erschienen, und der Chef macht sich wichtig, wie immer. Ich hab mir schon überlegt, den Kram hinzuschmeißen, wo du jetzt auch nicht mehr hier bist», seufzte Koivu.

«Hmm», brummte ich. An meinen früheren Arbeitsplatz im Gewaltdezernat des Helsinkier Polizeipräsidiums sehnte ich mich wahrhaftig nicht zurück. Pertsa irrte sich – als Juristin fühlte ich mich wohler.

Ich hatte mir eine ganze Reihe von Fragen zurechtgelegt, die ich Mallu stellen wollte. Als sie dann an der Tür stand, abgemagert und in Trauerkleidung, wusste ich nicht, wie ich anfangen sollte. Ich musste plötzlich an einen Krimi von Agatha Christie denken, in dem eine Bildhauerin mit einer Frauenskulptur die

Trauer darstellte. Mallu hätte mit ihrem zu großen schwarzen Kleid, dem zerfurchten Gesicht und den herabhängenden Mundwinkeln für die Statue Modell stehen können. Es sah aus, als hätte sie seit Sonntag noch ein paar Kilo abgenommen.

«Weißt du, wo sich dein Exmann aufhält? Ich habe versucht, ihn zu erreichen, aber unter der Nummer meldet sich keiner.»

«Ich hab nichts von Teemu gehört», fuhr Mallu auf.

«Hast du nicht versucht, ihn über den Tod deiner Schwester zu informieren? Außerdem stand es sogar in der Zeitung, hat er sich daraufhin nicht gemeldet?»

Mit verschlossenem Blick und lethargischer Stimme antwortete Mallu: «Was geht Teemu das noch an ... Wir haben uns nichts mehr zu sagen.»

Der Unfall und die Fehlgeburt waren im März passiert, vor gerade mal drei Monaten. Wie hatten diese wenigen Monate die Laaksonens stumm gemacht, die gemeinsamen Jahre auslöschen können? Hatte außer der Kinderlosigkeit noch mehr an ihrer Beziehung genagt?

«Warum hast du mich angelogen? Du warst letzten Samstag nicht die ganze Zeit zu Hause, du bist in Tapiola gesehen worden.»

«Maria, ich bitte dich! Meine Schwester war gerade ermordet worden. Ich stand unter Schock, außerdem hatte ich am Sonntagmorgen ein Beruhigungsmittel geschluckt, um nicht durchzudrehen. Ich hab nicht gelogen, sondern mich falsch erinnert. Der Polizei hab ich gesagt, dass ich zum Einkaufen in Tapiola war. Ich hab Tiefkühlfisch geholt, der war nämlich im Angebot. Eigentlich hätte ich zwar lieber Morcheln genommen, aber ...»

«Armi wollte dich vor zwei Uhr anrufen. Hat sie es getan?»

«Anrufen?» Mallus Überraschung klang echt. «Armi hat mich nicht angerufen. Wer hat das denn behauptet? Kann natürlich sein, dass sie es versucht hat, als ich beim Einkaufen war.»

«Als wir am Sonntag über Sanna Hänninen gesprochen haben, hast du gesagt, bei Sannas Tod hätte einer aus ihrer Familie nachgeholfen. Armi war fest davon überzeugt, dass Sanna ermordet wurde, wusstest du das?»

Mallu vergrub das Gesicht in den Händen, offenbar nicht, weil sie mit den Tränen kämpfte, sondern weil sie konzentriert nachdachte. Die Sonnenstrahlen, die durchs Fenster fielen, ließen die silbernen Strähnen in ihrem Haar wie Lametta aufleuchten.

«Du meinst, Armi wurde ermordet, weil sie wusste, wer Sanna ...», murmelte Mallu mit gesenktem Kopf.

«Das ist eine Möglichkeit. Hältst du das für denkbar?»

«Eigentlich schon.» Sie schaute auf und sah mir gerade in die Augen. «Ich kann mir die Szene richtig vorstellen: Armi schleudert Sannas Mörder ins Gesicht, sie wüsste, was passiert ist, und merkt überhaupt nicht, dass sie sich damit selbst in Gefahr bringt. Aber um Erpressung ging es bestimmt nicht, Armi hat es einfach genossen, die Oberhand über andere zu gewinnen.»

«Wer könnte Sanna deiner Meinung nach ermordet haben?»

«Am ehesten ihr Vater, glaub ich. Das ist ein merkwürdiger Typ.»

«Inwiefern? Ich kenne Henrik Hänninen kaum, ich hab ihn nur ein einziges Mal getroffen.»

Er war groß und schlank, erinnerte ich mich, ging leicht gebeugt und hatte buschige schwarze Augenbrauen. Sein Mund war breit, wie Sannas, wirkte aber irgendwie grausam.

«Henrik scheint in einer anderen Welt zu leben», meinte Mallu. «Auf mich wirkt er kalt und Angst erregend, wie ein Killer aus einem alten Gangsterfilm. Vielleicht liegt es an den Augenbrauen ... Aber Armi kann er nicht ermordet haben, schließlich ist er zurzeit in Südamerika. Vielleicht hat er Sanna umgebracht, und irgendein anderer, Kimmo zum Beispiel, hat Armi getötet, um Henrik zu schützen.»

Kimmo. Oder Annamari. Oder Risto. Ich hoffte inständig, dass stattdessen Ode Hakala überführt wurde.

«Hast du beim Reingehen zufällig gesehen, ob mein Fahrrad

noch an der Wand lehnt? Ich hatte es ein bisschen schief abgestellt», fragte ich, als Mallu sich verabschiedete.

«Dein Fahrrad? Ich hab nur eins gesehen, ein leuchtend grünes, aber das stand ganz ordentlich da.» Mallu hatte nicht mit der Wimper gezuckt, als ich das Rad erwähnte, offensichtlich war sie nicht diejenige, die an der Lenkstange herumgefummelt hatte.

Koivus Anruf brachte meine schöne Ode-Hakala-Theorie zum Einsturz. Der Kerl saß seit mehr als anderthalb Jahren im Knast, ohne Hafturlaub, und hatte mindestens noch einmal so viel abzusitzen. Sanna und Ode hatten so lange Strafregister, dass wir uns darauf einigten, sie uns am Sonntagabend bei einem Glas Bier anzusehen. Ich freute mich auf den Abend mit Koivu, den ich seit meiner Examensfeier nicht mehr gesehen hatte. Er hatte mir mit einem leidenschaftlichen Kuss gratuliert, der bei Antti einen spürbaren, wenn auch völlig unbegründeten Eifersuchtsanfall ausgelöst hatte.

Wieder klingelte das Telefon.

«Spreche ich mit Maria Kallio?», fragte ein älterer Herr mit brüchiger Stimme. Als ich bejahte, wollte er wissen, ob ich meine Monatskarte verloren hätte.

«Ja, wahrscheinlich Montagabend am Uferweg in Toppelund.»

«Da hab ich sie gefunden, und jetzt liegt sie hier bei mir ...»

«Wunderbar!» Nun brauchte ich also doch keine hundertfünfzig Finnmark extra hinzublättern. Zum Glück hatte ich noch keine Zeit gefunden, mir eine neue Stammkarte zu besorgen. Wir vereinbarten, dass ich meine Fahrkarte am Abend abholen würde. Vielleicht war das ein gutes Omen. Vielleicht fand ich noch etwas, zum Beispiel in Sannas Papieren einen Hinweis auf ihren Mörder.

Eki war Sannas Anwalt gewesen ... Also mussten in der Kanzlei Unterlagen über sie zu finden sein. Ich marschierte ins Archiv, genauer gesagt, in den Hobbyraum der Henttonens, wo die Akten über ehemalige Klienten aufbewahrt wurden. Hier war offenbar seit einer Ewigkeit nicht mehr geputzt worden, Staubkörnchen tanzten im Sonnenlicht, das durch die Oberfenster fiel. Der rote Ordner mit der sauberen Aufschrift «Hänninen, Sanna» stand an seinem Platz. Ob es jemand merkte, wenn ich sie über das Wochenende auslieh? Ich wollte ihn gerade aus dem Regal holen, als jemand hereinkam.

Ich weiß nicht, warum ich mich hinter dem Regal versteckte. Durch eine Lücke in der untersten Ordnerreihe erblickte ich hellgraue Schuhe mit dicken Gummisohlen. Ekis Schuhe.

Ich hätte mich bemerkbar machen und meine Anwesenheit erklären müssen, meinetwegen mit der Ausrede, ich hätte meine Ohrringe gesucht. Stattdessen kroch ich noch weiter hinter das Regal. Eki hantierte am Schrank mit dem Bootszubehör herum. Ich befürchtete, dass meine Atemzüge im ganzen Raum zu hören waren. Als Eki direkt auf das Regal zukam, hielt ich vollends den Atem an.

Eki blieb an der Stelle stehen, wo Sannas Akte stand. Er zog einen Ordner aus dem Regal und blätterte hektisch darin. Die Staubkörnchen tanzten auf meine Nase zu. Verflixt, gleich musste ich niesen. Ich hörte, wie Eki irgendwelche Papiere aus dem Ordner nahm und einsteckte. Dann stellte er den Ordner zurück und ging.

Ich wagte mich erst ein paar Minuten später aus meinem Versteck. Mit klopfendem Herzen trat ich ans Regal und merkte sofort, dass es Sannas Akte war, die Eki gerade herausgezogen hatte. Warum hatte Eki Unterlagen herausgenommen? Ich ärgerte mich, nicht fünf Minuten früher ins Archiv gegangen zu sein. Noch verdrossener wurde ich, als ich mich im Spiegel sah: Meine Garderobe war wieder mal waschreif.

Als ich am Abend nach Haukilahti fuhr, war ich immer noch schlecht gelaunt. Zu Hause hatte ich eine Nachricht von meiner Mutter vorgefunden, ich möge sie zurückrufen, und nachdem ich mir eine Viertelstunde lang ihr Gejammer – «Wann kommst du uns denn endlich besuchen» und «Ich bin ja so nervös wegen Eevas Schwangerschaft» – angehört hatte, rief auch noch meine jüngste Schwester Helena an.

«Das Haus, in dem du mit Antti wohnst, ist doch ziemlich groß, oder?», fragte sie als Erstes. Als ich bejahte, ließ sie mich wissen, sie selbst, Eeva und meine beiden Schwäger bräuchten von Montag auf Dienstag ein Nachtquartier. Sie würden alle vier an einer Kreuzfahrt nach Stockholm teilnehmen, und es wäre doch nett, mich mal wieder zu sehen ...

Ich konnte nicht gut nein sagen, obwohl ich mich schon vor Wochen mit ein paar Kommilitoninnen für Montag ins Kino verabredet hatte. Musste ich eben absagen. Ich war neugierig auf Eevas dicken Bauch, trotzdem ging es mir gegen den Strich, dass meine Angehörigen mich nur besuchten, wenn sie in Helsinki übernachten wollten, um am nächsten Morgen bequem ihr Schiff oder Flugzeug zu erreichen. Wenn sie mich sonst anriefen, ging es meistens darum, irgendein Sonderangebot bei Stockmann zu besorgen, das in der überregionalen Zeitung angepriesen wurde.

Eine Reise nach Stockholm in Gesellschaft meiner Schwestern und ihrer langweiligen Männer wäre eine einzige Qual, und doch ärgerte ich mich auch darüber, dass sie nicht einmal gefragt hatten, ob Antti und ich mitkommen wollten. Eeva und Helena hatten immer schon eine engere Beziehung zueinander gehabt als zu mir. Sie waren nur gut ein Jahr auseinander, während ich immerhin mehr als zwei Jahre älter war als Eeva. Mutter hatte nach Helenas Geburt sicher ganz schön rotiert, mit zwei Wickelkindern und einem im schlimmsten Trotzalter. Zu allem Unglück waren alle Mädchen. Ich als Älteste und Wildeste hatte praktisch die Rolle des Jungen übernommen, und die spielte ich im Grunde immer noch. Ich wohnte Hunderte von Kilometern entfernt, traf meine Eltern und Geschwister nur selten, gab kaum etwas von mir preis. Ich hatte das Gefühl, dass keiner von ihnen mich wirklich kannte. Aber kannte ich sie?

Wusste ich zum Beispiel, wie Eeva über ihre Schwangerschaft dachte?

Vielleicht war ich unfähig zu engen Beziehungen. Selbst Antti ging auf Abstand. Er war aus seinem Arbeitszimmer gekommen und hatte erklärt, er fahre morgen mit dem ersten Bus nach Inkoo, weil er in Ruhe durch die Wälder wandern wolle.

«Ich nehm das Zelt mit und übernachte auf einer Insel.»

«Ach so. Ich hatte gedacht, wir könnten morgen Abend tanzen gehen, nachdem wir voriges Wochenende vor lauter Arbeit nicht dazu gekommen sind.»

Daraufhin hatte Antti vorgeschlagen, ich sollte am Samstag nach Inkoo kommen, dann könnten wir eine Nacht gemeinsam zelten. Einstein würde so lange allein zurechtkommen, meinte er. Aus purer Neugier stimmte ich zu. Es war lange her, seit ich zum letzten Mal in freier Natur übernachtet hatte. Aber obwohl wir uns von Anfang an einig gewesen waren, uns gegenseitig an nichts zu hindern, ärgerte ich mich über Anttis Art, mich vor vollendete Tatsachen zu stellen – «Ich mach das jetzt so, tu du, was du willst».

Meine Laune besserte sich keineswegs, als ein Köter, der aussah wie ein zu heiß gewaschener Topflappen, wie wild auf dem Fahrradweg herumrannte. Er war angeleint, an einer langen, aufspulbaren Leine, die sich jetzt quer über den ganzen Weg spannte. Wütend betätigte ich die Fahrradklingel. Als der Hundehalter sich zu mir umdrehte, erkannte ich in ihm Dr. Hellström, Armis Chef. Als ich ihn vor ein paar Tagen besucht hatte, war von einem Hund nichts zu sehen gewesen.

«Ach, das Fräulein Kallio, guten Tag.» Hellström war offenbar in Plauderstimmung. «Kimmo Hänninen ist nun also verhaftet worden?» Er steckte sich eine Zigarette an und bemühte sich vergebens, den Hund in Schach zu halten, der eine hoch über ihm im Baum hockende Krähe ankläffte. Die Krähe schimpfte ihrerseits und ließ trockene Fichtennadeln auf uns herabregnen. Der Hund zerrte an der Leine. «Ich bin dem Viech nicht gewachsen, aber was soll ich machen, meine Schwester hat mich gebeten, ein paar Tage ihren Hund zu hüten.»

Für einen lauen Frühlingsabend war Hellström in Schal und dickem Mantel viel zu warm angezogen. Plötzlich nieste er kräftig. Aha, eine Frühjahrsgrippe, dachte ich und antwortete:

«Ja, es sieht so aus, als ob Kimmo wegen Mordes angeklagt werden wird.»

«Schlimm, schlimm. Annamari kann einem Leid tun. Zuerst Sannas Tod, und nun das.»

«Annamari scheint seelisch nicht sehr stabil zu sein. Ist Armi gut mit ihr ausgekommen?»

Hellström lachte auf. «Armi ist mit allen gut ausgekommen. Annamaris Verhältnis zu ihr ist etwas anderes, wenn du verstehst, was ich meine. Wahrscheinlich gibt es kein Mädchen, das Annamari als Schwiegertochter akzeptieren würde. Sie bemuttert Kimmo viel zu sehr, während sie Sanna völlig sich selbst überlassen hat.»

«War Sanna Hänninen auch Ihre Patientin?» Ich erinnerte mich, dass Eki von Abtreibungen gesprochen hatte; Hellström musste davon wissen.

«Meine Klientin. Ja, das war sie. Wieso?»

Plötzlich war es mir unmöglich, mit Hellström über Sannas Sexualleben zu sprechen. Zum Glück legte sich sein Köter mit einem Windhund an, sodass ich mich verdrücken konnte.

Annamari flatterte im wehenden Gewand in ihrem Haus herum wie ein vom Licht verwirrter Nachtfalter. In den letzten Tagen hatte sie Kimmo besuchen dürfen, was ihre Verwirrung offenbar nur verstärkt hatte.

«Das mit Sannas Papieren, also ich weiß nicht recht», zögerte sie. «Vielleicht sollte man sie wie die Tagebücher verbrennen. Sollten wir die arme Sanna nicht endlich in Frieden ruhen lassen? Ihr Leben war schwer genug, am besten denken wir gar nicht mehr daran.»

«Ist dieser Stapel alles, was von ihr übrig geblieben ist? Ist denn nichts in ihrem Zimmer zurückgeblieben? Irgendwas, Kleider, Bücher?»

«Wir haben es zum Gästezimmer gemacht, Matti und Mikko schlafen manchmal dort. Sannas Kleider hat Henrik auf den Flohmarkt gebracht. Diese Fummel hätte sowieso keiner von uns tragen können. Kimmo hat wohl einen Teil von ihren Büchern und Platten aufbewahrt, in seinem Zimmer, aber ich weiß nicht, was ihm gehört und was von Sanna kommt. Guck dich einfach um!»

«Aber zuerst holen wir die Papiere.» Ich hatte einen großen Rucksack und Satteltaschen mitgebracht. Zum Glück hatte ich Sannas Aufzeichnungen am Montagabend bei den Hänninens gelassen, sonst wären sie mit mir im Meer gelandet und nicht mehr zu entziffern gewesen. Ob Annamari darauf spekuliert hatte?

«Glaubst du wirklich, es hilft Kimmo, wenn du das alles liest? Du begreifst ja gar nicht, Maria, wie schwer es ist, Mutter zu sein. Noch dazu so allein, wie ich, Henrik ist ja immer auf Dienstreise. Ich hab sein Kind großgezogen und zwei eigene dazu. Und immer diese Angst, dass den Kindern was passiert. Dass sie unters Auto kommen oder später in schlechte Gesellschaft geraten und kriminell werden. Und eines Tages merkst du dann, dass du nichts verhindern kannst. Am Ende passiert doch das Schlimmste, wie bei Sanna. Dann willst du nur noch vergessen», jammerte Annamari. Sie war an der Treppe stehen geblieben, während ich den Stapel aus dem Schrank holte.

Ich öffnete die Tür zu Kimmos Zimmer. Annamari hatte es nach der polizeilichen Durchsuchung nicht aufgeräumt. Die Bettdecke war zerknüllt, der Kleiderschrank durchwühlt, hier und da lagen seltsame Gegenstände herum, die sich bei näherer Betrachtung als S/M-Zubehör entpuppten: eine Reitpeitsche, ein kleines Gummilaken, Schlösser ... Pertsas Ermittler hatten die Schublade mit Kimmos Sexutensilien offenbar auf den Fußboden geleert.

«Haben die Polizisten gesagt, dass hier nichts verändert werden darf?», fragte ich Annamari, die auf einmal hinter mir stand.

«Nein ... Ich mag da nicht reingehen. Ich will gar nicht wissen, was für schreckliche Sachen Kimmo da drinnen aufbewahrt!»

Abgesehen von seinem Sexspielzeug wirkte Kimmos Zimmer wie eine ganz gewöhnliche Studentenbude. Auf dem Schreibtisch stand ein 386er PC mit zusätzlichem Festplattenlaufwerk und Drucker, an der Wand hingen einige Poster mit Landschaftsaufnahmen und ein großes Foto von Armi im geblümten Sommerkleid. Fernseher und Video standen in der Ecke, das Regal füllten hauptsächlich Fachbücher und ein paar Bestseller. Sannas Bücher waren leicht zu identifizieren: Sylvia Plath' Gesammelte Werke, einige Bände von Virginia Woolf, ältere englische Lyrik. Die Plath-Bände mit den vielen Randbemerkungen steckte ich ein. Neben den Büchern stand ein Totenkopf.

«Woher stammt der?», fragte ich Annamari, die gekrümmt an der Tür stand.

«Den hat Sanna irgendwo gekauft, sie hatte ihn immer auf ihrem Tisch stehen. Kimmo wollte ihn unbedingt behalten. Iiih, das Ding ekelt mich an, schaff es weg!»

Da sie darauf bestand, stopfte ich den Totenkopf in meinen Rucksack. Am liebsten hätte ich Kimmos Zimmer gründlich aufgeräumt, aber in Annamaris Beisein konnte ich mir das nicht erlauben.

Ich versprach, die Papiere zurückzubringen, doch sie winkte ab: «Nicht nötig, verbrenn sie einfach. Wir wollen sie nicht. Was sollen wir denn damit! Sanna war doch so begabt, warum konnte sie nicht studieren und Examen machen wie alle anderen? Warum musste sie trinken und all diese schlimmen Dinge tun und mit solch entsetzlichen Kerlen zusammen sein? Manchmal war sie mir richtig fremd, und einmal hab ich sogar zu Henrik gesagt, wer weiß, ob sie nicht in der Klinik vertauscht worden ist ... Obwohl sie Henrik ja wie aus dem Gesicht geschnitten war.»

«Wird Henrik denn jetzt nach Hause kommen?»

Annamari fing wieder an zu zittern. «Nächste Woche vielleicht. Henrik hat am Telefon so schrecklich gebrüllt ... Alles wäre meine Schuld, ich hätte die Kinder nicht richtig erzogen ... Aber vielleicht schafft er es, Kimmo aus dem Gefängnis zu holen.»

Annamari schien sich vor ihrem Mann zu fürchten. Ich musste an Mallus Verdacht denken, Henrik Hänninen hätte etwas mit Sannas Tod zu tun. Der Mann interessierte mich mehr und mehr, es war, als werfe er einen bedrohlichen Schatten über seine Familie.

Schwer beladen radelte ich nach Toppelund zu Herrn Herman Lindgren, um meine Monatskarte abzuholen. Er wohnte ganz in der Nähe der Mole. Als ich klingelte, fing drinnen ein Hund an, zu bellen oder vielmehr Geräusche von sich zu geben, wie sie eine zu locker bespannte Basstrommel erzeugt. Es dauerte lange, bis jemand öffnete.

Der Mann, der vor mir stand, sah aus, als wäre er im 19. Jahrhundert geboren, und der ergraute Labrador an seiner Seite hätte in ein Altersheim für Hunde gehört. Dennoch schnüffelte er neugierig an meinen Hosenbeinen, er roch Einstein und Hellströms Leihhund. Der alte Mann hielt mir meine Monatskarte hin, nachdem er lächelnd mein Gesicht gemustert und mit dem Foto auf der Stammkarte verglichen hatte.

«Ganz genau dasselbe Mädchen.»

«Sie haben sich solche Mühe gemacht, mich aufzuspüren! Im Telefonbuch steht ja noch meine alte Nummer.»

«Bei der Auskunft hat man mir die neue Nummer gegeben. Das war eine Kleinigkeit, ich habe ja Zeit genug, hübschen Mädchen nachzuforschen. Die Karte habe ich unten am Ufer gefunden, sie wäre wohl beinahe ins Meer gefallen», erklärte der alte Herr mit fragendem Unterton. Ich hatte das Gefühl, ihm eine Erklärung schuldig zu sein.

«Ich bin am Montagabend etwas zu schnell gefahren und mit meinem Rad von der Fußgängerbrücke ins Meer gestürzt. Dabei muss mir die Karte aus der Tasche gerutscht sein.»

«Soso. Na, zum Glück sind Sie glimpflich davongekommen und nicht ertrunken, wie das andere Mädchen.»

«Welches Mädchen?» Mein Herzschlag beschleunigte sich.

«Das Mädchen, das im vorigen Winter gerade dort an der Mole ertrunken ist. Ich erinnere mich gut daran, es war am 2. März. An dem Abend ist meine Frau gestorben. Es war ein regnerischer Abend, grau wie im Herbst, kein Schnee mehr und kein Eis auf dem Meer. Ich habe meinen Karlsson ausgeführt, gegen sieben war das, und er ist am Ufer stehen geblieben und hat irgendetwas beschnüffelt. Ich ging nachsehen, was er treibt, und da lag ein blonder junger Mann am Strand. Ich war ganz erschrocken, dachte, er wäre vielleicht krank oder gar tot, aber er schnarchte und stank derart, dass ich wusste, er ist betrunken. Einfach liegen lassen wollte ich ihn natürlich nicht, es war ja kalt, aber ich alter Mann hätte allein nichts ausrichten können. An der Mole waren zwei Personen, denen habe ich zugerufen, hier liegt ein Betrunkener, helfen Sie mir.

Die eine, es war eine Frau, kam gleich angelaufen und hat gerufen, das wäre ihr Freund und sie würde sich um ihn kümmern, ich könnte ruhig gehen. Als ich dann nach Hause kam, lag meine Frau in der Küche auf dem Boden. Herzversagen, hat der Arzt gesagt, sie hat nicht zu leiden brauchen. Aber dass sie so ganz allein sterben musste ...»

Der Hund jaulte, als wollte er seinem Herrchen zustimmen. Der alte Mann beugte sich zu ihm hinab und streichelte ihn.

«Ich musste dann eine Weile ins Krankenhaus, mein Herz wollte auch nicht mehr, und danach habe ich einen Monat bei meinem Sohn gewohnt. Erst später habe ich von den Nachbarn gehört, dass am gleichen Abend ein Mädchen ertrunken ist. Selbstmord, hieß es. Es war dasselbe Mädchen, das ich an der Mole gesehen hatte.»

«Ich habe sie gekannt», unterbrach ich ihn, nicht länger fähig, meine Ungeduld zu zügeln. «Ich wusste gar nicht, dass außer dem Betrunkenen noch jemand bei ihr war. Was war das für ein Mensch? Wie sah er aus? War es ein Mann oder eine Frau?»

Herr Lindgren schüttelte bedauernd den Kopf.

«Ach, wissen Sie, das ist so lange her, und bei dem Nebel konnte ich nicht viel erkennen. Einen Regenschirm hatte die Gestalt, und einen langen schwarzen Mantel. Ob Mann oder Frau, das kann ich nicht sagen, heutzutage sind ja auch die Frauen so groß.»

Plötzlich sah mir der alte Mann scharf in die Augen, als suche er dort etwas Kleines, Wertvolles, und sagte eindringlich: «Im Übrigen war das kein Mensch. Da bin ich mir sicher. Es war der Tod. Er hatte meine Frau geholt, und nun wollte er das Mädchen holen. Dummes Geschwätz eines alten Mannes, mögen Sie jetzt denken. Ich bin dreimal so alt wie Sie, aber senil bin ich noch nicht. Da war jemand an der Mole bei dem Mädchen.»

«Ich glaube Ihnen ja», beruhigte ich ihn. «Der Polizei haben Sie davon aber nichts gesagt?»

«Das schien mir sinnlos, es war ja schon Ende April. Die Nachbarn sagten, der Fall sei abgeschlossen, das Mädchen habe sich das Leben genommen. Hat sie nicht auch einen Abschiedsbrief hinterlassen?»

«Wären Sie bereit, doch noch eine Aussage zu machen, falls es nötig ist? Inzwischen deutet einiges darauf hin, dass es doch kein Selbstmord war. Womöglich werden Sie noch Kronzeuge …»

«Das klingt ja wie in diesen merkwürdigen amerikanischen Fernsehserien. Kronzeuge … Na, Zeit habe ich mehr als genug, nicht wahr, Karlsson?» Der alte Mann streichelte seinen Hund. Er war geistig völlig klar, so viel stand fest.

Ich konnte Herrn Lindgren gar nicht genug danken und

nahm mir vor, ihm am nächsten Morgen einen Blumenstrauß zu schicken. Er hatte Recht, davon war ich überzeugt: Die Gestalt, die er an der Mole gesehen hatte, war der Tod gewesen. Freilich kein imaginärer Sensenmann, sondern Sannas und Armis Mörder.

Zehn

Lady Lazarus

Am Freitagabend saß ich im Wohnzimmer der Sarkelas gemütlich im Sessel und blätterte in Sannas unvollendeter Magisterarbeit über Sylvia Plath. Das Manuskript war über und über mit Randbemerkungen versehen, die sich aber allesamt auf das Thema bezogen. Der Arbeitstitel der Untersuchung lautete «Körpersprache und Metaphern der Selbstzerstörung im Werk Sylvia Plath'». Sanna hatte wahrlich ein Thema gewählt, das zu ihr passte.

Mit geradezu trotzigem Eifer vertiefte ich mich in Sannas Unterlagen, nachdem ich mich untertags mit Eki über meine Ermittlungstätigkeit gestritten hatte. Er hatte mir vorgeworfen, meine Zeit zu vergeuden.

«In unserem Beruf muss man abschätzen können, was sich lohnt und was nicht. Wir haben die Aufgabe, dafür zu sorgen, dass der junge Hänninen möglichst glimpflich davonkommt, wenn wir schon keinen Freispruch erreichen können. Im kläglichen Leben seiner Schwester herumzuschnüffeln bringt überhaupt nichts!»

Meinen Einwand, ich sei anderer Meinung, hatte Eki mit der Bemerkung quittiert, ich sähe den Fall aus der falschen Perspektive. Trotzdem bestand ich darauf, Sannas Akte über das Wochenende mit nach Hause zu nehmen. Vermutlich würde Eki meinen Arbeitsvertrag nach der dreimonatigen Probezeit nicht verlängern, weil er meiner Urteilsfähigkeit nicht traute. Andererseits – wenn er mir nicht traute, wollte ich ohnehin nicht länger in seiner Kanzlei arbeiten. Ich hatte mein Referendariat auf unbestimmte Zeit verschoben, weil in Helsinki und Umgebung einfach keine Stellen frei waren und ich keine Lust verspürte, in irgendein Kuhdorf zu gehen. Dass Antti einer der Hauptgründe für meine mangelnde Mobilität war, mochte ich mir nicht eingestehen. Nach dem ersten Rausch der Verliebtheit war unsere Beziehung in ein neues Stadium eingetreten: Wir erprobten tastend das Zusammenleben und fragten uns von einer Woche zur anderen, ob das wirklich gut gehen konnte. Zwar fühlten wir uns bisher trotz aller Skepsis miteinander wohl, doch ich hasste meine Abhängigkeit.

Ich beschloss, die Magisterarbeit vorläufig beiseite zu legen und mir zuerst das übrige Material anzusehen. Gerade als ich alles sortiert hatte und mich Sannas Ordner aus der Kanzlei widmen wollte, klingelte das Telefon. Das musste Antti sein, der mir noch einmal erklären wollte, wo wir uns morgen in Inkoo treffen würden.

«Bei Sarkela, Maria Kallio.»

Stille. Dann schallte eine seltsam körperlose, heisere Stimme aus dem Hörer: «Misch dich nicht in Dinge ein, die dich nichts angehen. Sonst bist du als Nächste dran ...» Dann wurde aufgelegt.

Mein Polizisteninstinkt ließ mich diesmal im Stich, denn mir fiel zu spät ein, dass es eventuell möglich gewesen wäre, den Anrufer zu ermitteln. Ärgerlich kehrte ich ins Wohnzimmer zurück. Irgendwer versuchte mir Angst einzujagen. Folglich hatte an meinem Fahrrad nicht irgendein übermütiger Bengel herumgepfuscht, sondern jemand, der schon zwei Menschen getötet hatte.

Natürlich war ich auch früher schon bedroht worden, sogar in Lebensgefahr geraten. Aber die Bedrohung war nie gesichtslos gewesen, ich hatte immer gewusst, mit wem ich es zu tun hatte.

Im Bootshafen von Otsolahti legte ein Motorboot an, auf den Uferfelsen glitzerten Regentropfen. Das große Wohnzimmerfenster mit dem schönen Ausblick wirkte plötzlich bedrohlich. Wie leicht konnte hier jemand eindringen ...

Ich riss mich zusammen. So leicht ließ ich mich nicht überraschen, das hatte schon Sebastian feststellen müssen. Wenn der Mörder sich einbildete, er könnte mich so einfach um die Ecke bringen wie Sanna und Armi, war er auf dem Holzweg. Ich schlug den Ordner auf und vertiefte mich in Sannas Leben.

Die Hänninens hatten die Kanzlei des Öfteren in Anspruch genommen, Eki hatte allerhand zu tun gehabt, um Sanna vor einer Haftstrafe zu bewahren. Zwei Anklagen wegen Trunkenheit am Steuer, beide Male knapp unter der Grenze zur schweren Trunkenheit, eine Anklage wegen Besitz von Haschisch, eine ganze Reihe Festnahmen wegen Betrunkenheit.

Die erste Festnahme war im Zuge einer Razzia erfolgt, als Sanna im dritten Semester studierte. In Henrik Hänninens Wagen hatte eine ganze Schar angetrunkener junger Leute gesessen, unter ihnen Sanna, die behauptete, sie hätte nur ein Bier getrunken.

«Guter Auftritt vor Gericht. Hübsch gekleidet, spielte das unschuldige Mädchen aus gutem Hause», stand in Ekis Notizen. Ich stellte mir Sanna auf der Anklagebank vor, adrett zurechtgemacht, die großen braunen Augen ängstlich aufgerissen, die Stimme noch kindlicher als sonst. Es war ein leichter Fall gewesen.

Vor dem nächsten Verkehrsdelikt war Sanna einige Male in der Ausnüchterungszelle gelandet. Einmal wurde sie nach einer tätlichen Auseinandersetzung mit ihrem damaligen Freund festgenommen, den sie mit einem Taschenmesser bedroht hatte. Als sie dann mit eins Komma vier Promille den Wagen ihres Vaters gegen einen Laternenpfahl setzte, war es schon schwieriger, einen Freispruch zu erwirken. Eki hatte argumentiert, Sanna habe es nicht verkraften können, dass ihr Freund sie verlassen hatte, und leide zudem unter Prüfungsstress. Dass sie sich bei dem Unfall das Bein gebrochen habe, sei Strafe genug. Wieder war Sanna mit einer Geldstrafe und Führerscheinentzug davongekommen.

«Tut alles, um ihre Haut zu retten. Weiß hervorragend die Unschuldige zu spielen. Kriminelle Veranlagung?» hatte Eki an den Rand der Akte geschrieben. Allmählich verstand ich, weshalb er Kimmos Unschuldsbeteuerungen skeptisch gegenüberstand.

Die Anklage wegen Besitz von Haschisch hing mit Otso Hakalas Festnahme zusammen. Eki hatte es fertig gebracht, die Richter davon zu überzeugen, dass Sanna ihrem Freund hörig war. Die Anklage wegen Beteiligung am Rauschgifthandel wurde aus Mangel an Beweisen fallen gelassen, aber wegen Drogenbesitz erhielt Sanna immerhin eine Haftstrafe von drei Monaten, die zur Bewährung ausgesetzt wurde.

Zu diesem Fall fand ich keine Notizen. Standen sie auf den Blättern, die Eki entfernt hatte? Warum hatte er das getan? Ob Mara oder Albert sich erinnerten, was alles in dem Ordner abgeheftet worden war? Ich blätterte gerade das Verhandlungsprotokoll und Sannas Aussagen durch, als das Telefon wieder klingelte.

Falls es wieder ein Drohanruf war, würde ich die Verbindung nicht unterbrechen.

«Hallo, hier ist Engel. Na, wie war der Mittwochmorgen? Ging's dir schlecht?»

«Ein bisschen.» Ich wusste nicht, ob ich mich über ihren Anruf freuen sollte.

«Du, mir ist noch eingefallen, dass wir in unserem Rundschreiben gelegentlich Zeichnungen von Kimmo gebracht haben. Sind die vielleicht von Nutzen für dich? Sie zeigen nämlich Frauen, die Männer unterwerfen.»

«Vielleicht kann ich was damit anfangen. Schick sie mir zu.»

«Hast du keine Zeit, sie abzuholen?»

«Anfang nächster Woche jedenfalls nicht.» Ich fragte mich,

warum ich eine Begegnung mit Engel vermeiden wollte. Fürchtete ich mich etwa vor ihr?

«Dein Freund von der Polizei hat Joke gelöchert, seit wann du schon zum Klub gehörst, und wollte absolut nicht glauben, dass du kein Mitglied bist. Er hat immer wieder nachgebohrt, ob du Sadistin oder Masochistin bist, worauf Joke geantwortet hat, zu seinem Bedauern hätte er das noch nicht feststellen können ...» Wieder redete sie in diesem belustigten Ton, der mich auf die Palme brachte.

«Wie würdest du mich denn einschätzen?», hörte ich mich plötzlich fragen.

«Ich weiß nicht. Gefährlich bist du so oder so. Gibt es in Kimmos Fall was Neues?»

Ich war beinahe enttäuscht über den Themenwechsel und konnte mich nach dem Gespräch nur mit Mühe wieder auf Sannas Unterlagen konzentrieren. Immerhin hatte ich gerade zum ersten Mal in meinem Leben mit einer Frau geflirtet. Zwar hatten mir schon viele an den Kopf geworfen, eine Lesbe zu sein, aber das bekamen vermutlich alle Polizistinnen zu hören, und ich hatte mir nie etwas daraus gemacht. Für mich war «Lesbe» kein Schimpfwort. Doch Engels offenkundiges Interesse war irritierend und zugleich schmeichelhaft.

Einstein tapste ins Wohnzimmer und begann sich zu putzen. Er fing am Kopf an: Zuerst die linke Pfote angefeuchtet, das Gesicht abgewischt, wieder die Pfote angefeuchtet, dann waren die Ohren an der Reihe ... Ich nahm mir vor, so systematisch zu sein wie die Katze, und vertiefte mich wieder in Sannas Papiere.

Referate, Zettelchen, Mitschriften von Vorlesungen ... Fast alle Unterlagen hatten mit ihrem Studium zu tun. Fotos. Sanna und Annamari im Partnerlook, Sanna in der Reitstunde, Sanna und Kimmo beim Karussellfahren. Dann ein Familienporträt: Kimmo als Baby auf Annamaris Schoß, Risto, damals von Pickeln entstellt, mit der zweijährigen Sanna auf dem Arm, Henrik Hänninen hinter seiner Frau, ein dunkler Schatten. Was für eine seltsame Familie! Henriks erste Frau, Ristos Mutter, war an Krebs gestorben. Annamari wetteiferte mit Marjatta Sarkela darum, Matti und Mikko zu verwöhnen, dabei war sie gar nicht die biologische Großmutter der Zwillinge. War das überhaupt von Bedeutung, konnte man ein Kind nur lieben, wenn man seine eigenen Züge in ihm sah, wenn es von eigenem Fleisch und Blut war?

Der interessanteste Fund war ein unvollendeter Brief an Kimmo; Sanna hatte ihn vor einigen Jahren geschrieben, als ihr Bruder bei der Armee war. Warum hatte sie ihn aufgehoben?

«Vielleicht hast du Recht, wenn du sagst, ich soll mich von Ode trennen. Noch bin ich, glaube ich, nicht drogen- oder tablettensüchtig, aber viel fehlt nicht mehr, das hast du mir bei deinem letzten Urlaub zu Recht an den Kopf geworfen. Allerdings habe ich Angst vor Ode. Danke für dein Hilfsangebot, aber wenn er auf die Idee kommt, mich umzubringen, wirst du ihn nicht davon abhalten können, und Risto auch nicht. Sicher gibt es auch anständige Männer. Du schlägst Armi ja auch nicht.

Vielleicht sollte ich wirklich zum Psychiater gehen, wie Henttonen vorschlägt. Manchmal frage ich mich, was er eigentlich von mir will. Wahrscheinlich liegst du auch in diesem Punkt richtig, er macht sich nur Sorgen um mich.

Was Vater angeht, hast du auf jeden Fall völlig Recht. Er empfindet nichts für uns, für keinen. Ich überlege manchmal, wie Leila, Ristos Mutter, gewesen sein mag, denn Risto ist ja ganz und gar wie Vater, während wir beide nach unserer Mutter gekommen sind. Du kannst froh sein, dass du keinen Vaterkomplex hast wie ich. Vielleicht suchen wir beide, du und ich, den Schmerz, weil wir nur so Liebe zu verdienen glauben. Aber ist es wirklich so einfach? Ist es etwa richtig, wegen Armi einen Teil deiner Sexualität zu verleugnen?»

Ein paar Wochen nachdem Sanna diesen Brief angefangen hatte, waren Ode und sie festgenommen worden. Die zweite Anklage wegen Trunkenheit am Steuer war ein Jahr zuvor erhoben worden. Offensichtlich hatten Eki und Sanna auch zwischen diesen beiden Fällen miteinander zu tun gehabt. In Tapiola kannten sich eben alle. Vielleicht hatte Sanna Eki nur um Rat gefragt, wie sie sich gegenüber Ode Hakala verhalten sollte. Oder steckte etwas anderes dahinter? Was versuchte Eki mir zu verheimlichen?

Erneut nahm ich Sannas Magisterarbeit zur Hand. Nachdem ich einige Seiten gelesen hatte, holte ich das englische Wörterbuch aus Anttis Arbeitszimmer. Sannas Untersuchung war so gescheit und mitreißend geschrieben, dass ich mich allen Ernstes für das Thema zu interessieren begann. Wann hatte sie den Text wohl zu Papier gebracht?

Ungefähr in der Mitte ihrer Arbeit hatte Sanna eins der bekanntesten Gedichte von Sylvia Plath, «Lady Lazarus», eingehend analysiert. Dieses Gedicht hatte auf Sannas Schreibtisch gelegen, als sie starb, und man hatte daraus geschlossen, sie hätte Selbstmord begangen.

Ihre eigene Analyse warf jedoch ein völlig anderes Licht auf den Text.

«Lady Lazarus ist aus den unterschiedlichsten Perspektiven analysiert worden, unter anderem hat man es als Darstellung des Holocaust oder der Unterdrückung der Frau interpretiert. Ferner wurde nach Parallelen zu Sylvia Plath' Leben, insbesondere zu ihrer Vaterbeziehung, gesucht. Alle diese Interpretationen lassen sich begründen. Meiner Ansicht nach übersehen sie jedoch das wichtigste Thema des Gedichts, die Beziehung zwischen Selbstzerstörung und Körperlichkeit.

Schon der Titel, ‹Lady Lazarus›, macht deutlich, dass es um Auferstehung geht. Eine Frau entsteigt dem Grab, öffnet ihr Leichentuch, zerfällt zu Asche und wird neu geboren. Tod und Verwesung haften der Metaphorik des Gedichts an, die dennoch deutlich auf das Leben verweist.

Bei der Lektüre des Gedichts stellt sich die Frage, wer Lady Lazarus getötet hat. Die im Gedicht beschriebenen Tode erinnern an den Roman ‹Die Glasglocke› und an die Biographie der Autorin. Doch wer ist oder wer sind Herr Doktor, Herr Enemy, Herr God, Herr Lucifer, an die sich das lyrische Ich wendet? In vielen Gedichten, die sich mit ihrer Vaterbeziehung auseinander setzen, verwendet Sylvia Plath deutschsprachige Anreden; in «Daddy» vergleicht sie ihren Vater mit den Nazis und setzt schließlich den betrügerischen Vater mit dem heimtückischen Ehemann gleich. Man darf daher annehmen, dass sich Lady Lazarus an einen geliebten, aber betrügerischen Mann wendet, den sie letztlich besiegt.»

Bei diesem Absatz hatte Sanna in undeutlicher Handschrift etwas an den Rand gekritzelt. Ich starrte auf die Buchstaben, machtlos gegen die Assoziationen, die die wenigen Worte auslösten. «Wie ich und E.» las ich.

Herr Enemy? Eki? Der Tod, den der alte Herr Lindgren an der Mole gesehen hatte ... Nein, zum Teufel! Und doch, in diesem Licht erschien alles so logisch – Ekis Unwilligkeit, Kimmo zu verteidigen, die Versuche, mich einzuschüchtern. Hatte Sanna nicht von ihrem Vaterkomplex gesprochen? Vielleicht hatte sie Eki als Beschützer empfunden, als allmächtigen Juristen, der ihr immer wieder aus der Klemme half.

«Die dritte Auferstehung stellt für Lady Lazarus fraglos einen Wendepunkt dar. Aus dem Tod ins Leben zurückgekehrt, beherrscht sie die Situation. Das Gedicht bringt trotziges Selbstvertrauen zum Ausdruck, den Mut, das Alte hinter sich zu lassen und dem Feind die Stirn zu bieten. Der Körper der Lady Lazarus ist eine Verlockung für diesen Feind, der aufgrund der wiederholten Anrede ‹Herr› eindeutig als Mann zu identifizieren ist. Das Wort ‹men› in der letzten Zeile des Gedichts – And I eat men like air – bedeutet in diesem Zusammenhang nicht Menschen im Allgemeinen, sondern ausdrücklich Männer.»

Ich las das Gedicht noch einmal und stimmte Sannas Interpretation zu. Von Todessehnsucht konnte keine Rede sein. Sanna hatte dieses Gedicht an ihrem dreißigsten Geburtstag gelesen wie einen Auferstehungspsalm. Doch es war ihr nicht gelungen, ihren Herrn Feind zu überwinden; er hatte sie getötet.

Ich konnte nicht mehr stillsitzen und sprang auf. Dabei warf ich den Rucksack um. Sannas Totenkopf rollte heraus, Einstein schnüffelte neugierig daran. Mir war übel. Wie hatte Armi von Ekis Rolle erfahren? Hatte Make nicht gewusst, dass Sanna noch einen zweiten Liebhaber hatte? Eki, dieser Heuchler, hatte Make sogar vor einer Anklage wegen fahrlässiger Tötung bewahrt. Womöglich hatte Eki Sanna nicht vorsätzlich ermordet, sondern sie in einem Wutanfall ins Wasser gestoßen. Aber selbst wenn man ihm nur fahrlässige Tötung vorgeworfen hätte, wäre es mit seiner Anwaltskarriere aus gewesen.

Zum Glück war Freitag, die nächsten zwei Tage brauchte ich nicht in die Kanzlei. Welch ein Pech für Eki, dass er ausgerechnet mich eingestellt hatte! Aber irgendwann hätte ich Armi ohnehin kennen gelernt und sie hätte mit mir geredet, egal, ob ich in Ekis Kanzlei arbeitete oder nicht.

Ich hob den Totenkopf auf, von dem Einstein endlich abgelassen hatte. Was mochte die Katze wohl erschnüffelt haben? Haftete dem Schädel noch der Geruch des Menschen an, zu dessen Körper er einmal gehört hatte? Oder roch er nach Sanna? Warum hatte sie ihn auf ihrem Schreibtisch liegen gehabt? Hatte sie wie Hamlet zwischen Sein und Nichtsein geschwankt? Die Entscheidung hatte ein anderer für sie getroffen, für sie und für Armi.

Sanna und Armi. Zwei ganz verschiedene Frauen, mager und dunkel die eine, blond und mollig die andere. Armi in ihrer fast unerträglichen Anständigkeit hatte eine einzige Schwäche: ihre krankhafte Neugier, gepaart mit dem Drang, zu nutzen, was sie in Erfahrung brachte. Sanna und Armi hatten sich offenbar nicht gemocht. Welche Ironie des Schicksals, dass Armi wegen Sanna ermordet worden war. Aber von wem? Von Eki?

Es war schon nach zehn, und da mein Bus nach Inkoo um sieben Uhr früh abfuhr, wurde es Zeit, ins Bett zu gehen. Allerdings nicht ohne einen Schlaftrunk. Ich knipste im Wohnzimmer das Licht aus und bewunderte eine Weile den Sonnenuntergang, der das Meer und die vereinzelten Wolken rötlich färbte. Bis Mittsommer waren es noch gut zwei Wochen, die Nächte wurden immer heller. Im Dämmerlicht ging ich in die Küche und wollte gerade Licht machen, als ich ein Geräusch an der Haustür wahrnahm.

Jetzt funktionierten meine professionellen Reflexe: Ich blieb reglos stehen und tastete nach einem Stuhl, mit dem ich mich zur Wehr setzen konnte. Ich hörte jemanden aufschließen und ins Haus kommen. Leise schlich ich zum Messerblock, nahm das Filiermesser heraus und stellte den Stuhl ab.

Es konnte auch Antti sein, der aus irgendeinem Grund vorzeitig aus Inkoo zurückgekommen war, doch die Angst ließ mich nicht mehr los. Für Eki wäre es ein Leichtes gewesen, meine Schlüssel zu entwenden, einen Zweitschlüssel anfertigen zu lassen und mir das Schlüsselbund wieder in die Tasche zu stecken. Und beim Verlassen der Kanzlei hatte ich auch noch zu Annikki gesagt, ich wäre heute Abend mit Einstein allein zu Haus. Hatte Eki uns belauscht?

Schritte im Flur! Ich schlich zur Küchentür, wollte sehen, wer der Eindringling war. Mir zitterten die Hände, doch ich schwor mir, dass er mit mir nicht so leicht fertig würde wie mit Sanna und Armi. Gerade war ich auf dem Weg ins Wohnzimmer, da hörte ich das Klicken des Lichtschalters, dann eine Stimme:

«Hallo, Einstein. Braves Kätzchen! Haben sie dich ganz allein hier gelassen?»

Wahrhaftig, ich war die Königin der Hasenfüße! Kein heimtückischer Mörder lauerte mir auf – die Stimme gehörte Anttis Schwester Marita, die natürlich Schlüssel zu ihrem Elternhaus hatte. Ich öffnete die Wohnzimmertür absichtlich laut. Marita, die auf dem Boden hockte und die Katze streichelte, sprang erschrocken auf.

«Wer ... Ach, du bist es, Maria! Das Haus war dunkel, da

dachte ich, du wärst mit Antti nach Inkoo gefahren. Hast du mir einen Schreck eingejagt! Ich wollte mir Mutters blaue Seidenbluse borgen, weil auf meiner Flecken sind und ich morgen mindestens zu drei Abiturfeiern muss.»

«Ja richtig, für dich und die Zwillinge fangen morgen die Ferien an. Du freust dich bestimmt schon drauf.»

«Ich bringe Matti und Mikko am Sonntag nach Inkoo. Hoffentlich vergessen sie dort die Sache mit Armi und Kimmo. Sie sind alt genug, um zu begreifen, dass das keine Fernsehserie ist, sondern Wirklichkeit, dass Armi tot ist und Kimmo deshalb im Gefängnis sitzt. Es war schon schwer genug, ihnen Sannas Tod zu erklären, sie hatten nämlich immer gedacht, nur alte Menschen würden sterben», seufzte Marita. Ihre großen knochigen Hände zupften nervös am Saum ihrer Bluse. «Und wenn ich im Zentrum von Tapiola unterwegs bin, hab ich immer das Gefühl, dass die Leute mich anstarren. Zum Glück komme ich eine Weile hier raus. Andererseits tut es mir Leid, Risto mit Annamari allein zu lassen, aber Henrik kommt wohl nächste Woche nach Hause. Wo ist denn die Bluse?»

«Deine Mutter hat ihre Sachen in die Kleiderkammer geräumt, gehen wir mal nachsehen.» Wir fanden die Bluse, die mir viel zu weit vorkam.

«Ist sie dir nicht zu groß?»

«Moment, ich probier sie mal an.» Marita streifte die Seidenbluse über, ohne sie aufzuknöpfen. Ihr Sweatshirt behielt sie an. Als sie die Arme hob, lag über dem Hosenbund ein Streifen Haut frei. Ich glaubte in Rippenhöhe Prellungen zu sehen, doch bevor ich genauer hinschauen konnte, hatte Marita die Bluse schon heruntergezogen.

«Das geht schon, wenn ich sie in den Rock stecke. Weißt du denn nun, wann Kimmos Prozess stattfindet?»

«Das kann noch Monate dauern.»

«Entsetzlich. Henrik könnte Annamari eigentlich nach Ecuador mitnehmen. Sie unterrichtet zwar an der Volkshochschule, aber die Kurse fangen erst im September wieder an, außerdem kann sie sich auch mal ein Jahr beurlauben lassen.»

«Und Kimmo soll alleine im Gefängnis schmachten?», konterte ich aggressiver als beabsichtigt. «Ist das bei Hänninens so üblich, dass man Familienmitglieder verstößt, wenn sie in Schwierigkeiten geraten? Von Sanna darf man offenbar überhaupt nicht mehr reden.»

«Sannas Tod war für die ganze Familie ein entsetzlicher Schock. Ich hätte wirklich mehr Taktgefühl von dir erwartet! Es ist mir unverständlich, was du dir davon versprichst, diese alte Geschichte wieder aufzuwärmen. Sanna hat Selbstmord begangen, wir alle haben lernen müssen, das zu akzeptieren. Von dir wird nichts weiter erwartet, als dass du Kimmo hilfst, mit möglichst heiler Haut aus der Sache mit Armi herauszukommen.»

«Ich werde wohl selbst entscheiden dürfen, was wichtig ist. Bist du übrigens gestürzt, oder woher hast du die vielen blauen Flecken?»

Maritas Gesicht erstarrte, dann wurde sie rot. «Gestürzt? Ja, ich bin auf der Geburtstagsfeier ein paar Mal gestolpert, der Kognak ist tückisch. Ich bekomme schon beim kleinsten Aufprall blaue Flecken, bei Antti ist es auch so, hast du das schon gemerkt?», erklärte sie wortreicher und hastiger als nötig und trat schleunigst den Heimweg an, als befürchtete sie, ich würde ihre Prellungen genauer inspizieren.

Meine kleinen grauen Zellen arbeiteten heftig, während ich mir einen ordentlichen Schluck von Mutter Sarkelas Zitronenwodka einschenkte. Musste mir, verdammt nochmal, dauernd jemand erzählen, was ich tun durfte und was nicht? Ich fand es keineswegs erhebend, mich mit der schmutzigen Wäsche der Hänninens zu befassen. Sie sollten froh sein, dass ich es tat und nicht Pertsa.

Ich hätte viel darum gegeben, über Pertsas Ermittlungen auf dem Laufenden zu sein. War in Armis Wohnung irgendetwas Interessantes gefunden worden, ein Hinweis auf Sannas Tod zum

Beispiel? Leider war der gute Herr Ström der Einzige, den ich bei der Espooer Polizei persönlich kannte, ich konnte also niemanden anzapfen. Oder sollte ich es wagen, den freundlichen Rotschopf um Hilfe zu bitten?

Mein Problem war, dass mir die Befugnisse fehlten, dass ich nicht das Recht hatte, Leute zu vernehmen und mich in Armis Wohnung umzusehen. Ich sammelte Sannas Papiere auf und las noch eine Weile in der Magisterarbeit, während der Totenschädel mich anstarrte. Maritas blaue Flecke gingen mir nicht aus dem Sinn. Konnten sie beim Kampf mit Armi entstanden sein?

Später erschien mir Sanna im Traum. Es war mir gar nicht bewusst, dass ich schlief, als ich sie auf meinem Bettrand sitzen sah.

«Hallo, Maria! Du weißt wohl noch gar nicht, dass ich dein Schutzengel bin.»

«Na, dann gute Nacht!»

«Was willst du denn, am Montag hab ich meine Sache doch gut gemacht. Du bist nicht ertrunken. Darf ich rauchen?» Sie drehte sich eine Zigarette und blies mir den Rauch ins Gesicht.

«Und warum bist du ausgerechnet mein Schutzengel?»

«Na, irgendeinen Job muss ich doch haben! Du brauchst nur über den Totenschädel zu streichen, und schon bin ich da ...», riet mir Sanna und flog zum Fenster hinaus. Ihre Flügel waren ziemlich braun an den Rändern, und als sie höher flog, wäre sie beinahe gegen einen Strommast geprallt.

Elf

Koivu und Kallio

Ich lag mit geschlossenen Augen auf einem warmen, glatten Uferfelsen. Die Sonne schien hell, ihre Strahlen liebkosten meinen nackten Körper. Ich reckte mich genüsslich. Plötzlich landete etwas Kaltes, Glitschiges auf meinem Bauch. Anttis Hand.

«Schreist du denn gar nicht ‹iik›?» Antti stieg aus dem Wasser und streckte sich neben mir aus.

«Iik», quiekte ich pflichtschuldig und küsste ihn auf die Schulter. «Bist du aber kalt, eben warst du doch noch heiß wie ein Öfchen ...»

Wir hatten den ganzen Vormittag auf der unbewohnten Insel Adam und Eva gespielt. Sie lag einige Kilometer südwestlich von der Villa, in der Anttis Eltern den Sommer verbrachten. Wir waren am Abend hergerudert, hatten das Zelt aufgebaut, bis in die Nacht hinein am Lagerfeuer gesessen, Wein getrunken und die Welt verbessert. Weit weg von Morden und Alltagsproblemen, hatten wir wieder zueinander gefunden, das Leben schmeckte nach sonnenwarmer, salziger Haut und süßem Weißwein.

«Tut mir Leid, dich aus dem Paradies zu vertreiben, aber ich habe meiner Mutter versprochen, dass wir zum Mittagessen kommen.»

«Lass uns einfach hier bleiben. Wir können ja sagen, wir hätten die Ruder verloren und unser Boot wäre gekentert.» Ich drückte mich enger an Antti, küsste ihn, wollte eine schnelle Wiederholung dessen, was wir am Morgen getan hatten.

Erst nach zwölf packten wir unsere Siebensachen. Während ich die Heringe verstaute, fragte ich Antti:

«Ist dir jemals der Verdacht gekommen, dass Risto deine Schwester schlägt?»

«Nein! Wie kommst du denn darauf?» Ganz langsam mischte sich Besorgnis in seine Verblüffung. «Ich weiß allerdings, dass Henrik Annamari und seine Kinder geschlagen hat. Das hat mir Marita mal erzählt, und von Kimmo habe ich es auch gehört.»

Ich berichtete Antti von Maritas blauen Flecken. «Aus meiner Zeit bei der Polizei weiß ich, dass derartige Gewohnheiten sich oft vererben. In den so genannten besseren Kreisen bleiben diese Dinge verborgen, die Nachbarn sind weit weg, keiner hört es, wenn im Eigenheim gestritten wird.»

Antti war ganz außer sich.

«Himmeldonnerwetter, wenn das stimmt, darf man doch nicht zulassen, dass es immer weitergeht! Ich muss mit Marita reden.»

Bei seinen Worten erinnerte ich mich an Kerttu Mannilas Aussage. «Ich spiel da nicht mehr mit, das ist gegen mein Gewissen.» Hatte Armi das womöglich zu Risto gesagt?

«Es ist bisher nur ein Verdacht», versuchte ich Antti zu beruhigen. «Sprich vorläufig noch nicht mit Marita, ich will erst Kimmo fragen. Aber erzähl mir mehr über Henrik Hänninen!»

«Ich weiß nicht viel über ihn.» Für Tratsch hatte Antti nie etwas übrig gehabt. «Offenbar wird er gewalttätig, wenn man ihn in Wut bringt. Als Risto in der Pubertät war, soll es zwischen den beiden heftig gekracht haben. Und Sanna hat einmal fürchterliche Prügel bezogen, als sie versucht hat, ihre Mutter zu schützen.»

Und das sagte er mir erst jetzt! Aber ich mochte Antti deshalb nicht anschnauzen – gut, dass er überhaupt davon sprach.

Als wir in Rekordtempo auf das Ufergrundstück der Sarkelas

zuruderten, war es fünf nach zwei. Vor der Villa stand ein zweites Auto neben dem Saab der Sarkelas, und das Gebrüll auf dem Hof verriet, dass Matti und Mikko eingetroffen waren. Ich schämte mich für den Wortwechsel, den ich am Freitag mit Marita geführt hatte. Außerdem befürchtete ich, Antti würde nach dem, was er von mir erfahren hatte, seiner Schwester nicht mehr unbefangen gegenübertreten können.

Beim Essen wurde nur über Mattis und Mikkos Zeugnisse und über Urlaubspläne gesprochen, als hätten Armi und Kimmo nie existiert. Ich musterte Risto, suchte in seinem Gesicht nach Sannas Zügen. Er hatte ähnliche Augen wie seine Halbschwester, sie waren groß und rund und verliehen seinem kantigen Gesicht einen kindlichen Ausdruck. Auch Sanna hatte mit ihren Augen und ihrem Schmollmund wie eine kleine Göre ausgesehen. Risto war zwar mein engster potenzieller Verwandter auf der Seite der Hänninens, aber eigentlich wusste ich über ihn viel weniger als über Kimmo und Sanna. Trotz seiner Umgänglichkeit wirkte er distanziert, fast eisig. Vielleicht war sein Vater genauso.

«Bringt Opa uns echte Indianerflitzebogen aus Ecuador mit?», fragte Matti beim Nachtisch mit vollem Mund.

«Ihr dürft nicht enttäuscht sein, wenn Opa es vergessen hat. Er musste diesmal so plötzlich abreisen», meinte Marita. «Mikko, nimm den Löffel nicht so voll, du kleckerst dir die Hälfte aufs Hemd!»

«Wie lange bleibt Henrik denn in Finnland?», wandte sich Tauno Sarkela an Risto.

«Kommt drauf an, wie sich die Dinge entwickeln. Vater hat mit dem Projekt in Ecuador bis zu seiner Pensionierung noch alle Hände voll zu tun. Eigentlich könnte er sich jetzt gar keinen Urlaub leisten.»

«Ach richtig, er wird dieses Jahr fünfundsechzig, nicht wahr?», warf Marjatta Sarkela ein und versorgte die Zwillinge mit einer zweiten Portion Parfait. «Antti, nimm doch auch noch, du bist sicher hungrig vom Rudern. Du auch, Maria.» Sie reichte uns die Schüssel.

«Ja, Leibesübungen haben wir reichlich betrieben», erklärte Antti und stieß mich unter dem Tisch an. Wir kicherten wie zwei Fünfzehnjährige nach ihrer ersten heimlichen Liebesnacht. Als unsere Finger sich am Rand der Dessertschüssel berührten, war ich wie elektrisiert.

Matti und Mikko schaufelten den Nachtisch in sich hinein und baten dann um Erlaubnis, nach draußen zu gehen. Kaum waren sie verschwunden, änderte sich das Tischgespräch radikal. Nun wurde ich ins Verhör genommen. Bestritt Kimmo die Tat immer noch, warum durchwühlte ich Sannas Sachen, wann begann der Prozess, kam es jemals vor, dass die Polizei den Falschen verhaftete? Gegen Ende des Gesprächs hätte ich schwören können, keine Chance zu haben, jemals zur Familie Sarkela zu gehören.

«Es ist natürlich schön, dass du so eifrig darauf bedacht bist, Kimmo zu verteidigen», meinte Risto. «Aber wir müssen den Tatsachen ins Auge sehen. Kimmo hatte eben ... hmm, abweichende sexuelle Neigungen, unter deren Einfluss er, sicher ungewollt, Armi getötet hat. Ich konnte zuerst auch nicht glauben, dass Sanna alkoholkrank und obendrein in Rauschgifthandel verwickelt sein sollte. Aber so war es nun mal, das haben wir letzten Endes akzeptieren müssen.»

Matti und Mikko spielten auf dem Hof Indianer, der eine fesselte den anderen an einen Baum. Ob die anderen bei dem Anblick die gleichen Assoziationen hatten wie ich?

«Zum Glück bleiben Annamari noch die beiden Jungs», seufzte Marita.

«Wieso noch! Warum redet ihr von Kimmo, als wäre er auch schon tot? Wollt ihr ihn jetzt verstoßen, wie ihr es damals mit Sanna gemacht habt? Es wäre bestimmt eine Erleichterung für euch, wenn er sich in seiner Zelle erhängt, dann wäre der Fall erledigt und ihr könntet Kimmo endgültig vergessen!»

Ich sprang vom Tisch auf wie ein Teenager nach einem Krach mit den Eltern. Was waren das für beschissene Typen! Als wären Menschen Gebrauchsgegenstände: oje, der Teller ist zerbrochen, aber das macht nichts, wir haben ja noch elf. Schwester, dieses Kind hat einen Produktionsfehler, es hat keinen Pimmel. Können wir es umtauschen? Das hätten meine Eltern wohl gern gesagt, als ich geboren wurde.

«Maria, warte!» Antti war mir gefolgt, mit seinen langen Stelzen setzte er in wildem Tempo über die Baumstümpfe hinweg.

«Verdammt nochmal, es wäre besser, man hätte gar keine Verwandten! Denk nur an meine Eltern; ich hab hauptsächlich ihnen zuliebe Jura studiert, weil ihnen mein erster Beruf nicht fein genug war. Nein, nein, unsere Tochter muss doch studieren. Wie kann man sich überhaupt noch Kinder zulegen, wenn man diesen ganzen Mist durchschaut?»

«Nun mach mal halblang! Musst du denn immer das Maul aufreißen, bevor du alles durchdacht hast?», fragte Antti mit ernstem Gesicht.

«Ich kann diese Gleichgültigkeit und Verantwortungslosigkeit einfach nicht ertragen! Du bist der Einzige, der sich wirklich um Kimmo Sorgen macht.»

«Das stimmt nicht. Die anderen versuchen nur, sich zu wappnen, falls es schlimm ausgeht.»

«Was ist denn das Schlimmste? Dass Kimmo jahrelang im Gefängnis sitzt? Oder die öffentliche Schande?»

«Maria, bitte! Ich bin auch wütend. Aber das bringt doch nichts. Das Einzige, was helfen kann, ist sicheres Wissen.»

«Sorry. Eigentlich schlag ich mich mit meinen eigenen Schuldgefühlen rum. Warum hab ich nicht versucht, Sanna zu helfen, warum hab ich Armi nicht gefragt, worüber sie reden will ...» Wütend trat ich gegen einen bemoosten Stein. Er kam ins Rollen, ein paar kleine Insekten flitzten verschreckt unter den nächsten Stein. Warum musste ich die unschuldigen Viecher aufschrecken?

Wir liefen fast zwei Stunden durch den Wald, dann wurde es Zeit, zur Bushaltestelle zu gehen. Während ich meine Sachen zusammensuchte, entschuldigte ich mich ein wenig gezwungen bei Anttis Familie. Ristos Einstellung hatte in mir den Verdacht geweckt, dass er weniger Kimmo als jemand anderen schützen wollte. Aber wen – etwa sich selbst?

Ich hatte mich mit Koivu für acht Uhr in der Corona-Bar verabredet. Daher stieg ich schon an der Lapinrinne aus und ging am kleinen Park vorbei zu der Kneipe. Gerade jetzt sehnte ich mich in meine alte Wohnung in Töölö zurück, von wo man überall zu Fuß hinkam. Ich vermisste sie ebenso wie das Geschirrklappern in der Mensa und das Flanieren auf der Esplanade.

In Tapiola war alles anders. Tapiola war eine Welt für sich, viel einförmiger und langweiliger als Helsinki, das immer bunter wurde. Tapiola war eine Kombination von Dorf und Metropole, dort hatten alle dieselbe Schule besucht oder in derselben Mannschaft Basketball oder Eishockey gespielt. Auch Antti sagte immer, er käme aus Tapiola, nicht aus Espoo, zu dem der Stadtteil gehörte. Eigentlich hatte ich mich schnell dort eingelebt, vielleicht weil Wohnung und Arbeitsplatz so nah beieinander lagen. Jetzt merkte ich, wie beklemmend das sein konnte.

Als ich in die Kneipe kam, saß mein Exkollege schon an einem Fenstertisch und widmete sich seinem Bier. Ich freute mich, ihn zu sehen, diesen blonden Teddybären, der bei meinem Anblick fröhlich lächelte. Einen wie ihn hätte ich gern als Bruder gehabt.

Wir tauschten Neuigkeiten aus. Koivu war immer noch in dem Dezernat beschäftigt, in dem ich vor einem Jahr mit ihm zusammengearbeitet hatte. Nach dem, was er über die Probleme in seiner Abteilung berichtete, hatte sich die Lage seit dem letzten Sommer noch verschlechtert. Gut, dass ich meinen Job an den Nagel gehängt hatte!

«Ich denke darüber nach, mich in die Provinz versetzen zu lassen, irgendwohin, wo ich bloß besoffene Bauern vom Traktor zu holen brauche», erklärte Koivu. Er stammte, wie ich, aus einem kleinen Provinznest, nur lag seine Heimatstadt im Norden, in Kainuu, meine in Ostfinnland.

«Übersättigt von den Verlockungen der Großstadt?»

«Zurück zum einfachen Leben, dazu hätte ich schon Lust. Außerdem hab ich ein nettes Mädchen kennen gelernt. Sie wird Krankenschwester, nächstes Frühjahr ist sie mit der Ausbildung fertig. Na ja, und weil sie aus Kuopio kommt, will sie sich irgendwo da in der Gegend Arbeit suchen.»

«Und du willst mitgehen? Mein lieber Koivu, das klingt aber verdammt ernst.»

«Na jaa ... in meinem Alter wird es langsam Zeit zu heiraten», erklärte er treuherzig. Der Mann war vier Jahre jünger als ich! «Wozu brauchst du eigentlich das Strafregister von diesem Hakala?», wandte er sich wieder beruflichen Dingen zu.

«Eigentlich brauch ich es gar nicht mehr, inzwischen steht ja fest, dass er definitiv nicht als Täter in Frage kommt. Schade, das wäre eine bequeme Lösung gewesen. Hör mal, was sagst du zu meiner Theorie?» Ich berichtete ihm, was ich über den Mord an Armi wusste und welche Schlüsse ich gezogen hatte. Koivu verstand mich, wir waren früher ein gutes Team gewesen. Und nun tat es gut, mit einem Außenstehenden über den Fall zu reden, mit jemandem, dem die beteiligten Personen fremd waren.

«Ich hatte letzten Winter ein paar Mal mit diesem Ström zu tun. Er ist wirklich ein schwieriger Typ. Kein schlechter Polizist, aber überhaupt nicht kooperativ. Übrigens hätt ich dich ja gern mal in diesen Lederklamotten gesehen», bemerkte Koivu mit einem traurigen Blick auf meine normale Freizeitkleidung – Jeans, T-Shirt und Turnschuhe.

«Ich komm in dem Outfit zu deiner Hochzeit, Ehrenwort. Was hältst du davon?»

«Über die Hochzeit können wir noch nicht reden, ich hab Anita ja noch gar keinen Antrag gemacht.»

«Dämlack, was du von meiner Theorie hältst, will ich wissen!

Ist meine Phantasie mit mir durchgegangen, oder findest du es plausibel, dass Armi und Sanna von demselben Menschen ermordet wurden, möglicherweise von meinem Chef?»

«Ziemlich phantasievoll klingt das schon, aber in unserem Beruf kann man die tollsten Dinge erleben», sagte Koivu wie ein altgedienter Veteran. «Ein paar Fragen hätte ich noch. Was ist mit dem Mann von Armis Schwester, mit diesem Teemu? Wenn er glaubt, Armi hätte bei dem Unfall am Steuer gesessen, hat er ein starkes Motiv, sie umzubringen. Und zweitens die Abtreibungen von dieser Sanna. Du solltest mal feststellen, wer der Vater dieser ungeborenen Kinder ist. Vielleicht sind's ja auch mehrere Väter. Wen könntest du denn danach fragen?»

Als mir einfiel, dass mich Eki über Sannas Abtreibungen informiert hatte, wurde mir schlecht. War Sannas letzte Schwangerschaft Ekis Werk gewesen?

«Sanna war Hellströms Patientin, also quasi auch Armis! Koivu, du bist ein Schatz! Ich muss gleich morgen mit Hellström reden, obwohl ich mit diesem schmierigen Kerl ungern über das Thema Sex spreche. Rat mal, was er über mich gesagt hat!» Ich erzählte Koivu von der Unterhaltung, die ich auf Ristos Geburtstagsfest belauscht hatte, und von meinem kleinen Intermezzo. Er musste so lachen, dass er sein Bier in die falsche Kehle bekam.

«Deine spitzen Bemerkungen fehlen mir richtig, besonders, wenn mich der Chef wieder mal mit seiner Zigarre einräuchert.»

Aus dem Billardsaal kam ziemlicher Lärm. Wir achteten nicht weiter darauf.

«Im Juli fängt endlich mein Urlaub an. Anita und ich wollen eine Woche nach Griechenland, nach Skopelos. Danach könnte ich …»

Koivu wurde durch lautes Gebrüll im Billardsaal unterbrochen, gefolgt von Gepolter und aufgeregtem Stimmengewirr.

«Wir müssen die Polizei rufen, da drinnen fuchtelt einer mit dem Messer rum», hörte ich eine Kellnerin zu ihrem Kollegen sagen.

Koivu und ich waren beim ersten Bier, also noch voll einsatzfähig. Koivu hielt dem Wirt seine Dienstmarke unter die Nase und riet ihm, vorsichtshalber einen Streifenwagen anzufordern. Im Billardsaal hatte sich in der Mitte eine freie Fläche gebildet, die Leute standen dicht gedrängt an der Wand, als wären sie Zuschauer bei einem Boxkampf. An einem der Billardtische lehnte ein Mann, den Oberkörper so weit zurückgebeugt, dass sein Hinterkopf die Platte berührte. Vor ihm stand ein großer, hässlicher Kerl, der sein Opfer niederdrückte und ihm ein bedrohlich funkelndes Klappmesser an den Hals hielt. Mit einer einzigen Handbewegung konnte er seinem Kumpan die Kehle aufschlitzen wie ein professioneller Abdecker. Die Männer hätten Brüder sein können, beide waren robust gebaut und hatten vom Bier gerötete Augen.

«Polizei. Leg das Messer weg», sagte Koivu ruhig und bestimmt. Ich stand neben ihm, wachsam und gespannt wie ein Bär auf der Jagd, notfalls auch zum Angriff bereit.

«Das Schwein hat mich beim Billard beschissen!» Der Messerheld spuckte seinem reglosen Opfer ins Gesicht.

«Na schön, aber jetzt beruhige dich erst mal und leg das Messer weg.» Ich machte einige Schritte zur Seite und zwei nach vorn, bis ich sicher war, dass der Mann mich sehen konnte. Radaubrüder lassen sich meist leichter von einer Frau beruhigen als von einem Mann. Diesmal schien es jedoch nicht zu klappen. Der Kerl war ganz offensichtlich besoffen, und Betrunkene sind noch unberechenbarer als andere Leute, das hatte man uns jedenfalls auf der Polizeischule beigebracht.

«Kein Stück näher, oder ich schlitz dem Kerl die Kehle auf», drohte der Mann. Unter die Spucke, die dem Opfer übers Gesicht lief, mischten sich Tränen und Schweiß.

Trotzdem machte ich noch einen Schritt nach vorn, streckte auffordernd die Hand aus und suchte Blickkontakt zum Angreifer. Dabei sah ich, wie Koivu sich hinter ihn schlich. Hatte er etwa einen Überraschungsangriff vor? Hoffentlich nicht, das Risiko, dass das Opfer und Koivu selbst dabei verletzt würden, war viel zu groß. Überredung war die beste Taktik.

«Alle Unbeteiligten raus hier!», kommandierte ich. «Bedienung, lassen Sie das Lokal räumen!» Die Anwesenheit von Zuschauern stachelte den Messerhelden vermutlich auf; je weniger Menschen im Raum waren, desto geringer war sein Gesichtsverlust, wenn er aufgab.

Sicher war noch keine Minute vergangen, aber in der kurzen Zeit hatte ich schon überlegt, wie lange der Streifenwagen wohl brauchen würde und wie in aller Welt man beim Billard betrügen konnte. Ich hatte immer geglaubt, die Kugeln würden für alle sichtbar ins Loch gestoßen.

Die neugierigen Gaffer wollten natürlich nicht gehen. Warum auch, wenn man womöglich live erleben konnte, wie jemand abgemurkst wurde. Ich hörte jemanden murmeln, das wäre ja wie im Kino. Vielleicht meinten die Leute, das Opfer hätte Ketchup in den Adern.

Ich war bereits ziemlich nah an den Messerstecher herangekommen. Jetzt ging ich langsam ans andere Ende des Billardtischs. Ich wollte die volle Aufmerksamkeit des Angreifers auf mich lenken, damit Koivu sich besser anschleichen konnte. Für einen großen, muskelbepackten Mann bewegte er sich erstaunlich lautlos, er erinnerte jetzt eher an eine Katze als an einen Teddybären.

«Scheiße, biste etwa bei den Bullen, Mädel?» Der Messerheld sah mir zum ersten Mal direkt ins Gesicht. «Haste 'ne Knarre, willste mich erschießen?» Seine Stimme schwankte.

«Wenn du das Messer schön auf den Tisch legst und deinen Kumpel loslässt, passiert dir gar nichts», versicherte ich und starrte ihm in die Augen wie ein Schlangenbeschwörer seinem Reptil. Koivu stand bereit, den Mann von hinten zu überwältigen, sobald er das Messer hinlegte.

Der Messerheld starrte mich eine Weile an, bewegte plötzlich den Arm, und dann steckte das Messer, zwanzig Zentimeter von mir entfernt, in der grünen Bespannung. Die Kapitulation schien ihm gegen den Stolz zu gehen. Ich schnappte mir das Messer. Im gleichen Moment warf sich Koivu auf den Mann und begrub ihn unter sich. Nachdem ich das Messer sichergestellt hatte, eilte ich Koivu zu Hilfe. Wir hatten weder Handschellen noch sonstige Requisiten dabei, aber gemeinsam schafften wir es, den Kerl festzuhalten, bis der Streifenwagen eintraf.

«Und wer seid ihr?», fragte der Streifenbeamte, nachdem der Messerheld abgeführt worden war.

«Hauptmeister Pekka Koivu und Maria Kallio, Oberhauptmeister a. D.», antwortete Koivu. «Ich bin beim Gewaltdezernat in Pasila, du erreichst mich über die Zentrale, wenn du noch irgendwelche Angaben brauchst.»

«Und ihr seid dazwischengegangen, obwohl ihr nicht im Dienst seid?», wunderte sich der Streifenpolizist. Offenbar war ihm das a. D. hinter meinem Namen entgangen.

«Hätten wir etwa zugucken sollen, wenn einer abgestochen wird?», gab ich leicht nervös zurück. Ich war ja eigentlich gar nicht berechtigt, einzugreifen; mit meiner Kündigung im letzten Herbst hatte ich auch meine polizeilichen Befugnisse aufgegeben.

Mürrisch bedankte sich der Uniformierte. Wir setzten uns wieder an unseren Tisch.

«He, Koivu und Dings oder wie ihr nun heißt! Für den Rest des Abends seid ihr meine Gäste», rief der Wirt.

«Na dann, habt ihr Dom Perignon?», witzelte ich. «Zur Not tut's auch ein Guinness.» Koivu bestellte sich finnisches Bier. In meinen Adern kreiste noch reichlich Adrenalin, ich war überdreht. Wir frotzelten eine Weile mit den Kellnern, während die anderen Gäste uns anstarrten wie Sehenswürdigkeiten. Vielleicht hatten sie für die Polizei nicht viel übrig, vielleicht meinten sie, Polizisten dürften nicht aussehen wie normale Menschen und schon gar nicht gemütlich ein Bier trinken. Ich überlegte, ob wir das Lokal wechseln sollten, aber hier war es so schön billig, und das gab den Ausschlag.

«Auf erfolgreiche Zusammenarbeit.» Wir stießen an. «Weißt du was, Maria, ich wünschte, du wärst immer noch mein Partner. Warum bist du nicht mehr bei der Polizei? Du hast keine Angst, auf dich kann man sich verlassen.»

«Natürlich hab ich Angst, gerade eben hatte ich wahnsinnig Schiss, dass der Kerl Hackfleisch aus seinem Kumpel macht!»

«Na, wenigstens leidet deine Urteilsfähigkeit nicht darunter. Du weißt doch, wie es mit Saarinen oder Savukoski ist. Die kriegen in so einer Situation weiche Knie und sind zu gar nichts mehr fähig. Saarinen ist sowieso schon so klapprig, er kann kaum noch laufen. Mit deiner Ausbildung könntest du bei der Polizei übrigens ganz schön Karriere machen.»

«Wie kommst du denn jetzt darauf?» Ich war verwirrt. Zu viele hatten in den letzten paar Tagen meine Berufswahl kritisiert, angefangen bei Pertsa, auf dessen Meinung ich allerdings nicht viel gab. Jetzt fing Koivu auch noch damit an. Und ich musste zugeben, dass ich selbst gelegentlich ...

«Du bist eine von den Besten, die ich bei der Polizei erlebt hab. Und es macht Spaß, mit dir zu arbeiten.» So hatte ich Koivu noch nie reden hören.

«Warst du auf einem von diesen amerikanischen Kursen, wo man den Leuten aufträgt, täglich einen Mitmenschen zu loben?» Er errötete und sah dabei richtig niedlich aus.

«Nee, aber wo wir doch jetzt beide nicht mehr solo sind, kann ich dich endlich loben. Früher hab ich mich nicht getraut, damit du nicht denkst, ich wollte mit dir anbändeln ...»

Wir redeten noch eine Weile über unsere Pläne für den Sommer, und ich lud Koivu und Anita nach Tapiola ein. Obwohl wir gratis trinken durften, brachen wir zeitig auf. Ich war nach der kurzen Nacht im Zelt müde, und als der Adrenalinpegel absackte, überfielen mich heftige Kopfschmerzen.

Es war noch hell. Statt direkt zur Bushaltestelle zu gehen,

machte ich einen Umweg über die Lapinlahdenkatu und spazierte von dort zum Friedhof Hietaniemi. Ich wollte Sannas Grab besuchen. Antti hatte gesagt, sie sei im Familiengrab der Hallmans, der Familie ihrer Mutter, im alten Teil des Friedhofs beigesetzt worden. Ich entdeckte zwei Grabsteine, die in Frage kamen, nur Sannas Name war nirgends zu sehen. Typisch, dachte ich wütend, nicht mal ein Grabstein soll die Hänninens an Sannas Existenz erinnern. Meine Kopfschmerzen wurden immer bohrender.

Als ich nach Hause kam, spielte Antti Klavier. Scarlattis Sonaten wirkten beruhigend, aber gegen das Kopfweh halfen sie nicht. Ich nahm zwei Tabletten, duschte und las dann die Strafregister von Ode Hakala und Sanna durch, die Koivu mir gegeben hatte. Sie enthielten nichts Überraschendes; Hakalas Register war allerdings noch länger, als ich erwartet hatte. Einige Drogendelikte, Diebstähle und tätliche Angriffe. Er hätte einen wunderbaren Tatverdächtigen abgegeben. Warum, zum Teufel, musste er im Knast sitzen? In einem Krimi von Dorothy L. Sayers wäre es ihm gelungen, unbemerkt das Gefängnis zu verlassen, Sanna und später Armi zu ermorden und in seine Zelle zurückzuschlüpfen. Oder ein anderer säße an seiner Stelle im Gefängnis, und der wahre Ode würde mit blond gefärbtem Haar unter dem Namen Make Ruosteenoja sein Unwesen treiben ...

Antti öffnete die Küchentür, als ich gerade dabei war, mir Kamillentee zu kochen.

«Teemu Laaksonen hat angerufen. Er kommt morgen nach Helsinki und könnte sich bei der Gelegenheit auch mit dir treffen. Wie geht's Koivu?»

Antti sah mich besorgt an, als ich ihm von unserem unverhofften Einsatz erzählte.

«Du lebst ja gefährlicher als damals bei der Polizei!»

«Ich kann eben nicht aus meiner Haut. Ich bin darauf trainiert, in gefährlichen Situationen einzugreifen, ich kann mich nicht raushalten.»

«Ich will dich nicht verlieren, Maria. Kannst du nicht ein bisschen vorsichtiger sein, meinetwegen?» Antti schaute mich an, in seinen Augen lag noch die Wärme von heute Morgen, und ich mochte nicht streiten, sondern schmiegte mich an ihn wie ein zahmes Kätzchen.

«Ich geh morgen zum Professor und bringe ihm die nächsten zwei Kapitel der Dissertation», sagte Antti nach einer Weile. «Wenn er keine wesentlichen Beanstandungen hat, kann ich wahrscheinlich schon im November promovieren.»

«Gehst du dann nach Weihnachten an die Uni zurück?»

«Ich weiß nicht. Die Assistentenstelle könnte ich ja noch anderthalb Jahre haben, aber … Ursprünglich wollte ich ja nach der Promotion ins Ausland gehen, nach Amerika oder Dänemark. Darüber will ich auch mit dem Prof reden.»

«Wann wäre das denn? Gleich um die Jahreswende?» Obwohl mir der Kopf entsetzlich wehtat, wollte ich dem Thema nicht ausweichen.

«Ja, oder erst im nächsten Wintersemester … Das hängt auch von dir ab, Maria. Ich wollte gestern schon darüber sprechen, und heute Morgen auch, aber ich hatte Angst, uns die Stimmung zu verderben. Was tust du, wenn ich ins Ausland gehe? Kommst du mit? Oder wartest du auf mich? An einem Auslandssemester würde unsere Beziehung doch nicht zerbrechen, oder?»

Ich wusste nicht, was ich antworten sollte. Bisher hatten wir in den Tag hineingelebt, eigentlich waren wir nur zusammengezogen, weil es sich gerade so ergeben hatte. Sicher, ich liebte Antti, aber wie fest wollte ich mich an ihn binden? Immer wieder bis morgen oder gleich für den Rest meines Lebens?

«Ich hab doch gerade den neuen Job angefangen, da will ich natürlich nicht gleich wieder kündigen», sagte ich, ohne zu erwähnen, dass ich bald arbeitslos war, falls Eki tatsächlich zweimal gemordet hatte. «Irgendwann muss ich natürlich auch noch mein Referendariat machen. Ich kann nicht einfach so mit dir ins Ausland gehen. Und was meinst du mit Warten? Dass du dich in Amerika amüsierst, während ich hier rumsitze und hoffe, noch gut genug für dich zu sein, wenn du zurückkommst?»

«Dummkopf, so hab ich das nicht gemeint! Ich hab nur gedacht ... Na, vielleicht lassen wir das heute lieber, wenn du so kratzbürstig bist.»

«'tschuldige. Ich hab Kopfschmerzen.»

Schweigend tranken wir unseren Tee. Ich versuchte, an etwas anderes zu denken.

«Wie gut kennst du diesen Teemu Laaksonen?», fragte ich, als ich die erste Tasse geleert hatte.

«Ich bin ihm ein paar Mal begegnet. Wieso?»

«Was ist das für ein Typ?»

«Ein ganz normaler Mann. Nett und ruhig, wie Kimmo. Oder ich. Kein Mördertyp. Darauf willst du doch hinaus?»

«Ja, wahrscheinlich ... Ich dachte nur, wenn er vielleicht doch Armi damals am Steuer gesehen hat ... Aber das kann ja nicht sein, wenn sie gar keinen Führerschein hatte.»

«Wie kommst du denn darauf, dass Armi keinen Führerschein hatte? Klar hatte sie einen, ich bin selbst ein paar Mal mit ihr gefahren.»

Ich atmete tief durch und straffte die Schultern.

«Sag das nochmal! Warum hat Mallu dann behauptet, Armi könnte nicht Auto fahren?» Dumme Frage, um den Verdacht von sich abzulenken natürlich. Und ich Idiotin war nicht auf die Idee gekommen, ihre Behauptung nachzuprüfen!

Trotz Kamillentee und Tabletten wurde der Kopfschmerz immer schlimmer. Morgen gab es viel zu tun. Ich hatte das Gefühl, der Lösung ganz nah zu sein, obwohl noch vieles offen war.

«Schade, dass du für Verbrechen mehr Interesse aufbringst als für unsere Beziehung», sagte Antti beleidigt und stand auf. «Um welche Zeit kommen deine Schwestern morgen?»

Um Himmels willen, Eeva und Helena hatte ich völlig vergessen! Da musste ich ja noch allerhand vorbereiten, mindestens die Wohnung putzen und etwas zum Abendessen einkaufen. Also würde ich morgen doch nicht alles schaffen, was ich mir vorgenommen hatte. Hoffentlich ließ Eki sich nicht dauernd blicken ...

Vor dem Einschlafen dachte ich über Anttis Bemerkung nach. Nein, es stimmte nicht, dass ich mich für Verbrechen stärker interessierte als für unsere Beziehung. Aber im Fall Armi hatte ich bessere Chancen, an eindeutige Antworten zu kommen. Mich in meinem eigenen Gefühlswirrwarr zurechtzufinden war weitaus schwieriger.

Zwölf

Das Kopftuch des Mädchens

Es fiel mir schwer, Eki bei der Mitarbeiterbesprechung am Montagmorgen unbefangen gegenüberzutreten. Albert war schon in Urlaub, sodass außer Eki und mir nur Mara und Annikki daran teilnahmen. Ich bemühte mich, ruhig zu bleiben, als Kimmos Fall zur Sprache kam.

«Ich kann der Polizei natürlich keine Vorschriften machen, aber ich denke, Kimmo Hänninens Alibi sollte genauer überprüft werden. Wäre es nicht möglich, einen Privatdetektiv mit der Befragung der Nachbarn zu beauftragen? Wir brauchen einen Zeugen, der bestätigen kann, dass Kimmo schon vor zwölf zu Hause war.»

«Hat die Polizei denn niemanden gefunden?», fragte Mara.

«Ich weiß nicht, ob sie überhaupt gesucht haben. Ich selbst habe in den nächsten Tagen keine Zeit, die Nachbarn zu befragen. Die Sache Palmgren steht am Freitag zur Verhandlung an», seufzte ich. «Damit bin ich diese Woche voll ausgelastet.»

«Weiß man schon, wann der Prozess gegen Hänninen beginnt?», erkundigte sich Mara. Eki schüttelte den Kopf. Ich sah ihn nachdenklich an. Ein dicklicher Mann mit beginnender Glatze, der die fünfzig längst überschritten hatte. Nicht abstoßend, aber auch nicht besonders gut aussehend. Je nach Bedarf konnte er grob oder auch nett sein. Was hatte Sanna an ihm gefunden? Sicherheit? Eine Vaterfigur? Eki hatte zwei erwachsene Söhne, wenige Jahre jünger als ich. Was hatte er von Sanna gewollt? Hatte er sich nicht klar gemacht, wie riskant es war, sich mit einer Klientin einzulassen, dass er dabei seinen guten Ruf aufs Spiel setzte?

In meinem Zimmer klingelte das Telefon. Ich hörte meine eigene Stimme vom Band, dann begann der Anrufer, seine Nachricht zu hinterlassen:

«Hier spricht Teemu Laak...»

«Pardon, das Gespräch muss ich annehmen!» Ich rannte in mein Zimmer. Teemu war zum Glück noch dran; wir verabredeten uns für halb vier. Kimmos nächste Vernehmung sollte um ein Uhr beginnen, im Anschluss an die Besprechung konnte ich noch versuchen, Dr. Hellström zu erreichen.

Im Konferenzzimmer berichtete Eki seelenruhig über ein Teilungsverfahren, an dem er gerade arbeitete, sagte, er ginge ab Mittsommer in Urlaub, nahm das dritte Stück Kuchen, fragte Annikki, wie es ihrer alten Mutter ginge ... Schwer zu glauben, dass mein Chef ein kaltblütiger Mörder sein sollte. Wahrscheinlich war ich allzu sehr in Sannas Bann geraten, Sylvia Plath und der Totenschädel hatten meine Phantasie angeheizt und meinen Verstand lahm gelegt. Vielleicht konnte Hellström mir weiterhelfen. Womöglich war Teemu Laaksonen der Täter, falls doch Armi den Wagen gefahren hatte.

Als Eki zum Amtsgericht nach Helsinki abdampfte, beschloss ich, trotz allem sein Alibi für den Mord an Armi zu überprüfen. Er hatte gesagt, er wäre gleich morgens zum Segeln gegangen. Aber was verstand er unter «gleich morgens» – für mich ist um zwölf Uhr noch Morgen. Wann genau war er aufgebrochen? Ich rief Ekis Frau an.

«Maria Kallio hier, guten Morgen! Ist Eki schon weg? Schade, aber vielleicht kannst du mir weiterhelfen. Kimmo Hänninen behauptet nämlich, er hätte euer Auto gesehen, als er am Tag des Mordes von Armis Wohnung zum Haus seiner Eltern radelte. Er will euch sogar zugewinkt haben, das muss gegen halb eins gewesen sein. Liegt euer Boot nicht in Haukilahti?»

«Schon, aber ... Vor halb drei sind wir doch gar nicht weggekommen. Eki hatte einen fürchterlichen Kater. Kurz vor eins ist er noch zum Alko gegangen. Ich hatte meine Zweifel, ob er überhaupt schon wieder fahrtüchtig war. Kann sein, dass er gleich noch einen Kasten Bier aufs Boot gebracht hat. Aber danach fragst du ihn am besten selbst, wenn er zurückkommt.»

«Ich fürchte, da hat Kimmo sich ... geirrt. Du brauchst Eki gar nichts davon zu sagen, Kimmo ist inzwischen so verzweifelt, er greift nach jedem Strohhalm», erklärte ich hastig. Ich hätte sie gern gefragt, ob sie von Ekis Verhältnis mit Sanna gewusst hatte, aber das brachte selbst ich nicht fertig. Außerdem sollte sie meinen Anruf so schnell wie möglich vergessen.

Hellströms Anrufbeantworter ließ mich wissen, dass der Herr Doktor ab zwölf Uhr anzutreffen sei. Also würde ich heute Mittag mit ihm reden, ob es ihm passte oder nicht. Die dumme Lüge, die ich Eila Henttonen aufgetischt hatte, ging mir immer noch im Kopf herum, aber ich versuchte trotzdem, mich auf meine anderen Fälle zu konzentrieren. Fast zwei Stunden lang vertiefte ich mich in die Feinheiten von Verleumdungsklagen. Ich hatte mir im Polizeidienst eine gewisse Schizophrenie antrainiert, weil ich dort ständig gezwungen war, mehrere Dinge gleichzeitig zu erledigen. Jetzt kam mir diese Fähigkeit zugute: Während ich die einschlägigen Paragraphen durchlas, überlegte ich mir, was ich meinen Schwestern heute Abend vorsetzen würde – das Putzen wollte zum Glück Antti übernehmen.

Hellströms Praxisräume rochen nach Desinfektionsmittel. Die Putzfrau hatte Überstunden machen müssen, nachdem die Polizei Hellströms Praxis auf den Kopf gestellt hatte, um Informationen zu finden, die Licht auf Armis Tod warfen. Die Empfangsdame des Ärztezentrums sagte, vorläufig kümmere sie sich um die Terminreservierungen, während eine der Sprechstundenhilfen des Zentrums Dr. Hellström bei Bedarf assistiere.

«Eine furchtbare Geschichte, Erik ist um Jahre gealtert», erklärte sie gerade, als Hellström hereinspazierte.

«Entschuldigen Sie, hätten Sie ein paar Minuten Zeit für mich?» Hellström nickte steif, zog ein Taschentuch hervor und schnäuzte sich die Nase.

«Schon wieder schrecklich erkältet», klagte er. «Ich weiß wirklich nicht, wo ich mir ständig diesen Schnupfen hole. Komm gleich mit in mein Zimmer.»

Wir gingen in ein typisches Gynäkologensprechzimmer. Ein Schreibtisch mit PC, ein Regal, zwei Stühle für Patienten, Waschbecken, Verbandstisch mit Zangen, Tupfern und Einmalhandschuhen, ein Wandschirm, hinter dem der entsetzliche Untersuchungsstuhl stand. Eigentlich absurd, dass sich die Patientinnen hinter einem Wandschirm auszogen, um sich anschließend mit entblößtem Unterleib auf den Stuhl zu legen. Ich setzte mich in einen der Patientensessel und erwartete fast, dass Hellström mich nach Menstruationsbeschwerden fragte. Aber diesmal war es an mir, die Fragen zu stellen.

«Ich möchte mit Ihnen über Sanna Hänninen sprechen. Sie war doch Ihre Patientin, wie ihre Mutter und Marja Laaksonen?»

«Du kannst mich ruhig duzen, Maria. Wir gehören doch beide irgendwie zur Familie, ich habe Antti schon als Dreikäsehoch gekannt.» Hellströms trotz Schnupfen charmantes Lächeln stürzte mich in Verwirrung. Ein Sonnenstrahl fiel auf seine Haare und wurde von den silbergrauen Strähnen reflektiert. Es sah fast aus wie ein Heiligenschein. «Ja, Sanna Hänninen war meine Klientin. Wieso?»

«Sie hat zweimal abgetrieben. Haben Sie ... hast du eine Ahnung, wer der Vater dieser ungeborenen Kinder war beziehungsweise die Väter?»

«Informationen dieser Art kann ich selbst nach dem Tod der Klientin nicht herausgeben!»

«Es geht hier um einen Mord», sagte ich aus alter Gewohnheit und begriff im selben Moment, dass ich nicht befugt war, die Herausgabe irgendwelcher Daten zu verlangen. Ich war eben nicht mehr bei der Polizei. «Ich meine, ich habe den Verdacht, dass auch Sanna Hänninen ermordet wurde, aber ich hänge mit meinem Verdacht in der Luft, solange ich keine Beweise habe. Ich brauche Hilfe.»

Vielleicht lag es am weißen Kittel oder an der väterlichen Miene, jedenfalls sprach ich offener mit Hellström als je zuvor.

«Sanna soll ermordet worden sein? Wieso denn?» Er gab sich Mühe, interessiert zu wirken. Wie er es als Frauenarzt gewohnt war.

«Vermutlich hatte sie ein Verhältnis mit jemandem, für den das gefährlich werden konnte. Mit einem verheirateten Mann. Hat sie jemals von einem solchen Verhältnis gesprochen?»

Jetzt sah Hellström völlig verwirrt aus.

«Mit einem verheirateten Mann? Aber Sanna war doch mit dem jungen Ruosteenoja befreundet. Der Vater des zweiten Kindes war ein gewisser Hakala, der vor anderthalb Jahren wegen einer Drogengeschichte ins Gefängnis musste. Sanna war auch irgendwie in die Sache verwickelt. Das erste Kind war von einem anderen Halunken. Natürlich habe ich ihr beide Male den Schein für den Abbruch ausgestellt. Es wäre eine Katastrophe gewesen, wenn sie die Kinder bekommen hätte, mitten im Studium und von Männern, die nichts taugten.»

«Wann wurde die zweite Abtreibung vorgenommen?»

«Moment, da muss ich nachsehen.» Hellström drehte den Monitor aus meinem Blickfeld, schaltete den PC an und tippte ein paar Befehle ein.

«Im September vor zwei Jahren. Ungefähr ein halbes Jahr vor ihrem Tod.»

Also kurz bevor Ode Hakala seine Gefängnisstrafe antrat. War der neue Freund erst danach in Erscheinung getreten, zwischen Hakala und Make? Hatte Sanna damals bei Eki Trost gesucht?

«Ist Sanna danach zu Ih… dir in die Sprechstunde gekommen? Hat sie Verhütungsmittel gebraucht, von einer ernsthaften

Beziehung gesprochen?» Etwas hinderte mich daran, Ekis Namen zu nennen, ich konnte nur hoffen, dass Hellström meine Andeutungen verstand. Was wusste ich schon von den Gepflogenheiten in Herrenclubs? Womöglich brüstete man sich dort mit seinen neuesten Eroberungen.

«Natürlich war Sanna zur Nachuntersuchung hier. Und als sie dann diesen Ruosteenoja kennen lernte, habe ich sie immer wieder ermahnt, die Pille zu nehmen.»

«Kam Sannas Selbstmord überraschend für dich?»

«Eigentlich nicht. Sanna war ein verzweifeltes Menschenkind. Ich glaube, ihre Angehörigen wussten, sie würde nicht alt werden. Nein, überrascht war ich nicht, aber traurig, das ja. Natürlich.» Hellströms Hände zitterten, er klopfte seine Taschen nach Zigaretten ab, bis ihm einfiel, dass er in seinem Sprechzimmer nicht rauchen konnte.

«Markku Ruosteenoja wurde damals verhört, und ohne deinen Chef wäre er wahrscheinlich wegen Totschlag vor Gericht gekommen», fuhr Hellström fort. «Aber alle, die Sanna gekannt haben, dachten sofort an Unfall oder Selbstmord. Henrik und Annamari ziehen es vor, an einen Unfall zu glauben. Ob Unfall oder Selbstmord, was macht das jetzt noch für einen Unterschied? Es ist ja schon so lange her. Warum meinst du, Sannas Tod hätte etwas mit dem Mord an Armi zu tun? Und hast du einen bestimmten verheirateten Mann im Sinn?» Er sah mich durchdringend an.

«Nein. Ich dachte nur ... Noch eine Frage zu Marja Laaksonen, mit der du ja auch viel zu tun hattest: Die Fehlgeburt nach dem Unfall, das ist eine tragische Geschichte, hat sie jemals den Verdacht geäußert, Armi hätte den Unfall verursacht?»

Hellström seufzte.

«Marja nicht, aber Armi. Wenn ich es richtig sehe, war das völliger Blödsinn, in so einer Situation kann niemand den Fahrer eines Wagens erkennen, schon gar nicht bei Dunkelheit. Es muss sich um eine regressive Fixierung gehandelt haben, um sublimierten Geschwisterneid von Marjas Seite.» Hellström lächelte verhalten. Das Telefon auf seinem Schreibtisch summte.

«Entschuldige, Maria, meine nächste Klientin wartet. Wenn du noch Fragen hast, kannst du mich gern anrufen oder vorbeikommen.» Das hinreißende Lächeln, das er mir zum Abschied schenken wollte, missriet ihm gründlich, weil er plötzlich niesen musste.

Hellström war doch nicht so klatschsüchtig, wie ich angenommen hatte, dachte ich auf dem Weg. Schade. Plötzlich machten zwei ältere Spaziergängerinnen einen Schlenker auf den Fahrradweg. In letzter Sekunde konnte ich ausweichen. Für den Rest des Weges fluchte ich über die Idiotie der Verkehrsplaner. Warum hörte der Fahrradweg urplötzlich auf und ging auf der anderen Straßenseite weiter? Warum war der Randstein so hoch, dass man aufpassen musste, um nicht zu stürzen? Warum ging die gesamte Planung nur von den Bedürfnissen der Autofahrer aus? Ich kultivierte meinen Ärger, denn ich wollte Pertsa Ström in möglichst aggressiver Stimmung gegenübertreten. Nur hatte ich vergessen, dass Kimmo jetzt von einem Vertreter des Staatsanwalts vernommen wurde. Wieder wurden die gleichen Fragen gestellt, sie schienen nur den Zweck zu haben, Kimmo zu ermüden, bis er sich in Widersprüche verwickelte. Die Ermittlungen waren ganz offensichtlich in eine Sackgasse geraten. Man konnte ihm die Tat nicht nachweisen, aber da man keine anderen Tatverdächtigen hatte, hielt man sich an ihn. Der Vertreter der Staatsanwaltschaft war sachlicher als Pertsa. Er teilte mir mit, dass die Polizei noch keine eindeutigen Zeugenaussagen darüber besaß, wo sich Kimmo an dem verhängnisvollen Samstag aufgehalten hatte. Skeptisch hörte er sich meinen Vorschlag an, durch Zeitungsanzeigen und Aushänge nach Augenzeugen zu suchen.

«Das hätte sofort geschehen müssen. Nach so langer Zeit wissen die meisten nicht mehr, was sie wirklich gesehen haben und was sie sich nur einbilden. Kommissar Ström hat zuvor verschiedene Aussagen protokolliert, aber keine kann als völlig zuverlässig gelten.»

«Wie bitte? Und wieso hat die Verteidigung nichts davon erfahren? Wir haben doch das Recht, über potenzielle Entlastungszeugen informiert zu werden!»

«Da ist Kommissar Ström in der Tat ein Fehler unterlaufen ...»

«Das können Sie laut sagen! Ich will die Aussagen sehen, und zwar sofort!»

Mein wütendes Auftreten zahlte sich aus: Unter Pertsas Zeugen waren mindestens drei viel versprechende. Ein Ehepaar aus Haukilahti erinnerte sich, Kimmo um zwanzig nach zwölf in Suvisilta begegnet zu sein, während ein Hundebesitzer behauptete, er habe ihn um halb eins in Toppelund am Ufer gesehen. Die Zeitangaben kamen nicht ganz hin, aber meiner Meinung nach hätte Kimmo allein aufgrund dieser Aussagen auf freien Fuß gesetzt werden müssen. Ich war verdammt wütend, weil Pertsa es nicht für nötig befunden hatte, diese Informationen an mich weiterzuleiten. Auch der Vertreter der Staatsanwaltschaft schien sich darüber zu wundern.

«Nur nicht den Kopf hängen lassen, bald kommst du hier raus», tröstete ich Kimmo, als der Anklagevertreter gegangen war. «Ich rede mit den Zeugen. Außerdem habe ich eine Menge Material über andere Tatverdächtige. Einer von ihnen kann bestimmt bald festgenagelt werden.»

Ich hatte Kimmo mehrere Tage nicht gesehen, er wirkte noch deprimierter als zuvor.

«Vater kommt übermorgen nach Finnland», sagte er. «Nächste Woche Donnerstag soll Armi beerdigt werden. Glaubst du, da kann ich hingehen?»

«Natürlich, in Polizeibegleitung könntest du sogar als Untersuchungshäftling an der Beerdigung teilnehmen, aber spätestens am Sonntag bist du frei», redete ich auf ihn ein wie eine Mutter, die ihrem masernkranken Kind versichert, dass es bald wieder gesund ist.

«Glaubst du? Maria, wenn ich heil hier rauskomme, mach ich nie mehr S/M-Geschichten, das schwör ich dir!»

«Warum denn nicht? Wofür willst du dich damit bestrafen? Ach richtig, du bist ja Masochist», witzelte ich.

«Ich weiß nicht, wie das Leben ohne Armi weitergehen soll», schluchzte Kimmo.

Was hätte ich darauf antworten sollen? Es wird anders sein, aber es geht weiter? Oder irgendeinen anderen, ebenso banalen Spruch? Lieber wechselte ich das Thema und fragte Kimmo nach Sannas Männerbekanntschaften.

«Manchmal hat sie ihre Männer so oft gewechselt, dass ich gar nicht mehr nachkam.»

«Mit wem war Sanna im Winter vor ihrem Tod zusammen? Hat sie Hakala im Gefängnis besucht? Hatte sie zwischen Ode und Make einen Liebhaber, oder auch später, als sie schon mit Make ging?»

Kimmo dachte intensiv nach. «Hängt das mit dem zusammen, was Armi gesagt hat? Dass Sanna ermordet wurde? Weißt du, ich hab nachgedacht. Es kann vielleicht doch so gewesen sein. Du hast Sanna ja gekannt. Sie war so hitzköpfig, sie konnte manche Leute rasend machen. Ode zum Beispiel. Sanna hat ihn nur einmal im Gefängnis besucht. Sie wollte von ihm loskommen, schon seit langem. Deshalb hat sie wohl auch abgetrieben, obwohl sie oft gesagt hat, sie wollte Kinder. Aber nicht mit Ode. Den Make hat sie geliebt, mit dem wollte sie ein neues Leben anfangen.»

Es tat Kimmo offensichtlich gut, an etwas anderes zu denken als an seine eigene Situation. Seine Wangen röteten sich leicht.

«Nachdem Ode ins Gefängnis kam, hat sich Sanna ziemlich bald mit Make zusammengetan. Aber ich glaube, da lief eine Zeit lang noch was anderes nebenbei, ich weiß nur nicht, mit wem. Da war was faul, sonst hätte sie nicht so ein Geheimnis darum gemacht.»

«Lief was zwischen Sanna und Eki Henttonen?»

Kimmo sah mich entgeistert an. «Meinst du den Eki, bei dem du arbeitest? Nie im Leben! Der und Sanna ... Das kann nicht sein ...» Er schüttelte den Kopf.

«Na ja, wer weiß», meinte er nach einer Weile. «Sanna hatte schon in der Schulzeit ältere Männer. Sie hat immer von ihrem Vaterkomplex gesprochen.»

Ich musste an Sannas Brief denken. Vaterkomplex? Seltsam, dass ich keinen hatte, mein Vater hatte mich ja auch nie akzeptiert. Oder war Sex mit älteren Männern nicht die einzige Form, in der sich ein Vaterkomplex äußern konnte?

«Eins noch. Bist du hundertprozentig sicher, dass Armi in der Nacht, als Mallu die Fehlgeburt hatte, nicht Auto gefahren ist?»

«Über die Nacht hab ich auch schon mindestens hundertmal nachgedacht. Teemu und ich hatten beide zu viel getrunken. Ich bin sofort abgesackt, nachdem die Laaksonens gegangen waren. Ich hatte mir den Wagen von meinem Vater geliehen, der stand auf dem Hof – lass mich ausreden –, der stand also auf dem Hof, aber warum hätte Armi damit wegfahren sollen, zumal sie auch ein paar Gläser Wein getrunken hatte?»

«Aber theoretisch wäre es möglich gewesen ...»

«Theoretisch ja. Ich hab geschlafen wie ein Murmeltier. Aber Armi hätte so was nicht getan. Sie hasste betrunkene Fahrer. Sanna hat sie auch immer Predigten gehalten. Und wenn sie schon jemanden angefahren hätte, wäre es ihr nie eingefallen, ihn einfach liegen zu lassen. Immerhin war sie Krankenschwester.»

«Schon gut, ich glaub's ja. Was für ein Auto war das?»

«Ein weißer Opel Astra.»

Beim Abschied versprach ich Kimmo, ihn am nächsten Tag wieder zu besuchen, wenn nichts dazwischenkam. Auf dem Rückweg fing ich wieder an, Pertsa zu verfluchen. Sollte ich ihn wegen Dienstvergehens anzeigen? Hatte ich die Kraft dazu? Ich fühlte mich auf einmal wahnsinnig müde und beschloss, zur Erfrischung durch den Erholungspark Mankkaa nach Tapiola zu fahren. Am Waldrand blühten die letzten Buschwindröschen, Bachstelzen hüpften über den Fahrradweg, als wetteiferten sie darum, wer es wagte, am längsten vor dem nahenden Fahrrad sitzen zu bleiben. In Visamäki machte ich eine kleine Verschnaufpause und freundete mich mit einer Katze an, deren braunweiß gestreifter Schwanz einer Zuckerstange ähnelte. Ich teilte ein Täfelchen Puffreis mit ihr, munterte mich auf.

Als Teemu Laaksonen um halb vier in mein Büro kam, war mir sofort klar, weshalb ich ihn in der vorigen Woche nicht erreicht hatte. Das Gesicht unter den dunklen Haaren war braun gebrannt, er musste irgendwo im Süden gewesen sein. Seine Hand war hart und rau, er wirkte reserviert.

«Es tut mir Leid, dass ich mich erst so spät gemeldet habe, aber ich war eine Woche auf Ibiza», erklärte er. «Ich musste einfach raus aus dem Alltag, deshalb habe ich mit ein paar Freunden einen Tennisurlaub gebucht.»

«Wann sind Sie abgeflogen?»

«Samstag vor einer Woche. An dem Tag, an dem Armi gestorben ist. Um vier Uhr nachmittags. Niemand hat mir Bescheid gesagt. Mallu spricht nicht mehr mit mir, und mein Vater wollte mir angeblich den Urlaub nicht verderben. Wie geht es Mallu überhaupt? Sie legt sofort auf, wenn sie meine Stimme hört. Erst von meinen Schwiegereltern habe ich erfahren, was passiert ist ...» Teemu stand auf und ging ans Fenster. Er bewegte sich mit der Geschmeidigkeit des Tennisspielers.

«Wann haben Sie Armi das letzte Mal gesehen?»

«Na, eben an dem Samstag. Kurz vor ihrem Tod, wie es scheint.»

«Was? Um wie viel Uhr?» Ich sprang auf. Teemu starrte mich an, als hätte er meine Frage nicht verstanden. Dann verdüsterte sich sein Gesicht.

«Wenn du glaubst, ich ...»

«Darum geht es nicht, es geht um Kimmos Unschuld. Wann hast du Armi besucht? Und warum?»

«Ich bin gegen halb eins bei ihr vorbeigegangen, weil ich Mallu suchte. Ich wollte sie vor meiner Abreise nochmal sehen. Weil Mallu nicht zu Hause war, habe ich von einer Telefonzelle aus bei ihren Eltern in Lippajärvi angerufen, und als sich da auch niemand meldete, habe ich beschlossen, es bei Armi zu versuchen.»

«Aber da war Mallu auch nicht? War jemand anderes bei Armi?»

«Nein. Kimmo war gerade gegangen, und Armi erwartete noch jemanden. Sie sagte, sie hätte Mallu gerade anrufen wollen, um nochmal über die Fehlgeburt zu sprechen, aber eigentlich fände sie es sogar besser, die Sache mit mir zu bereden. Sie hat zum x-ten Mal gefragt, warum ich mir einbildete, gerade sie am Steuer gesehen zu haben.»

«Und was hast du geantwortet?» Vor lauter Spannung war meine Kehle ganz trocken.

«Dass ich es selber nicht mehr weiß. Das war nur ein momentaner Eindruck, ich hatte ja auch ziemlich viel getrunken. Ich hatte sogar meine Schlüssel bei Armi vergessen, zum Glück hatte Mallu ihre dabei. Wir wollten über die Straße gehen, und dabei ist Mallu irgendwie ausgerutscht und vor das Auto gestolpert. Der Wagen hat sie nur gestreift, aber er hätte wirklich ausweichen können ... Ich meine, der Fahrer war nicht allein an dem Unfall schuld, das war auch unser Fehler, aber er hätte langsamer fahren müssen ...»

Es war Teemu anzuhören, dass er die Ereignisse schon wer weiß wie oft rekapituliert hatte. Es war ihm noch nicht gelungen, sich von jeder Schuld freizusprechen.

«Was hast du denn gesehen?», drängte ich. Erst jetzt merkte ich, dass wir zum Du übergegangen waren. Unsere Generation hatte wohl längst verlernt, Gleichaltrige zu siezen.

«Blonde Haare und ... Ich könnte schwören, dass die Person am Steuer genau dasselbe rote Halstuch trug, das Armi immer anhatte. So ein großes wollenes, veilchenrotes Schultertuch,

Armi hatte es aus Santorin mitgebracht und trug es immer im Winter. Deshalb hab ich das Tuch ja auch wieder erkannt, ich hatte noch nie ein zweites in der Art gesehen. Im Gedränge habe ich Armi oft gerade an ihrem Tuch erkannt.»

«Und du dachtest, Armi wäre euch in Hänninens Auto nachgefahren, um dir deine Schlüssel zu bringen, und hätte die Kontrolle über den Wagen verloren.»

Teemu fuhr mit dem Arm durch die Luft, als wollte er einen Tennisball ins Aus schlagen.

«So kann es nicht gewesen sein, das weiß ich. Armi hätte so etwas nicht getan. Sie hätte auf jeden Fall angehalten, selbst wenn es nicht um ihre Schwester gegangen wäre. Aber wie kann ich Mallu nur davon überzeugen?»

«Habt ihr euch deshalb scheiden lassen – weil du Mallu nicht überzeugen konntest?»

«Wir sind noch nicht geschieden, im Moment sind wir im Trennungsjahr! Ich will mich gar nicht scheiden lassen, ich will meine Frau zurückhaben!» Teemu starrte mich verloren an. «Mallu hat mich rausgeworfen. Sie hat gesagt, sie will nicht mehr, kein Kind, keine Ehe, gar nichts. Sie braucht Hilfe. Ich würde ihr so gerne helfen, aber sie lässt mich nicht. Sie bildet sich alles Mögliche ein. Dass ich sie für wertlos halte, weil sie vielleicht keine Kinder kriegen kann. Dass ich ihr die Schuld an dem Unfall gebe. Ich kann mir den Mund fusslig reden, sie glaubt mir einfach nicht, dass das alles nicht stimmt.»

Wieder schwenkte er die Arme. Es war eine Gebärde verzweifelter Wut, als wollte er den Kokon zerreißen, in den Mallu sich zurückgezogen hatte.

«Und jetzt befürchtest du, Mallu könnte wegen ihrer Hirngespinste Armi umgebracht haben», stellte ich fest.

«Ja. Das ist alles meine Schuld, warum hab ich meine Trugbilder nicht für mich behalten!»

Ich schaute Teemu an, das Inbild eines vor Gesundheit strotzenden dreißigjährigen Mannes, und dachte an Mallu, wie sie auf dem fröhlichen Weihnachtsfoto ausgesehen hatte. Die beiden hatten ein schönes Paar abgegeben, wie geschaffen für einen italienischen Fotoroman. Nur hatte ihre Geschichte wahrscheinlich kein Happyend.

«Hör zu, Teemu. Am besten setzt du dich selbst mit der Polizei in Verbindung und sagst, dass du gegen halb eins bei Armi warst. Für Kimmo ist das lebenswichtig, aufgrund deiner Aussage werden sie ihn freilassen müssen. Ruf diesen Ström hier an» – ich gab ihm Pertsas Nummer – «und sag ihm, du hättest eine wichtige Information über Armi. Wenn du möchtest, kann ich dich zur Vernehmung begleiten. Wann bist du in der Jousenkaari abgefahren, und wohin?»

«Ich hab mich ungefähr um Viertel vor eins auf den Weg zum Flughafen gemacht.»

«Viertel vor eins ... Da bist du wahrscheinlich der Letzte, der Armi lebend gesehen hat – außer dem Mörder natürlich. Kann jemand deine Zeitangaben bestätigen?»

«Warte mal ... Auf der Umgehungsstraße war ein Stau, wegen einem Unfall, daher war ich erst um zwei am Flughafen. Meine Freunde können das bestätigen, die waren ganz schön sauer, weil ich erst in letzter Minute auftauchte.»

Nachdem Teemu gegangen war, grübelte ich über seine Geschichte nach. Wie fest war er selbst davon überzeugt, Armi in dem Unglückswagen gesehen zu haben? Er wollte Mallu zurückgewinnen. Hatte er Armi für das Scheitern seiner Ehe verantwortlich gemacht? War er fähig zu töten, wenn er in Rage geriet?

Armi hatte in den letzten Stunden vor ihrem Tod ziemlich viel Besuch bekommen. Um diese Besuche in die richtige Reihenfolge zu bringen, hätte ich zu gern die kleinen grauen Zellen eines gewissen belgischen Detektivs für mich arbeiten lassen. Kimmo behauptete, er hätte Armis Wohnung um Viertel nach zwölf verlassen, Kerttu Mannila mit ihren Piroggen hatte um eins vergeblich geklingelt, ich war um zwei gekommen. Außerdem waren mindestens Teemu und der Mörder bei Armi gewesen. Wie der bewundernswerte Monsieur Hercule Poirot es getan hätte, fasste ich die Ereignisse des tödlichen Samstags in einem ordentlichen Zeitplan zusammen.

12.15 Kimmo geht nach Hause
12.30 (ca.) Sari ruft Armi an
12.30–12.45 Teemu besucht Armi auf der Suche nach Mallu
13.00 Kerttu Mannila will Armi frisch gebackene Piroggen bringen und hört einen Streit
13.30 Mannila ruft an, Armi nimmt nicht ab
14.00 Maria kommt

Meiner Aufstellung nach wäre Armi zwischen eins und halb zwei getötet worden. Kinderleicht. Nun musste ich nur noch die Polizei auffordern festzustellen, wo die Hauptverdächtigen sich in der fraglichen Zeit aufgehalten hatten. Ich selbst wusste es ja schon. Mallu war im Zentrum von Tapiola unterwegs gewesen, Annamari, Make und Eki ebenfalls. Teemu war zum Flughafen gefahren, was aber niemand bezeugen konnte. Vielleicht hatte die Polizei genaue Angaben über den Unfall auf der Umgehungsstraße. Aber wieso hatte keiner von Armis Nachbarn etwas gesehen?

Die Kanzlei war leer. Schuldbewusst wie ein Alkoholiker, der eine Pulle aufschraubt, obwohl er geschworen hat, nicht mehr zu trinken, trat ich an Ekis Schreibtisch, um einen Blick in seinen Kalender zu werfen. Sanna war am zweiten März des letzten Jahres dreißig geworden. Sie hatte dasselbe Sternzeichen wie ich, Fische – nicht dass ich an Astrologie glaube, aber ich wollte wissen, ob an Sannas Geburtstag irgendetwas eingetragen war. Oder ob vielleicht andere Treffen mit Sanna vermerkt waren?

Der Kalender vom Vorjahr lag in der obersten Schublade.

KENIA. Über die ganze Woche war mit großen Buchstaben ein einziges Wort geschrieben: KENIA. Ich wusste, was das bedeutete, ich hatte Fotos von der Reise durch die kenianischen Nationalparks gesehen, die für Eki und seine Frau offenbar einer der Höhepunkte ihres Lebens gewesen war. Eki hatte Sanna also nicht ins Meer gestoßen. Vielleicht war auf der Mole gar niemand gewesen, und der alte Herr Lindgren hatte sich die schwarze Gestalt, die er für den Tod hielt, nur eingebildet. Vielleicht war seine Phantasie noch reger als meine, dachte ich niedergeschlagen.

Dreizehn

Schwestern

Müde radelte ich auf dem Heimweg noch beim Lebensmittelladen vorbei. Der bevorstehende Besuch meiner Schwestern machte mich nervös, und im Laden wäre ich wegen der vielen Leute beinahe endgültig ausgeflippt. Ich hasste das Einkaufen, hasste es, mit vollen Einkaufstüten an der Lenkstange balancieren und Horden von Jungen ausweichen zu müssen, die den Radweg blockierten. Am meisten beunruhigten mich die Gedanken an Kimmo. Er war unschuldig, aber wen konnte ich der Polizei als Täter präsentieren?

Zu Hause saugte Antti gerade den Flur. Warum hatte der blöde Kerl nicht Staub gesaugt, bevor ich nach Hause kam? Ich knallte das Geschirr in die Spülmaschine und fing an, das Abendessen zu machen. Es sollte griechischen Salat und eine Gorgonzola-Ananas-Quiche geben, einfache Gerichte, bei denen selbst ich nichts falsch machen konnte.

«Bist du ansprechbar?» Antti spähte vorsichtig in die Küche, und ich konnte nicht anders, ich musste lachen. Antti sah mir an der Nasenspitze an, wann ich in gefährlicher Stimmung war.

«Noch irgendwelche Aufträge, Madam?»

«Du könntest noch das Schlafzimmer deiner Eltern herrichten und Bettzeug ins Wohnzimmer bringen, für Helena und Petri. Was hat dein Professor gesagt?»

«Er schlägt vor, dass ich im Frühjahr noch am Institut bleibe und ein Seminar über das Thema meiner Dissertation halte. Ins Ausland sollte ich erst nächstes Jahr im Herbst gehen, meint er.»

Ich hackte so hingebungsvoll Zwiebeln, dass mir die Augen tränten. Erst nächsten Herbst ... dann hatten wir Zeit, eine Lösung zu finden.

«Für Kimmo sieht es allmählich ganz gut aus», sagte ich und wischte die Tränen ab. «Teemu Laaksonen kann bezeugen, dass Kimmo um halb eins nicht mehr bei Armi war. Außerdem haben ihn ein paar Zeugen vor halb eins auf dem Heimweg gesehen.»

«Hat die Kripo sonst noch was herausgefunden? Wenn Kimmo es nicht war, wer dann?»

«Bisher haben sie offenbar keine Ahnung», antwortete ich, während ich die Oliven hackte. «Spätestens nach Kimmos Entlassung werden sie den Fall neu aufrollen müssen. Dann geht der ganze Zirkus von vorne los, wenn ich ihnen nicht vorher den Täter liefere.»

«Es reicht dir also nicht, Kimmo freizukriegen? Maria, denk dran – du bist nicht mehr bei der Polizei. Dass du Armi gekannt hast, verpflichtet dich nicht, den Fall aufzuklären. Und ich will nicht, dass du irgendwelche Risiken eingehst.»

«Okay, okay», murmelte ich der Salatsoße zu. Es war sinnlos, mit Antti über dieses Thema zu reden. Ich sah nach, ob wirklich überall aufgeräumt war, zog mich um und fühlte leise Panik aufsteigen. Der Zug war schon angekommen, bald musste das Taxi mit meinen Schwestern vorfahren. Warum wollte ich ihnen unbedingt die perfekte Hausfrau vorspielen? In unserer Familie war ich diejenige, die mit Hammer und Axt umgehen konnte. Eeva war der praktisch veranlagte Hausfrauentyp, Helena unser Nesthäkchen und die Schönste in der Familie. Die Rollenverteilung war so klar, wie sie nur sein konnte.

Antti hatte Eeva und Jarmo kennen gelernt, als wir im Frühjahr zum Skilaufen bei meinen Eltern waren. Helena und Petri kannte er noch nicht. Vielleicht entdeckten Antti und Petri gemeinsame Interessen; Helenas Mann war ja auch Mathematiker, hatte gerade die Lehrerausbildung abgeschlossen und suchte jetzt eine Stelle. Helena wollte Englischlehrerin werden, sie musste nur noch ihre Abschlussarbeit schreiben und das Referendariat machen. Ich nahm mir vor, mir einige unbekannte Ausdrücke in Sannas Magisterarbeit von ihr erklären zu lassen.

Ein Taxi hielt vor dem Haus, ich war furchtbar aufgeregt. Eeva hatte ich im Frühjahr zuletzt getroffen, als man ihr die Schwangerschaft noch kaum ansah, Helena zu Weihnachten, das wir allesamt bei meinen Eltern gefeiert hatten, meine beiden Schwestern mit ihren Männern und ich solo. Antti hatte wie immer für Matti und Mikko den Weihnachtsmann spielen müssen, danach hatten wir voller Sehnsucht miteinander telefoniert. Es war nicht das erste Weihnachtsfest, das ich als siebtes Rad am Wagen im Haus meiner Eltern feierte, aber bisher hatte ich nie jemanden gehabt, mit dem ich an Heiligabend zärtliche Telefongespräche führte.

Als ich die Haustür öffnete, wälzte sich Eeva gerade mühsam aus dem Taxi. Sie war ein paar Zentimeter größer und normalerweise fünf Kilo leichter als ich, aber nun schien sie rundherum aus dem Leim gegangen zu sein. Ihr Bauch war riesig, ihr Gesicht aufgedunsen. Sie wirkte älter und respektheischender als ich, obwohl sie zwei Jahre jünger war.

Antti und ich trugen das Gepäck ins Haus, dann standen wir alle höflich und ein wenig steif herum. Eeva und Jarmo wurden noch am besten mit der Situation fertig. Eeva unterrichtete schon seit zwei Jahren, vielleicht wirkte sie auch deshalb erwachsener. Jarmo arbeitete im PR-Bereich und hatte viel mit Menschen zu tun – was man ihm auch anmerkte.

Wir machten einen Rundgang durch das Haus, bewunderten ein Schwanenpaar, das in der Bucht schwamm, und lachten über Einstein, der frustriert die Vögel hinter der Fensterscheibe anfauchte. Immer wieder fiel mein Blick auf Eevas kugelrunden Bauch. Natürlich war sie nicht die erste Schwangere, die ich je gesehen hatte, aber dass sie meine Schwester war, machte die ganze Sache irgendwie spannend. In dem Baby, das da wuchs, steckten jede Menge Gene, wie ich sie auch in mir hatte! Vielleicht bekam es meine Stupsnase.

«Das ist ja ein tolles Haus, habt ihr vor, für immer hier zu bleiben?», fragte Helena mit unverhohlenem Neid. Sie wohnte mit Petri in einer kleinen Zweizimmerwohnung, die sie im vorigen Jahr von Petris geerbtem Geld gekauft hatten – die Erbschaft hatte allerdings nicht gereicht, weshalb sie nun von ihren mageren Einkünften einen relativ hohen Kredit tilgen mussten. Ich kannte Helenas Männergeschmack, ich wusste, dass sie Antti nicht besonders attraktiv fand, aber das Haus seiner Eltern wertete ihn ganz offensichtlich auf.

«Kommt drauf an, was Anttis Eltern vorhaben», sagte ich rasch und führte meine Schwestern an den gedeckten Tisch in der Küche. Unsere Einladung in die Sauna hatten sie abgelehnt, weil sie auf dem Schiff in die Sauna gehen wollten.

«Wie willst du denn in Stockholm zurechtkommen mit deinem Bauch? Ist das nicht furchtbar anstrengend?», fragte ich Eeva.

«Natürlich werde ich schneller müde als sonst. Aber dann setz ich mich einfach in ein Café und lasse Jarmo allein Babysachen einkaufen», lächelte Eeva. «Antti, hast du das gemacht, oder hat Maria etwa kochen gelernt?», fuhr sie fort, als ich die Gorgonzola-Quiche aus dem Ofen holte.

«Da sind bestimmt wahnsinnig viel Kalorien drin. Ich nehm nur von dem Salat», verkündete Helena.

«Klar, du musst fasten, damit du auf dem Schiff tüchtig reinhauen kannst», ergänzte Petri. Helena war die Schlankste von uns, hielt aber ständig Diät. Da schlepp ich mich ab mit dem Zeug, und dann meckert sie am Essen rum, dachte ich erbost. Jorma stocherte auch nur auf seinem Teller herum. Vielleicht mochte er keinen Gorgonzola.

Die Männer unterhielten sich über Fußball. Zu meiner Überraschung redete Antti eifrig mit – ich hatte gar nicht gewusst, dass er auch den Sportteil las. Womöglich hatte er sich heimlich auf die Begegnung mit meiner männlichen Verwandtschaft vorbereitet.

«Ui, Saku wird wach. Na, schmeckt dir die Quiche?» Es dauerte eine Weile, bis ich begriff, dass Eeva mit dem Kind in ihrem Bauch sprach. «Nicht so feste treten, Schätzlein! Guck mal, Maria, wie er rumturnt.»

Tatsächlich, in ihrem Trommelbauch bewegte sich etwas, er änderte seine Form und wurde ab und zu sogar größer.

«Du kannst ihn ruhig anfassen», lachte Eeva, nahm meine Hand und drückte sie auf ihren Bauch. «Das ist Sakus Po ... Da ist sein Knie, das will partout nach draußen.»

«Komische Vorstellung, dass da drinnen wirklich jemand lebt. Macht dir das keine Angst?»

«Warum denn? Das ist doch die natürlichste Sache der Welt.» Eeva lächelte, als besäße sie ein geheimes Wissen, von dem ich keine Ahnung hatte. So war es ja auch. Woher sollte ich wissen, wie es war, schwanger zu sein?

«Und ihr nennt es Saku? Wünscht ihr euch einen Jungen?», fragte ich und sah Jarmo an.

«Ganz egal, Hauptsache, es ist gesund», erwiderte Jarmo. Die übliche Floskel. Ich hatte keine Lust, mich zu streiten, aber ich wusste, dass meine Eltern jedenfalls auf einen Enkelsohn hofften.

«Ich geh mit Jarmo und Petri auf ein Bier ins Balloons, dann könnt ihr ungestört klönen», meinte Antti. Ich warf ihm einen wütenden Blick zu. Das passte mir gar nicht ins Konzept. Außerdem hätte ich selbst ein Bier vertragen können.

«Aber bleibt nicht so lange, ich will früh schlafen gehen», bestimmte Eeva, probierte den Salat und verzog das Gesicht. «Da ist ja Weinessig in der Salatsoße. Na, dann krieg ich heute Nacht wieder Sodbrennen.»

«Tut mir Leid, das wusste ich nicht ...» Ich bemühte mich,

höflich zu bleiben, obwohl ich innerlich schäumte. Bei griechischem Salat verwendet man nun mal Weinessig, wer den nicht vertragen kann, muss eben darauf verzichten. Es war ja wohl zu viel verlangt, dass ich mich mit Schwangerenkost auskannte!

Die Männer zogen ab. Ich kochte noch eine Kanne Tee und führte meine Schwestern ins Wohnzimmer. Einstein beschnüffelte die beiden vorsichtig, erst Eeva, dann Helena, die plötzlich aufkreischte. «Er hat mich gebissen», schrie sie und scheuchte den erschrockenen Kater weg.

«Bestimmt nicht. Der beißt keinen, er hat höchstens sein Zahnfleisch an dir gerieben. Wahrscheinlich hast du einen besonders interessanten Geruch an dir. Du bist nicht zufällig in ein Hundehäufchen getreten?»

Ich war total sauer. Meine Schwestern hatten sich wirklich die ungünstigste Zeit ausgesucht. Überhaupt war es eine Zumutung, so kurzfristig einen Besuch anzukündigen, ohne zu fragen, ob es mir überhaupt passt. Ich wünschte mir eine eigene Wohnung, wo niemand etwas von mir wollte, wo ich das Telefon abstellen und mir die Decke über den Kopf ziehen konnte, weit weg von der schnöden Welt ...

«Mit Antti scheint es dir ja ziemlich ernst zu sein», fing Eeva an.

«Wieso hast du eigentlich gesagt, Antti wäre keine Schönheit, der sieht doch ganz gut aus», wollte Helena ihrerseits von Eeva wissen.

«Er ist eben nicht mein Typ, zu groß und dünn. Aber Maria hat ja immer schon eine Schwäche für kantige Typen gehabt.»

«Ist doch gut, dann machen wir uns keine Konkurrenz», bemerkte ich spitz. Vor Jahren hatten sich meine Schwestern in den gleichen Jungen verliebt und einen blutigen Kampf um ihn geführt. Zum Glück hatte eine Dritte sich den Knaben geschnappt, und meine Schwestern hatten im Hass auf ihren ehemaligen Schwarm wieder zueinander gefunden.

Ich fühlte mich ausgeschlossen. Eeva und Helena verbrachten viel Zeit miteinander, sie wohnten in derselben Stadt, kannten dieselben Leute, besuchten regelmäßig unsere Eltern. Aber weshalb verabscheuten sie mich, warum mussten sie hier auftauchen und mich ärgern?

«Wie ist denn deine neue Stelle?», erkundigte sich Eeva. «So wie in ‹L. A. Law›? Wirst du gut bezahlt?»

«Also, ich lauf nicht den ganzen Tag im Kostüm rum und verteidige Promis. Die meiste Zeit sitz ich in der Kanzlei und bearbeite irgendwelche Papiere. Das Gehalt ist ganz in Ordnung, mir reicht es jedenfalls.» Dass ich mehr verdiente als eine frisch gebackene Lehrerin, behielt ich für mich.

«Du kommst also auch allmählich zur Ruhe. Feste Anstellung, feste Beziehung ... jetzt solltest du aber bald mit dem Kinderkriegen anfangen, du wirst ja nächstes Jahr schon dreißig. Außerdem kriegst du endlich Falten, ich hab's gesehen», lachte Eeva.

Ich schnitt eine Grimasse. Man hielt mich oft für die Jüngste, wahrscheinlich wegen meines Kleidungsstils. Meine kleinen Schwestern hatten sich schon mit zwanzig wie ältere Tanten angezogen, während ich immer noch in Turnschuhen und mit Zottelfrisur herumlief.

«Ich versteh euch nicht!», brauste ich auf. «Warum habt ihr es eigentlich so eilig gehabt, mit dem Studium fertig zu werden und ein geregeltes Leben zu führen? Na schön, für euch mag das ja das Richtige sein, aber warum wollt ihr unbedingt, dass ich auch so lebe?»

«Du bist doch diejenige, die immer am besten weiß, wie andere Leute leben sollen», gab Helena zurück. «Ewig gibst du Ratschläge und Befehle und wirst wütend, wenn man nicht genau das tut, was du sagst. Typisch besserwisserische große Schwester. Als Anwältin bist du bestimmt gut, da kannst du dich den ganzen Tag mit anderen streiten.»

Ich starrte sie verdattert an. Meiner Erinnerung nach war ich in unserer Familie diejenige gewesen, die sich immer anpassen musste. «Maria, ärgere deine kleinen Schwestern nicht!» – «Gib Eeva die Puppe, du bist schon groß, du kannst auch mit anderen Sachen spielen.» – «Trag mal die Teppiche raus, du bist doch groß und stark.» – «Jetzt kannst du keine Musik machen, Eeva und Helena haben die Hausaufgaben noch nicht fertig. Sie sind nicht so schnell wie du.»

Ich würde nie vergessen, was meine Mutter einmal zu ihrer Freundin gesagt hatte: «Eeva und Helena brauchen mich. Maria hat mich nie gebraucht, sie war von Anfang an selbständig und stark. Und Mutter liebt eben die Kinder am meisten, die sie brauchen.»

Damals hatte ich mich gefragt, wozu meine Schwestern angeblich unsere Mutter brauchten, brav und anständig, wie sie waren; die Sensible, die in der Pubertät fast durchdrehte, war doch ich! Aber meine Eltern hatten nur meine Lederjacke und meine Burschikosität gesehen und nicht mal versucht, unter die Oberfläche zu gucken. Sie glaubten, mich in- und auswendig zu kennen, aber sie sahen nur, was sie sehen wollten.

«Wofür haltet ihr mich eigentlich?», fragte ich. Vielleicht war es am besten, alles rauszulassen, die ganze Bitterkeit, die ich jahrelang mit mir herumgetragen hatte, die Verbitterung des ungeliebten Kindes.

«Nimm's nicht krumm, Maria. Helena und ich haben in letzter Zeit viel über diese Dinge gesprochen, über uns und unsere Kindheit. Wahrscheinlich wird das Thema wieder wichtig, wenn man selbst ein Kind erwartet. Da überlegt man eben, ob man die gleichen Fehler machen wird wie die eigenen Eltern», sagte Eeva ruhig.

«Wir haben beide einen Maria-Komplex gehabt. Du warst gut in der Schule, du konntest dich durchsetzen. Du bist nie weinend vom Schulhof gerannt, weil die Jungen dich geärgert hatten ...»

«Das hätte ich manchmal gern getan, aber mir war das ja nicht erlaubt», fiel ich Helena ins Wort. «Ich hab euch beneidet, vor allem dich, Helena, weil ihr immer gehätschelt und verwöhnt wurdet, ihr durftet immer die Kleinen sein. Mich haben sie nur nach draußen geschubst, ich musste sehen, wie ich zurechtkam.»

«Musst du mich immer unterbrechen? Lass mich ein einziges Mal von mir selber reden! Glaubst du, es wäre mir leicht gefallen, selbständig zu werden, nachdem ich immer nur das Baby war? Du hältst mich für doof, Eeva meint, ich wäre ein Tollpatsch und könnte nicht mal Kartoffeln kochen. Was habt ihr euch alle gewundert, als ich das Abitur geschafft und sogar einen Studienplatz gekriegt hab!» Helena klimperte heftig mit den violett getuschten Wimpern, sie war den Tränen nahe. Ich auch.

«Ich war erleichtert, als du zur Polizeischule gegangen bist und nicht etwa Medizin studiert hast», nahm Eeva den Faden auf. «Also warst du doch nicht so toll, wie alle dachten. Ich weiß noch, wie enttäuscht unsere Eltern waren, wenn die Leute fragten, wo Maria studiert, und sie sagen mussten, an der Polizeischule. Schon gut, Maria, ich bin ja auch der Meinung, dass Eltern ihre Kinder nicht mit solchen Erwartungen belasten sollten, aber für mich und Helena war das eben eine Erleichterung. Ich hab zwar nur ein mittelmäßiges Abitur gemacht, aber immerhin hab ich sofort einen Studienplatz bekommen, und unsere Eltern konnten mit mir angeben – und ein Jahr später mit Helena.»

«Aber dann hast du mit dem Jurastudium angefangen, und das ist ja fast genauso angesehen wie Medizin», meinte Helena. «Unser Fremdsprachenstudium war daneben gar nichts mehr wert.»

«War das wirklich so? Das hab ich nicht gemerkt. Ich wollte niemandem Komplexe beibringen. Aber ich hab doch wohl das Recht, mein eigenes Leben zu leben? Ich verlange doch nichts weiter von euch, als dass ihr mich in Ruhe lasst!»

«Willst du überhaupt etwas mit uns zu tun haben?», fragte Helena gellend. «Bedeutet es dir eigentlich etwas, dass du zwei Schwestern hast?»

Ich schaute an ihnen vorbei über die Bucht, wo eine verspätete Ente auf das Schilf zuschwamm, das im Licht der untergehenden Sonne die Farbe reifer Pflaumen annahm. Das Bild verschwamm, die Schilfhalme verschmolzen zu einer violetten Masse.

«Warum stellst du solche Fragen? Man kann doch seine Familie nicht einfach streichen. Sie ist immer da, selbst wenn man versucht, sie zu vergessen. Ich hab nichts gegen euch, ich hab nur immer geglaubt, dass ... dass ihr keine Konflikte mit unseren Eltern habt. Dass an allen Konflikten ich schuld bin. Weil ich die Falsche war, weil ich kein Junge bin ...»

Die Haustür flog auf, unsere drei Männer stapften herein. Im Nu schlug die vertraulich-aggressive Stimmung in gebremste Heiterkeit um. Ich kümmerte mich um Zimmerverteilung und Bettwäsche und überlegte dabei, ob ich es bedauerte oder froh war, dass unser Gespräch unterbrochen worden war. An dem, was gerade ans Licht gekommen war, würde ich lange zu kauen haben.

«Ich muss nachts furchtbar oft aufs Klo, hoffentlich störe ich euch nicht», sagte Eeva an der Schlafzimmertür.

«In unserem Zimmer hört man nichts davon. Wie geht's Saku?»

«Der betreibt gerade Abendsport.»

Plötzlich hatte ich Lust, Eeva zu umarmen. Meine Schwester sah wunderschön aus mit ihrem großen Bauch und der geschwollenen Nase.

«Darf ich nochmal?» Ich legte die Hand auf Eevas Bauch und spürte gleich darauf ein wildes Hüpfen und Treten.

«Hallo Baby, ich bin Tante Maria», hörte ich mich sagen. «Halt deine Mutter nicht die ganze Nacht wach!»

«Warum warst du eigentlich so nervös, deine Verwandten sind doch ganz in Ordnung», brummte Antti, als ich zu ihm ins Bett schlüpfte. «Hattet ihr einen netten Abend?»

«Nett ist vielleicht nicht das richtige Wort, sagen wir lieber, es war aufschlussreich. Wir reden morgen darüber», sagte ich und löschte das Licht.

Dunkel wurde es nicht, das Licht der Sommernacht drang durch die dünnen Vorhänge herein. Einstein sprang aufs Bett und begann sich zu putzen, er fing mit der linken Hinterpfote an. Ich schob meinen Fuß neben seinen Schwanz, lauschte auf das gleichmäßige Geräusch der über das Fell streichenden Katzenzunge und auf Anttis ruhigen Atem. Ich versuchte, nicht über meine Schwestern nachzudenken, sondern über Armi, Sanna und Kimmo. Kimmo war bald wieder frei. Wie hatte er den Tod seiner Schwester empfunden? Hatte sich Erleichterung unter seine Trauer gemischt, vermisste er seine Schwester? Mit einem Bruder wäre ich vielleicht besser ausgekommen als mit meinen Schwestern, weil wir uns nicht ständig miteinander verglichen hätten. Oder wäre ich auf einen kleinen Bruder erst recht eifersüchtig gewesen? Wahrscheinlich. Konnte Hass zwischen Schwestern zum Mord führen? Ich dachte an Mallu und überlegte, ob Eeva und Helena bei mir Zwangsvorstellungen auslösen konnten ...

Vor dem Einschlafen versuchte ich mir vorzustellen, wie es sich anfühlt, wenn ein Kind im Bauch strampelt.

Vierzehn

Familiengeheimnisse

Am Dienstagmorgen fuhr ich später als gewöhnlich zur Arbeit, denn meine Schwestern waren erst kurz nach neun gegangen. Von der stürmischen Auseinandersetzung am Abend war nichts mehr zu spüren, wir waren alle drei ein wenig distanziert. Wir mussten uns beeilen, aus dem Haus zu kommen, aber wenigstens zankten wir uns nicht wie früher, wenn wir vor dem einzigen Klo in unserem Elternhaus Schlange standen.

«Kommt euch dann Saku angucken, wenn es so weit ist!», rief Eeva, als sie schon im Taxi saß. Wir versprachen, sie in meinem einwöchigen Sommerurlaub Mitte Juli zu besuchen.

Obwohl ich sowieso schon zu spät zur Arbeit kam, hielt ich bei Makes Laden an und spähte hinein. Es war niemand zu sehen, im Radio lief ein alter Schlager von Mauno Kuusisto, der mich an Sanna erinnerte. Sie war dabei gewesen, als ich mich als Minderjährige in die schlechtere Kneipe meiner Heimatstadt eingeschlichen hatte. Alle anderen waren schon über achtzehn. Sanna hatte die Juke-Box gefüttert und immer wieder Kuusisto gespielt, was mich sehr wunderte. Ich hatte mir eingebildet, sie würde nur Heavy oder höchstens noch Bob Dylan hören. Ich sah ihr zynisches Lächeln vor mir, das Bierglas in ihrer Hand, die schwarzen Haare, die ihr ins Gesicht fielen. Was hatte ihr an diesem Lied so gefallen?

«Was darf's sein?» Make tauchte aus dem Lagerraum auf, beladen mit Fußballschuhen. «Schuhe mit stabilen Stollen wären jetzt billig zu haben.»

«Ich hab mich noch nicht zur Frauenliga angemeldet. Vielleicht später mal.» Make erstarrte, er schien den Schlager zu erkennen.

«War das nicht eins von Sannas Lieblingsstücken?», fragte ich. Als Make nickte, fuhr ich fort: «Dieses eine Mal noch, dann erwähne ich Sanna nie mehr, wenn du es nicht selber willst: Was hat Sanna genommen? Hasch, was Stärkeres, Medikamente? Woher hatte sie das Zeug?»

Make strich sich die Haare aus der Stirn. Seine Backenmuskeln arbeiteten, die Finger spielten nervös an den Stollen der Fußballschuhe.

«Drogen hat sie keine mehr genommen, als wir uns kennen gelernt haben. Alkohol ja, und irgendwelche Beruhigungsmittel, Oxepam wahrscheinlich. Ich weiß nicht, wie sie da rankam. Wahrscheinlich kriegt man die überall. Brauchst bloß zum Arzt zu gehen, und der verschreibt sie dir.»

«Gibt's die auch im Fitnesscenter? Da wird doch mit allem Möglichen gehandelt.»

«Mir hat noch keiner was angeboten.»

«Kann es sein, dass Sanna von Armi versorgt wurde?»

Make sah mich an, als wäre ich nicht bei Trost. «Von Armi? Die war doch kein Dealertyp!»

«Ich halte inzwischen alles für möglich», erklärte ich theatralisch und ging. Vielleicht bestand gar keine Verbindung zwischen Armis und Sannas Ermordung, und Mallus Unfall hatte mit der ganzen Sache überhaupt nichts zu tun. War die Phantasie wieder einmal mit mir durchgegangen?

Als ich in die Kanzlei kam, saß Eki im Konferenzzimmer und aß Biskuitrolle mit Schokoladenfüllung. Ich trat mir in Gedanken in den Hintern. Wie hatte ich diesen Mann für einen zweifachen Mörder halten können?

«Gerade hat jemand von der Polizei angerufen. Der Fall Hänninen kommt heute nochmal zur Verhandlung. Es gibt neue Zeugenaussagen, wonach der junge Hänninen sich zur Tatzeit höchstwahrscheinlich nicht mehr bei der Mäenpää aufgehalten hat», erklärte Eki ungerührt, als hätte er nie etwas anderes behauptet.

«Dann hat sich Teemu Laaksonen also schon mit Kommissar Ström in Verbindung gesetzt. Wann beginnt die Verhandlung?»

«Um drei. Ich werde selbst hingehen, als Freund der Familie und Chef der Kanzlei. Bring mich gleich mal auf den neuesten Stand.»

Ich starrte ihn sprachlos an. Verdammt nochmal, ich hatte die ganze Arbeit getan, aber der Kerl wollte die Lorbeeren allein einheimsen. Wieder trat ich mir in den Hintern, um nicht aus der Haut zu fahren. Dann gab ich Eki die allernotwendigsten Informationen. Mehr würde selbst die Polizei nicht aus mir herausholen, jedenfalls nicht bevor ich das, was ich wusste, zu einem schlüssigen Bild zusammengefügt hatte.

Trotzdem, eine ärgerliche Sache. Ich hatte mir schon ausgemalt, wie ich Kimmos Entlassung erkämpfen und Hand in Hand mit ihm das Polizeipräsidium verlassen würde. Wie hatte ich nur so blöd sein können! Dabei hatte Eki nicht mal an Kimmos Unschuld geglaubt. Vielleicht sollte ich die Daten seiner Reise nach Kenia doch überprüfen ...

Zum Glück zwang mich der Anruf eines Klienten, meinen Ärger herunterzuschlucken. Es ging um eine Erbteilung mit Verdacht auf Unterschlagung. Ich überlegte, ob meine Schwestern und ich eines Tages auch so erbittert um den Nachlass unserer Eltern streiten würden. Dabei kam mir der Gedanke, Mallu anzurufen.

«Hallo, Mallu, hier ist Maria Kallio!»

Mallu antwortete mit schleppender Stimme.

«Hat Armi dir jemals Beruhigungsmittel gegeben, ich meine, ohne Rezept, Praxispackungen oder dergleichen?»

«Medikamente? Einmal vielleicht ... Ich hab immer vom Arzt

welche bekommen, auf Rezept und in kleinen Mengen. Warum willst du das wissen?»

«Ich dachte nur ...»

«Und warum hast du mir Teemu auf den Hals gehetzt? Was hast du dem eingeredet? Ich will ihn nie mehr wieder sehen! Der stand plötzlich als tröstender Held vor der Tür. Soll er doch zur Hölle fahren!»

«Hat Teemu dir gesagt, dass Kimmo dank seiner Aussage heute freigelassen wird? Teemu war gegen halb eins bei Armi und kann bezeugen, dass Kimmo schon gegangen war. Er, Teemu, meine ich, hatte dich gesucht, weil er dich vor seiner Reise nochmal sehen wollte ...»

«Ich hab jetzt keine Zeit, mit dir zu quasseln! In einer halben Stunde muss ich in Hellströms Praxis sein und mir irgendwelche Laborergebnisse abholen, die wieder mal bestätigen, dass ich keine Kinder kriegen kann.»

«Mallu, wir müssen miteinander reden! Kann ich um fünf bei dir vorbeikommen?»

«Warum? Ach so, wo Kimmo jetzt freigelassen wird, denkst du natürlich, ich hätte Armi ermordet. Komm ruhig, eine Mordanklage hat mir noch gefehlt.» Damit warf sie den Hörer hin.

Ich arbeitete ein paar Stunden wie verrückt und beschloss dann, meine Mittagspause im Fitnesscenter zu verbringen. Voller Wut schuftete ich an der Beinpresse und schnitt meinem Spiegelbild, dessen Beine die aufgelegten fünfunddreißig Kilo gleichmäßig hin und her bewegten, eine höhnische Grimasse. Die verdammten Affen! Soll Eki sich doch damit brüsten, Kimmo freigepaukt zu haben, und Pertsa kann seinen Mord gefälligst selbst aufklären, sagte ich mir wütend, als ich die Stange fürs Schultertraining zum dreißigsten Mal hochstemmte. Mit Pertsa wollte ich auf jeden Fall noch reden, unter irgendeinem Vorwand, nur um seine Demütigung zu genießen. Vielleicht war ich seine nächste Verdächtige, immerhin war ich ja als Erste am Tatort gewesen. Ob die Polizei inzwischen Armis Haushaltshandschuhe gefunden hatte? Stand überhaupt fest, dass der Mörder Gummihandschuhe getragen hatte?

Als ich die Augen schloss, sah ich Armi mit violett angelaufenem Gesicht auf dem Rasen liegen, ich sah Sanna aus ihrer Weinflasche trinken, sah ein Auto durch eine dunkle Straße brausen, gesteuert von einer Blondine mit rotem Halstuch …

Fang von vorne an, Maria, sagte ich mir. Fang bei Armi an. Bei deiner ersten Hypothese: Armi wurde ermordet, weil sie etwas wusste, was sie dir nicht sagen sollte. Was wusste Armi? Warum brauchte sie deinen Rat?

Das Bodybuilding tat seine Wirkung. Nach einer Stunde Training war ich halb tot und viel ruhiger. Ich saß wieder in der Kanzlei, schlürfte fettfreien Joghurt aus der Literpackung und bereitete mich auf einen Prozess vor, der am nächsten Tag anstand. Da klopfte es.

«Maria! Wieso sitzt du hier, Kimmos Verhandlung beginnt doch gleich!», rief Marita verwundert. Hinter ihr stand Risto.

«Eki hat das übernommen, da bin ich überflüssig», sagte ich verbittert.

«Sie müssen Kimmo freilassen, habe ich gehört», lächelte Risto. «Prima. Auch dir, Maria, herzlichen Dank.»

Aus irgendeinem Grund ging mir Ristos Lob gegen den Strich. Warum waren die beiden überhaupt hier? Sie sollten lieber für Kimmo und Eki den roten Teppich ausrollen.

«Wenn Kimmo unschuldig ist, wer hat Armi dann erwürgt?», fragte Marita schließlich.

«Weißt du das nicht? Dann frag doch Risto!», fuhr ich sie an. Marita sah verwirrt und erschrocken aus. Unter ihrem Ohr war noch ein gelblicher Rest von der Prellung zu sehen, neue waren zum Glück nicht dazugekommen. Oder waren sie unter ihrer Kleidung verborgen?

«Was soll ich denn von der Sache wissen?» Ristos Stimme hatte noch nie so drohend geklungen. Ich stand auf, winkte die beiden in mein Zimmer und schloss die Tür. Mara sprach gerade mit einem Klienten, der meine Gespräche nicht unbedingt mit anhören musste.

«Armi wurde ermordet, weil sie etwas wusste. Sie wusste, dass irgendjemand Sanna umgebracht und auch sonst Verschiedenes getan hatte, was Armi nicht akzeptieren konnte. Vielleicht hat unser Mörder die Angewohnheit, seine Frau zu verprügeln, wie du, Risto. Oder war es dein Vater, der Sanna ins Wasser gestoßen hat? Vielleicht unbeabsichtigt, im Streit?»

Maritas Gesicht war rot und schweißbedeckt, während Risto plötzlich beinahe aussah wie Kimmo gleich nach seiner Verhaftung, verwirrt und bedrückt.

«Hör auf, Sanna da reinzuziehen! Und wenn du mich nochmal ungerechtfertigt beschuldigst, sorge ich dafür, dass du hier rausfliegst!»

«Schlagen willst du mich aber nicht? Oder erwürgen, wie du Armi erwürgt hast?»

Marita holte erschrocken Luft und machte einen Schritt auf mich zu, als wollte sie sich vor Risto in Sicherheit bringen. Risto starrte seine Frau verdutzt an, bis ihm klar wurde, dass sie mir glaubte.

«Marita! Davon ist doch kein Wort wahr! Hast du Maria irgendwelche verrückten Geschichten aufgetischt?» Ristos Stimme klang drohend. An Maritas Stelle hätte ich auch Angst gehabt.

«Marita hat nichts gesagt, ich hab selber meine Schlüsse gezogen. Warum schlägst du deine Frau?»

«Warum ich sie schlage? Streit gibt's in jeder Ehe ... Und unser Familienleben geht dich gar nichts an, Maria. Weder als Juristin noch als Verwandte.»

Ich betrachtete Ristos Hände. Die Hände eines Mannes, der Schreibtischarbeit verrichtet und gelegentlich Tennis spielt. Auf dem Handrücken wuchsen vereinzelte schwarze Härchen, der Ehering war fast einen halben Zentimeter breit. War Armi mit diesen Händen erwürgt worden?

«Risto, wenn du irgendetwas weißt, sag es!», flüsterte Marita, als brächte sie die Worte kaum über die Lippen. Risto starrte sie an, sie rückte immer weiter von ihm ab.

«Ich weiß überhaupt nichts, und ich hör mir den Blödsinn nicht länger an! Ich hol jetzt meinen Bruder aus dem Gefängnis!», brüllte Risto und rannte hinaus. Marita sank auf den Besucherstuhl. Erst als Risto mit heulenden Reifen davongeprescht war, begann sie zu reden.

«Es ist nicht so, wie du denkst, Maria. Risto schlägt mich nicht sehr oft. Er steht nur in letzter Zeit so unter Stress, seiner Firma geht es schlecht, wie allen anderen auch in diesen Zeiten ... Er meint es nicht so, und ich bekomme ja so leicht blaue Flecken.»

«Um Himmels willen, Marita! Das glaubst du doch selber nicht! Du brauchst Hilfe! Prügel darf man sich einfach nicht gefallen lassen. Misshandelt Risto auch die Kinder?»

«Nein ... Das würde ich nicht zulassen.» Marita schüttelte den Kopf, genau wie Antti es tat, wenn ihn etwas bedrückte. «Du weißt ja nicht, wie es ist. Die meiste Zeit ist Risto ganz nett. Und manchmal rege ich mich über irgendetwas auf und fange an zu keifen, und dann schlägt er.»

«Nun gib dir nicht auch noch selbst die Schuld! Hast du mit jemandem darüber gesprochen?»

«Ich hab vorgeschlagen, eine Familientherapie zu machen, damals, als Sanna gestorben ist und Risto so deprimiert war. Aber er wollte nicht, er hatte Angst um seinen Ruf. Hoffentlich weiß Antti nichts davon?» Offenbar war der Gedanke entsetzlicher für sie als die Möglichkeit, dass ihr Mann ein Mörder war.

«Doch, er weiß es. Und er will mit dir reden.»

«Und Vater und Mutter? Wissen die es auch?», schluchzte Marita.

«Nein. Hat Armi davon gewusst?»

«Ja.» Marita schüttelte den Kopf. Es war seltsam, die Gebärde, die ich von Antti kannte, bei einem anderen Menschen zu sehen. «Armi hat mir die Familientherapie empfohlen. Sie meinte, dass Risto ... geheilt werden kann. Prügeln wäre wie eine ansteckende Krankheit, Henrik hätte sie auf Risto übertragen, und Risto müsste behandelt werden, bevor er die Zwillinge ansteckt ... und dann sagte sie noch, Sanna und Kimmo hätten andere Symptome entwickelt. Was hat sie damit wohl gemeint?»

«Sanna hat sich immer Männer gesucht, die sie verprügelten wie ihr Vater. Liegt es an Henriks Gewalttätigkeit, dass er und Annamari getrennt leben? Ist Annamari deshalb so fahrig?»

Marita nickte. In ihren Augen standen Tränen, die dunkelblaue Wimperntusche lief ihr über die blassen Wangen. Ich nahm ein sauberes Taschentuch aus der Schreibtischschublade und redete weiter:

«Ich glaube, dass Sanna sterben musste, weil sie geheilt werden und aus dem Kreislauf von Hass und Demütigung ausbrechen wollte. Sie hatte es endlich gewagt, sich in einen Mann zu verlieben, der nicht darauf aus war, sie zu unterwerfen. Nur passte das irgendwem nicht ins Konzept.»

«Meinst du Risto?»

«Ich bin mir noch nicht sicher. Aber mit dem Prügeln muss jetzt Schluss sein, Marita!»

Ich dachte an Antti, der von der Arbeit an seiner Dissertation erschöpft war, und überlegte, ob ich ihm diese Bürde aufladen durfte. Aber es ging ja um seine Schwester. «Sprich mit Antti. Er wird dir helfen. Geh am besten gleich zu ihm, um diese Zeit macht er meistens Pause.»

«Vielleicht tu ich das wirklich.» Marita rieb sich die Augen und stand auf. Ihre Bewegungen verrieten Entschlossenheit. «Antti ist lieb», sagte sie wie ein Kind. «Sei du auch lieb zu ihm.»

«Bestell ihm Grüße von mir und sag ihm, ich bin spätestens um sieben zu Hause», rief ich ihr nach. Ich trank den restlichen Joghurt und ergatterte im Konferenzzimmer das Endstück der Biskuitrolle. Zum Kaffeekochen hatte ich keine Zeit mehr, ich hoffte, bei Mallu eine Tasse zu bekommen.

Um Punkt fünf Uhr klingelte ich bei ihr. Es war, als ob die Zeit stillstünde, auch auf dem Hof regte sich nichts. Nur die Klingel schallte durch Mallus Wohnung mit den blanken Wänden und dem unvollständigen Mobiliar. Keine Reaktion. Ich drückte noch einmal auf den Klingelknopf. Bei Armi hatte ich auch vergeblich geklingelt. Mir wurde plötzlich mulmig. Ich ging über den Rasen und spähte durch das Küchenfenster. Niemand zu sehen. Durch das große Wohnzimmerfenster an der anderen Seite des Hauses sah ich die halbe Sitzgruppe und den vereinsamten Fernseher. Sonst nichts. Ich rannte zum Schlafzimmerfenster. Es war höher als das Küchenfenster, ich musste halb auf das Fensterbrett klettern, um hineinschauen zu können.

Mallu lag mit geschlossenen Augen schlaff auf dem Bett, umgeben von klassischen Merkmalen für Selbstmord: einer auf den Boden gerollten leeren Pillendose, einer halb vollen Weißweinflasche und einem Stück Papier.

Ich lief zurück zum Wohnzimmerfenster, suchte einen geeigneten Stein und warf die untere Scheibe ein. Nachdem ich mit der Schuhspitze die größten Scherben beiseite geschoben hatte, kroch ich hinein.

Ich schnappte mir das Telefon – zum Glück ein tragbares –, wählte den Notruf und hatte schon einen Blick auf die Pillendose geworfen und Mallus Puls gefühlt, bevor sich jemand meldete. Mallus Herz arbeitete noch, aber der Herzschlag hatte sich bereits verlangsamt, und sie atmete unregelmäßig. Vergeblich versuchte ich sie wachzurütteln.

Um keine Fingerabdrücke zu verwischen, zog ich den Ärmel meiner Bluse über die Hand, bevor ich den Zettel aufhob. Mallu hatte eine winzige Handschrift, ihre Zeilen neigten sich jäh. *Ich kann nicht mehr. Ich bin schuld an Armis Tod. Marja.* Ich überlegte, ob es möglich wäre, den zweiten Satz herauszureißen, die Unterschrift aber stehen zu lassen. Nein, das ging nicht, also steckte ich den Zettel kurzerhand ein. Als die Sanitäter kamen, gab ich ihnen die Telefonnummer von Mallus Eltern und sagte, ich sei nur zufällig vorbeigekommen. Jetzt strömten auch die Nachbarn herbei und versprachen, wegen der eingeschlagenen Fensterscheibe den Hausmeister anzurufen.

Als die Männer Mallu vorsichtig auf die Krankentrage legten, verließ ich die Wohnung. Mallus Nachricht brannte mir in der Tasche. Ich musste sie Pertsa übergeben. Oder doch nicht. Ich wollte immer noch nicht glauben, dass Mallu die Mörderin war.

Ich sprang auf mein Fahrrad und fuhr ohne Ziel davon. Etwas Rotes, Klebriges tropfte auf meine hellbraune Sandale. Ich sah meine Hände an und entdeckte am linken Handgelenk einen blutenden Kratzer. Ich musste mich geschnitten haben, als ich in Mallus Wohnung eindrang.

Mallu musste gewusst haben, dass eine angebrochene Schachtel leichter Beruhigungsmittel und eine halbe Flasche Weißwein nicht ausreichen, um sich das Leben zu nehmen. Was bezweckte sie? Was hatte ihre Nachricht zu bedeuten?

Ich musste in aller Ruhe nachdenken. Instinktiv fuhr ich in Richtung Meer, zuerst unter dem Westring hindurch, am muschelförmigen Mehrzweckgebäude vorbei und schließlich auf einem grasbewachsenen Weg bis zur Mole.

Antti hatte mir erzählt, dass er als Kind oft auf der Mole gesessen und sich vorgestellt hatte, er wäre ein Seeräuber auf der Fahrt zu neuen Abenteuern. Sannas Abenteuer dagegen hatten am Fuß der Mole geendet. Wie kalt und dunkel es gewesen sein musste, als sie starb! Es lag nicht einmal Schnee, der ein wenig Licht in die Märzlandschaft gebracht hätte. Im eiskalten Wasser war sie bestimmt sehr schnell ohnmächtig geworden, zumal sie betrunken war.

Ich ging bis zur Mitte der Mole, fand eine kleine, geschützte Vertiefung, in der ich mich zum Nachdenken niederlassen konnte. Der rötliche Granitstein fühlte sich kühl an, das Moos, das aus einer Felsspalte drang und sich durch sein Grün vom Stein abhob, war weich wie Einsteins Fell. Auf dem Meer kreuzten ein paar Segelboote und ein einsamer Surfer.

War Mallus Nachricht ein Geständnis oder ein Hinweis auf Teemu? Ich holte das Papier aus der Tasche, doch es verriet nicht mehr als die Worte, die darauf standen: *Ich kann nicht mehr. Ich bin schuld an Armis Tod. Marja.* Oder hatte jemand versucht, einen Selbstmord vorzutäuschen wie bei Sanna? Aber wer?

Ich legte mein Gesicht an einen von bronzefarbenen Flechten gesprenkelten Stein und dachte nach. Wie in einem Kaleidoskop kreisten mir Bilder von vergangenen Ereignissen im Kopf herum. Die hoch gewachsene Gestalt im schwarzen Mantel, die mit Sanna an der Mole gewesen war. Sannas Liebhaber. Die Beruhigungsmittel. Der Herr Feind in Sannas Magisterarbeit. Der blonde Autofahrer, der Armis Tuch um den Hals trug. Der Würger, dem Armi ein Glas Saft angeboten hatte. Der Herrenclub bei Ristos Geburtstagsfeier, der über mich herzog. Die warnende Stimme am Telefon, eine Männerstimme, dessen war ich mir sicher.

Männergesichter zogen vorbei: Kimmo, Risto, Make, Hellström, Eki, Teemu ... Sylvia Plath' Gedicht ging mir nicht aus dem Kopf. Ich strich mir die windzerzausten Haare aus dem Gesicht. Stück für Stück erkannte ich das Muster, das sich im Kaleidoskop gebildet hatte.

Herr God, Herr Lucifer, beware, beware. Plötzlich wusste ich, was geschehen war. Ich stand auf und machte mich auf den Weg zu Armis Mörder.

Fünfzehn

Herr Luzifer

Schwer atmend stand ich vor dem Haus des Mörders. Ich klingelte stürmisch und zwang mich zu lächeln, als der Mann öffnete.

«Schön, dass du zu Hause bist. Darf ich reinkommen?»

Es war still in der Wohnung, der Mann schien allein zu sein. Das war mir nur recht; bei dem Match, das uns bevorstand, brauchten wir keine Zuschauer. Der Mann führte mich in die Küche. Ich setzte mich auf einen Holzstuhl in der Nähe der Tür und knipste unbemerkt das Tonbandgerät in meinem Rucksack an.

Es fiel mir schwer, ruhig zu bleiben. Als mir die Zusammenhänge klar geworden waren, hatte ich sekundenlang triumphiert, doch dann hatte mich die Wut gepackt. Mit welchem Recht hatte dieser verdammte Kerl Armi und Sanna ermordet und das Leben ihrer Angehörigen durcheinander geworfen? Ich schwor mir, ihn zu stellen, wusste aber nur zu gut, dass damit keinem von uns geholfen war. Jeder, der mit einem Mordfall in Berührung kommt, trägt Narben davon.

«Darf ich dir einen Kaffee anbieten?»

Ich schüttelte den Kopf. Er goss sich selbst einen Becher ein, nahm dann eine Kognakflasche und zwei Gläser aus dem Schrank.

«Einen Kognak? Du hast doch heute Grund zum Feiern, nach der Freilassung deines Klienten.»

Er goss eins der bauchigen Gläser gut zur Hälfte voll und trank in großen Schlucken. Seine Haare glänzten im Sonnenlicht.

«Ja gern, ein wenig.»

Ich schaute zu, wie er eine großzügige Portion von dem rötlichen Getränk in den Kristallschwenker goss, nippte aber nur vorsichtig: Ich musste einen klaren Kopf behalten. Die Schnittwunde an meiner Hand blutete nicht mehr und brannte nur ganz leicht, als ich sie mit Kognak betupfte.

«Ich werde erst feiern, wenn die Wahrheit ans Licht gekommen ist», sagte ich und schaute dem Mann in die Augen. Seine langen schwarzen Wimpern flatterten, er wandte den Blick ab.

«Und du meinst, ich könnte dir bei der Wahrheitssuche behilflich sein?» Er lächelte scheinbar amüsiert, aber ich merkte, wie sein Körper sich spannte.

«Heute ist kein Freudentag. Ich habe gerade Mallu Laaksonen ins Krankenhaus bringen lassen. Selbstmordversuch. Kein Grund zur Aufregung», beschwichtigte ich, denn er war aufgesprungen, als wolle er sofort an Mallus Krankenlager eilen. «Sie wird es überleben.»

«Aber weshalb wollte sie sich denn das Leben nehmen?» Er trank sein Glas leer und schenkte sich gleich wieder nach.

Ich berichtete ihm, was in Mallus Abschiedsbrief stand. Er wirkte erstaunt. «Sie hat Armi also wirklich umgebracht? Warum denn nur?» Seine Schultern entspannten sich.

«Nein, sie war es nicht. Mallu glaubte, jemand anders hätte Armi ihretwegen getötet. Sie hat versucht, ihren Mann zu schützen.» Ich trank noch ein Schlückchen Kognak und überlegte, wie ich mein Netz ausspannen musste, damit der Mann sich hoffnungslos darin verstrickte. «Mallu dachte, für den Unfall, bei dem sie ihr Kind verloren hat, wäre Armi verantwortlich gewesen.»

«Und deshalb musste Armi sterben?» Er klang skeptisch.

«Armi hatte den Wagen gar nicht gefahren. Derjenige, der

wirklich am Steuer gesessen und Fahrerflucht begangen hat, der hat sie ermordet. Armi wusste nämlich, wer am Abend des Unfalls ihr rotes Tuch getragen hat.»

Der Mann sah mich ungläubig an. «Wegen so etwas bringt man doch keinen um.»

«Das war nicht der einzige Grund, weshalb Armi sterben musste. Sie wusste noch mehr über diesen Mann. Zum Beispiel, dass er Sanna Hänninens Liebhaber war und Sanna getötet hat, als sie mit ihm Schluss machen wollte. Ich weiß nicht, wieso Armi die Sache jetzt auf einmal enthüllen wollte, wahrscheinlich, weil die Laaksonens sich getrennt haben. Sanna hatte sich ihr Unglück zum Teil selbst zuzuschreiben, dachte Armi vermutlich, aber die Laaksonens sind unschuldig.»

Der Mann starrte mich an, seine Augen wurden immer dunkler und seine Nackenmuskeln spannten sich, doch er sagte leichthin:

«Eine phantastische Geschichte. Ich brenne darauf, zu erfahren, wer der Schurke ist.»

«Das weißt du doch selbst am besten, Herr Doktor. Ich komme mir ziemlich blöd vor, weil ich nicht gleich begriffen habe, dass du Sannas Liebhaber warst.»

Ich ließ meinen Blick über die Haare des Mannes schweifen, über die grauen Schläfen, die gelblich verfärbten, runzligen Hände. Herr Doktor, Herr Luzifer, Herr Tod. Eine plötzliche Handbewegung ließ mich auffahren, aber er kramte nur nach seinen Zigaretten. Seine Hände zitterten so stark, dass es ihm erst nach mehreren Anläufen gelang, sich eine Zigarette anzuzünden. Seine Stimme dagegen blieb ruhig und beherrscht.

«Kimmo Hänninens Verteidigung hat dich wohl überanstrengt. Die weiteren Ermittlungen solltest du der Polizei überlassen, die denkt sich vielleicht eine überzeugendere Geschichte aus.» Es hörte sich an, als ob Hellström mir ein Medikament verordnete.

«Nimm ein paar Oxepam, dann verschwinden die Halluzinationen, oder was? Natürlich warst du derjenige, der Sanna mit Tabletten versorgt hat. Wie konntest du nur so dumm sein, dich mit einer Patientin einzulassen! Ich habe Sanna gekannt, ich erinnere mich, wie bezaubernd sie sein konnte, aber trotzdem ...»

Hellström gab keine Antwort, er starrte wortlos vor sich hin. Draußen radelte unter gehörigem Lärm eine Gruppe von jungen Burschen vorbei, die untereinander schwedisch sprachen, aber finnisch fluchten.

«Hat Sanna dir gedroht, euer Verhältnis publik zu machen? Das hätte dir gefährlich werden können. Niemand sollte wissen, dass du eine Patientin missbraucht hast, dass sie mit dir ins Bett gehen musste, um Tabletten zu bekommen. Wahrscheinlich hat es nach der zweiten Abtreibung angefangen, als Hakala ins Gefängnis musste. Sanna hielt es ohne Beruhigungsmittel nicht aus, und du hast dich gern überreden lassen, ihr welche zu besorgen.»

«Und wenn ich Sanna tatsächlich Medikamente gegeben hätte – das ist doch kein Verbrechen, im Gegenteil, das gehört zu meiner Tätigkeit als Arzt.»

«Es gehört aber nicht zu den ärztlichen Pflichten, mit seelisch labilen Patientinnen zu schlafen.»

«Sanna wusste ganz genau, was sie tat!» Hellströms Selbstbeherrschung begann zu bröckeln. «Um den kleinen Finger hat sie mich gewickelt. Ich wäre wie ein Vater, bei mir fühlte sie sich geborgen – alles geschwindelt! Hinter den Tabletten war sie her, nicht hinter mir. Und dann hat sie den Ruosteenoja kennen gelernt, diesen Flegel, und prompt beschlossen, ein neues Leben zu beginnen. Ha! Als wenn man von Alkohol und Tabletten einfach so wegkäme!»

«Immerhin wollte sie es versuchen, aber du hast ihr auch diese Chance genommen.» Ich spürte die Wut wieder hochkommen. Hellström sah mich neugierig an, als warte er darauf, was ich als Nächstes zu sagen hatte.

«Und das mit dem Auto? Was hast du dir da zusammenphantasiert?» Die aufgesetzte Munterkeit konnte seine Wut nicht völlig verbergen.

«Teemu Laaksonen will den Fahrer gesehen haben, er soll blond gewesen sein und Armis rotes Tuch um den Hals gehabt haben. In einem bestimmten Licht wirken deine grauen Haare fast weißblond. Als du Mallu am Morgen nach dem Unfall behandelt hast, warst du erkältet. Wahrscheinlich hattest du das Tuch in deinem Sprechzimmer gefunden und um deinen kranken Hals gewickelt. Bei genauerem Nachdenken hat Armi sich dann wohl erinnert, dass sie ihr Tuch gerade an dem Tag in der Praxis liegen gelassen hatte.»

«Ich bin Arzt. Selbstverständlich hätte ich in so einer Situation angehalten.»

«Es sei denn, du warst betrunken. Ich habe läuten hören, dass du selber einen ziemlichen Medikamentenkonsum hast. Nehmen wir mal an, du hattest versucht, deine Erkältung mit Alkohol und Tabletten zu kurieren, und warst nicht mehr fahrtüchtig. Vom Fahrersitz aus konntest du nicht sehen, wie es Mallu ergangen war, vermutlich hast du sie nicht mal erkannt. Das war unterlassene Hilfeleistung! Ein schlimmes Delikt, besonders für einen Arzt.»

Ich dachte an Mallus vor der Zeit gealtertes Gesicht und an das Haus in Lippajärvi, wo alles Leben zum Stillstand gekommen war. Nun verstand ich Armis Beweggründe und wusste auch, weshalb sie so darauf gedrängt hatte, mit mir zu reden.

Hellström steckte sich die nächste Zigarette zwischen die Lippen.

«Du hast keinerlei Beweise.» Zu meiner Freude hörte ich einen ängstlichen Unterton heraus.

«Ich habe zwei Zeugen. Der eine hat beobachtet, wie du Sanna in deinem Sprechzimmer geküsst hast, der andere hat dich mit Sanna an der Mole gesehen, an dem Abend, als sie starb. Er wird dich sicher identifizieren können. Dann wird man sich natürlich fragen, weshalb du über diese Begegnung geschwiegen hast.»

«Kann jemand nach mehr als einem Jahr einen Menschen identifizieren, den er aus hundert Meter Entfernung gesehen hat? Wohl kaum. Bei dem Nebel hat der alte Gassigeher sowieso nichts gesehen.»

«Woher weißt du, dass mein Zeuge ein älterer Mann ist und einen Hund hat?» Ich umklammerte den Riemen meines Rucksacks. Hellström war mir zum ersten Mal in die Falle gegangen, und ich hatte seinen Lapsus auf Band.

«Mann oder Frau, was spielt das für eine Rolle. Mit derart vagen Aussagen kommst du vor Gericht nicht durch.»

«Es gibt noch mehr Beweise, zum Beispiel Sannas Magisterarbeit. In einem Gedicht von Sylvia Plath, das Sanna gründlich analysiert hat, heißt die zentrale Gestalt Herr Doktor, Herr Enemy. Wie ich und E., hat Sanna an den Rand geschrieben. E. wie Erik. Wenn man Sannas Analyse richtig liest, findet man darin ihre Beziehung zu dir beschrieben. Deshalb hat sie das Gedicht auf ihren Schreibtisch gelegt, an ihrem dreißigsten Geburtstag, der ihr Todestag wurde. Sie wollte keineswegs ihren Selbstmord ankündigen, im Gegenteil, für sie markierte dieses Gedicht den Beginn eines neuen Lebens.»

«Weibergeschwätz», schnaubte Hellström abfällig, als wäre ich eine eingebildete Kranke, die davon überzeugt ist, an Gebärmutterkrebs zu leiden. «Woher hätte Armi das alles denn wissen sollen? Und warum hätte sie bis jetzt geschwiegen?»

«Armi hat die Medikamentenvorräte und die Rezeptkopien überprüft und einfach zwei und zwei zusammengezählt. Sie wusste von dem Verhältnis zwischen dir und Sanna, hat Annamari gegenüber sogar Andeutungen gemacht, aber Annamari wollte ihr natürlich nicht glauben. Armi hat ja zu gern Informationen gehortet. Jetzt war der richtige Zeitpunkt gekommen, sie preiszugeben. Warum, das weißt du wahrscheinlich besser als ich.»

Ich starrte in Erik Hellströms braune Augen. Heute saßen wir nicht in seiner Praxis, heute stellte ich die Diagnose. Endlich hatte ich alle Symptome erkannt.

«Ich hatte die ganze Zeit das Gefühl, dass Armi an ihrem Todestag etwas ganz Wichtiges erfahren hat, und zwar von Teemu Laaksonen. Er hat ihr noch einmal erzählt, wie der Fahrer des Unfallwagens aussah. Armi war unvorsichtig. Als Teemu gegangen war, hat sie dich angerufen und gesagt, jetzt wäre sie sich ihrer Sache sicher. Wenn sie geredet hätte, wärst du erledigt gewesen. Also bist du zu ihr gerast, hast vergeblich versucht, sie zu überreden, und sie schließlich erwürgt. Du hattest zufällig Einmalhandschuhe in der Tasche – vielleicht trägt ein richtiger Arzt so etwas immer bei sich. Die sind inzwischen natürlich längst verbrannt oder vermodern auf der Müllkippe. Du hast Glück gehabt, dass dich niemand gesehen hat.»

«Und damit willst du zur Polizei gehen? Was du dir da zusammenspinnst, glaubt dir sowieso keiner. Wenn die Polizei Marja Laaksonens Abschiedsbrief findet, wird man ja wohl davon ausgehen, dass sie die Täterin ist ...»

«Hat sie dir heute erzählt, dass sie Teemu verdächtigt? Und du hast sie in ihrem Verdacht bestätigt?»

Hellströms Miene verriet mir, dass ich richtig geraten hatte.

«Du hättest ihr noch eine Schachtel Beruhigungsmittel mitgeben sollen. Zum Teufel nochmal, genau das hast du getan, stimmt's? Aber, werter Herr Doktor, die Polizei wird den Brief nicht finden. Ich habe ihn eingesteckt ...»

Sein Blick wurde fahrig, gleich würde er sich auf mich stürzen.

«Halt, lass mich ausreden! Der Brief ist an einem sicheren Ort verwahrt», log ich. «Und natürlich verrate ich dir nicht, wo ich ihn deponiert habe. Es liegt also in deinem Interesse, dass ich am Leben bleibe. Du überlegst dir doch die ganze Zeit, wie du mich ausschalten kannst.»

Hellström ließ seine Zigarette einfach fallen, als merkte er gar nicht, was er tat. Er verlor zusehends die Beherrschung, wie bei Armi und Sanna. Wann würde er angreifen? Meine alte Dienstwaffe wäre mir jetzt sehr gelegen gewesen.

«Kommissar Ström ist nicht dumm. Wenn er meine Geschichte hört und die entsprechenden Zeugen befragt, bist du dran. Im Übrigen nehme ich an, dass Mallu am Leben bleibt, so stark ist Oxepam nicht. Als ich in ihre Wohnung kam, hatte sie offenbar gerade erst das Bewusstsein verloren. Eine kleine Magenspülung, und sie ist wieder auf dem Damm. Und wenn Mallu erzählt, dass sie sich das Leben nehmen wollte, weil sie Teemu für den Täter hielt, dann hast du ausgespielt.»

Hellström zündete mechanisch die nächste Zigarette an. Das Zimmer war völlig verqualmt, der Rauch drang mir in die Lungen und setzte sich in meinen Haaren fest.

«Das Geschwätz von zwei hysterischen Weibern gegen das Wort eines angesehenen Arztes – was glaubst du wohl, was mehr wiegt? Wie unglaublich dumm von dir, hier aufzutauchen und mir zu verraten, wie viel du weißt! Du bist genauso blöd wie Armi. Sie hat mich nicht direkt erpresst, nur gefragt, ob ich selbst zur Polizei gehe oder ob sie es tun muss. Bis zu dem Morgen hatte ich keine Ahnung, dass sie über Sanna Bescheid wusste. Ich dachte, es ginge nur um Marjas Unfall. Da hätte mir keiner was nachweisen können. Aber mein Verhältnis mit Sanna, das war etwas anderes. Armi hatte Sannas vorletztes Tagebuch in ihren Besitz gebracht, sie hatte es Kimmo geklaut und natürlich gelesen. Weißt du, was Sanna immer gesagt hat? Armi bringt nichts als Ärger. Damit hatte sie verdammt Recht!»

Hellström versuchte zu lachen, aber ich sah ihm an den Augen an, dass er mich gleich attackieren würde. Ich stand vorsichtig auf und machte mich bereit, loszupreschen, was die Beine hergaben. Aber er setzte mir schon nach, als ich gerade erst bis zur Küchentür gekommen war. Hellström war zwanzig Zentimeter größer und sicher dreißig Kilo schwerer als ich. Als er zum Sprung ansetzte, warf ich mich zur Seite, und er stürzte krachend zu Boden. Er rappelte sich hoch, aber ich war schneller und besser in Form. Außerdem hatte Hellström keine Vorstellung davon, wie stark ich trotz meiner geringen Körpergröße war. Er verfolgte mich durch die große Diele im Obergeschoss und trieb mich ins Bibliothekszimmer. Als er versuchte, mich am Bein zu packen und zu Fall zu bringen, trat ich ihm mit voller Wucht gegen das Kinn. Sein Kiefer brach mit einem entsetzlichen Geräusch, trotzdem bemühte er sich unbeirrt, mein Bein zu ergreifen. Ich schlug ihm die Brille von der Nase und wollte zur Haustür laufen, doch da erwischte er mich am Knöchel, hängte sich mit seinem ganzen Gewicht an mich und versuchte mich ins Strauchln zu bringen.

Ich trat wild um mich, doch es gelang mir nicht, mich aus seinem Griff zu befreien. Da packte mich plötzlich eine neue, kalte Wut. Es ging nicht nur um mich; auch um Armis, Sannas und Mallus willen musste ich den Kampf gewinnen. Ich bückte mich und biss in die Hand, die mich festhielt. Da ließ Hellström los.

Ich sah mich um und suchte nach einer passenden Waffe, mit der ich ihn k. o. schlagen konnte. Auf dem Regal stand eine Bronzestatue, die mir geeignet schien. Hellström, der meine Absicht erriet, versuchte mir zuvorzukommen. Da trat ich ihm in den Magen und setzte gleich noch einen Faustschlag nach, der das bereits lädierte Kinn traf. Die Statue brauchte ich gar nicht mehr, denn mein rechter Haken tat seine Wirkung: Hellström lag reglos auf dem purpurroten Teppich vor dem Regal.

Mit dem Verbindungskabel der Stereoanlage fesselte ich ihm die Hände auf dem Rücken und rief die Polizei an. Hellström atmete gleichmäßig; es würde nicht lange dauern, bis er wieder zu Bewusstsein kam. Der Dienst habende Beamte versprach, einen Streifenwagen zu schicken und Pertsa zu informieren.

Hellström würde kaum im Obergeschoss aus dem Fenster springen, also hob ich meinen Rucksack auf, zog den Schlüssel ab, der von innen an der Tür des Bibliothekszimmers steckte, schloss Hellström ein und lief ins Erdgeschoss, um ein dickeres Seil und eine behelfsmäßige Waffe zu suchen.

Gerade hatte ich in einer Küchenschublade ein Furcht erregendes Brotmesser entdeckt, als im Flur ein Poltern zu hören war. Hellström hatte sich befreit! Verdammt, natürlich hatte ich vergessen, seine Taschen zu durchsuchen, in denen wahrscheinlich Zweitschlüssel steckten. Blut tropfte ihm vom Kinn, doch er rannte blindlings aus dem Haus und knallte mir die Tür ins Gesicht. Obwohl er nur zehn Meter Vorsprung hatte, holte ich ihn erst ein, als er die Autotür zuschlug. Er raste über den Hof auf die Straße und zögerte nur kurz, als er den herannahenden Streifenwagen bemerkte. Dessen Fahrer brauchte etwas länger, um die Situation zu begreifen. Er stellte sogar den Motor ab, startete aber schleunigst wieder, als ich mich auf den Rücksitz warf und schrie, er solle die Verfolgung aufnehmen.

Es war anzunehmen, dass Hellström über den Westring in Richtung Hankoo zu entkommen versuchte, denn die Umgehungsstraßen und die Helsinkier Innenstadt waren um diese Zeit verstopft. Der Streifenwagen gab Beschreibung und Kennzeichen von Hellströms BMW an alle Streifen im Großraum Helsinki durch.

Plötzlich drang die Stimme von Pertsa Ström aus dem Funkgerät.

«Weiß jemand, wo diese verfluchte Kallio steckt?»

Ich schnappte mir das Mikrofon, stellte das Tonbandgerät an und spielte Pertsa die entscheidenden Stellen vor. Er hörte sie sich leise fluchend an, und ich fragte mich, wo mein Triumphgefühl blieb.

«Hellström wäre als Nächster dran gewesen, nachdem ich Hänninen laufen lassen musste», blaffte Pertsa schließlich. «Zum Donnerwetter, Kallio, du hättest mich mitnehmen sollen! Ohne Verstärkung nimmt man keine Verhaftungen vor, so viel solltest du auf der Polizeischule wenigstens gelernt haben!»

Wir wurden von einer Durchsage unterbrochen: Der BMW

des Arztes war soeben auf die äußere Umgehungsstraße eingebogen und fuhr Richtung Osten. Pertsa war gerade auf dem Westring bei der Abfahrt Espoo-Zentrum. Er teilte mit, er werde Hellström entgegenfahren, und fügte hinzu:

«Maria, es wird dich sicher interessieren, dass die Schwester von der Mäenpää das Bewusstsein wiedererlangt hat. Wir können sie heute Abend noch vernehmen.»

Ich lehnte mich zurück und schluckte die aufsteigenden Tränen herunter, erleichtert, dass außer mir noch jemand Hellströms Klauen entronnen war. Wir fuhren weiter Richtung Kauklahti und waren gerade auf die Umgehungsstraße eingebogen, als sich Pertsa wieder meldete, diesmal in heller Aufregung.

«Objekt von zwo gesichtet, einen Kilometer südlich von Kauklahti. Wir haben die Verfolgung aufgenommen. Achtung, alle Einheiten nach Kauklahti!»

Es rauschte und knackte, dann brach die Verbindung ab. Vor uns sahen wir eine aus zwei Streifenwagen und einem Nagelteppich errichtete Straßensperre – irgendwer hatte fix reagiert. Mit heulenden Sirenen schlängelten wir uns durch den stehenden Verkehr. Ich versuchte, unter den Polizisten, die wartend in ihren Autos saßen, Pertsa zu entdecken. Plötzlich hörte ich seine Stimme durchs Megaphon:

«Achtung, er kommt!»

Polizeikellen und Waffen wurden gezückt, und drei Megaphone bellten Stoppbefehle, als der weiße BMW in rasender Geschwindigkeit über die Hügelkuppe schoss, mindestens zwei Streifenwagen hinter sich. Von da an ging alles ganz schnell. Der BMW verlangsamte seine Fahrt nicht. Als Hellström den Nagelteppich bemerkte, riss er das Steuer herum und hielt direkt auf den Wald zu. Er hatte mindestens hundertfünfzig Sachen drauf, der Wagen pflügte zwanzig Meter Gestrüpp um, bevor er gegen eine Felswand knallte.

Jede Hilfe kam zu spät. Der BMW war um die Hälfte kürzer; wie viel von Hellström übrig war, wollte ich erst gar nicht wissen.

Sechzehn

Maria Marple

Sonnenlicht fiel durch die dicht belaubten, schwer herunterhängenden Zweige der Birken auf dem alten Friedhof. Die Schatten der Bäume auf dem Sandweg veränderten ihre Gestalt, sooft ein Windstoß durch die Zweige fuhr. Licht und Schatten wechselten, das rötliche Fell des Eichhörnchens, das von einem Grabstein zum anderen hüpfte, färbte sich dunkel, wenn es aus der Sonne in den Schatten sprang.

Wir suchten Sannas Grab. Antti, der damals an der Beerdigung teilgenommen hatte, glaubte den Stein wieder zu erkennen, wenn er ihn sähe. Im Vorbeigehen betrachtete ich die verblichenen Buchstaben auf den Grabsteinen, entdeckte hier und da einen bekannten Namen. Ich setzte mich auf eine rostige Bank und ließ Antti allein weitersuchen.

Die letzten Tage waren die reine Hölle gewesen. Sobald Hellströms Überreste geborgen waren, hatte mich Pertsa einem scharfen Verhör unterzogen. Er hatte mich in sein Auto bugsiert und nach Nihtisilta gebracht, wo ich ihm fünfmal nacheinander erzählen musste, was passiert war. Dann hatte er gedroht, mich in die Zelle zu stecken, in der bis vor einigen Stunden Kimmo gesessen hatte.

«Ich könnte dich zigmal belangen, Kallio, unter anderem wegen Beweisunterdrückung, Unterschlagung eines Abschiedsbriefes, Körperverletzung und Freiheitsberaubung. Zu schade, dass man dich nicht wegen Gefährdung deines eigenen Lebens anklagen kann. Warum lässt du die Polizei nicht ihre Arbeit tun? Du warst immer schon verdammt ungeduldig; wenn du noch zwei Tage gewartet hättest, wären wir dem Medizinmann auch auf die Spur gekommen.»

«Wenn ich eine mickrige halbe Stunde gewartet hätte, wäre Marja Laaksonen jetzt tot.»

«Vielleicht hätte sie sich erst gar nichts angetan, wenn du sie nicht so beunruhigt hättest. Und ohne dich wäre der verdammte Gynäkologe auch noch am Leben.»

«Dann zeig mich doch gleich wegen Mordes an, Himmel, Arsch und Zwirn! Dass sich jemand bei mir bedankt, hab ich sowieso nicht erwartet, aber ausruhen würd ich mich schon ganz gern. Also, nimm mich meinetwegen fest und sperr mich ein!»

«Immer musst du die Abgebrühte spielen, das war schon auf der Polizeischule so. Du lebst im falschen Land, Kallio! Privatdetektive brauchen wir in Finnland nicht. Wenn du deine Himmelfahrtsnase unbedingt in anderer Leute Angelegenheiten stecken willst, solltest du lieber wieder bei der Polizei anfangen.»

«Ich hab schon zweimal festgestellt, dass das nicht der richtige Job für mich ist. Da müsste ich nämlich mit Arschlöchern deines Kalibers zusammenarbeiten!»

Von dem Tisch, an dem der Rotschopf saß und protokollierte, kam ein leises Glucksen. Man konnte förmlich hören, wie Pertsa innerlich bis zehn zählte.

«Verdammt nochmal, du lässt dir wirklich nichts sagen!», brüllte er mit schweißglänzendem Gesicht. «Bilde dir bloß nicht ein, dass ich dir auch nur eine Träne nachweine, wenn man dich eines Tages scheibchenweise aus dem Graben fischt, weil du dich wieder mal in Dinge eingemischt hast, die dich nichts angehen!»

Plötzlich ging mir ein Licht auf. Da war doch diese heisere Männerstimme gewesen, die mir riet, mich nicht in Dinge einzumischen, die mich nichts angingen.

«Pertti Ström, blas dich mal ja nicht so auf, von wegen mich anzeigen! Glaubst du etwa, ich hätte einen gewissen Drohanruf nicht auf Band aufgenommen ...» Pertsas verlegenes Gesicht bestätigte mir, dass ich ins Schwarze getroffen hatte.

«Unser kleines Mädchen hat einen harten Tag hinter sich, scheint mir. Jetzt kriegt sie schon Gedächtnisstörungen. Bring sie nach Hause, Puupponen!», knurrte Ström.

Am nächsten Tag brachte mir Puupponen das Vernehmungsprotokoll zum Unterschreiben. Pertsa würde mir fortan aus dem Weg gehen, und das konnte mir nur recht sein. Ich fragte mich, ob er sich auch an meinem Fahrrad zu schaffen gemacht hatte. Nein, wohl nicht, verbale Einschüchterung war eher sein Stil. Wahrscheinlich hatte Hellström an meinem Rad herumgedoktert, aber das würde ich nie erfahren.

Zu Hause hatte mich Antti mit der nächsten Strafpredigt empfangen. Auch er fand es unverantwortlich, ein solches Risiko einzugehen, und wollte wissen, warum ich nicht wenigstens ihn mitgenommen hatte.

«Ich brauch keinen Leibwächter, ich kann selbst auf mich aufpassen, verdammt!»

«Ist das Leben mit dir immer so eine Achterbahnfahrt?»

«Das musst du schon selber rausfinden, wenn du dich traust!»

Türenknallend war ich ins Bad gerannt, hatte mir die schmutzigen Kleider vom Leib gerissen und unter der heißen Dusche ein paar Tränen vergossen, bis Antti kam und sich mit mir aussöhnte. Die Dusche lief, sie lief eine lange Zeit, während wir uns liebten.

Gestern ist Armi beerdigt worden. Nach Kimmos Freilassung konnten die Ermittlungen im Eiltempo abgeschlossen werden. Eine ganze Reihe von Armis Nachbarn, unter anderem Kerttu Mannila, erinnerten sich, Hellströms BMW zur Tatzeit auf dem Schulhof an der Jousenkaari gesehen zu haben. Unter den Marmeladengläsern in Armis Keller, in eine Plastiktüte gewickelt, hatte man Sannas vorletztes Tagebuch gefunden, das meine Vermutungen über das Verhältnis zwischen Sanna und ihrem Arzt bestätigte.

Eki hatte sich mit Hellströms Frau in Nizza in Verbindung gesetzt. Auch sie hatte von dem Verhältnis gewusst und Eki bei einem Gespräch über eine eventuelle Scheidung davon erzählt. Er wiederum hatte von Sanna erfahren, dass Hellström ihr nach Lust und Laune Beruhigungsmittel verschrieb. Die Seiten, die er aus dem Ordner entfernt hatte, enthielten Notizen über dieses Gespräch. Eki behauptete, er sei überzeugt gewesen, diese Geschichte hätte nichts mit Sannas Selbstmord oder Armis Ermordung zu tun, aber ich wurde den Verdacht nicht los, dass er die Wahrheit geahnt hatte und Hellström aus irgendeinem Grund schützen wollte. Im Übrigen schwante mir, dass ich mir in allernächster Zeit überlegen musste, ob Henttonens Anwaltskanzlei wirklich das Richtige für mich war. Vorher wollte ich aber noch meine kurzen Sommerferien genießen.

Doris Hellström hatte sich im März zufällig in Finnland aufgehalten. Ihr Mann war eines Abends erkältet und betrunken nach Hause gekommen und musste am nächsten Morgen schon früh ins Krankenhaus, um Marja Laaksonen zu behandeln. Daran erinnerte sie sich ebenso wie an das veilchenrote Tuch, das ihr Mann damals um den Hals trug.

«Es war typisch für Armi, zunächst Unmengen von Informationen zu sammeln und erst dann etwas zu unternehmen», sagte Kimmo bei Armis Gedenkfeier. «Bestimmt hat sie von Anfang an geahnt, dass an Sannas Tod etwas faul war. Sie hat ständig Andeutungen in der Richtung gemacht, das wird mir jetzt erst klar. Deshalb hat sie wohl auch Sannas Tagebuch geklaut. Sie war ja dabei, als wir Sannas Papiere verbrannt haben. Hätte ich ihr doch bloß richtig zugehört!»

Kimmo hatte erst nach seiner Freilassung wirklich um Armi trauern können. Diese Trauer ließ sich nicht einfach abschütteln, sie würde ihn noch lange begleiten. Als er erfuhr, dass Hellström sowohl Sanna als auch Armi ermordet hatte, war Kimmo ausgerastet, hatte geschrien und geflucht, wenn Hellström noch am Leben wäre, würde er ihn eigenhändig umbringen. Seine Raserei machte mich nachdenklich: Ich hatte mir eingebildet, er könnte niemanden töten, aber wahrscheinlich war dazu jeder fähig. Auch ich hatte mich immerhin nach Hellströms Bronzestatue gereckt.

Trotzdem wollte ich Kimmos Schuldgefühl lindern.

«Armi war wie ich. Wahrscheinlich hätte sie sich deine Ratschläge angehört und dann doch getan, was sie wollte.»

«Nein, sie war wie ich», mischte sich Mallu ein. «Wenn sie sich was in den Kopf setzte, war sie nicht mehr davon abzubringen. Sie hatte die fixe Idee, sie müsste Hellström für seine Taten zur Verantwortung ziehen. So war Armi schon als Kind, selbst ein bisschen schüchtern, aber immer bereit, es denen zu zeigen, die andere quälen. Wahrscheinlich wollte sie sich diesmal in Sannas und meinem Namen an Hellström rächen.»

«Aber das hat ja dann unsere Miss Maria Marple erledigt», versetzte Antti. «Beruht deine geniale Lösung des Falls auf der Prämisse, dass chauvinistische Männer durch die Bank Schurken sind?»

Ich schnitt ihm eine Grimasse, bevor mir einfiel, dass sich so etwas auf einer Gedenkfeier nicht schickt.

«Nein, auf Hellström bin ich erst gekommen, als ich alle anderen durchhatte.»

Erst nachdem ich Mallus Wohnung verlassen hatte, war mir klar geworden, dass das Schema, das ich um Eki herum konstruiert hatte, viel besser passte, wenn Hellström der Täter war. Sanna und der Doktor, natürlich! Teemu Laaksonen hatte meine Schal-Theorie bestätigt. Am Tag vor dem Unfall war er Armi begegnet, die das rote Tuch um den Hals gehabt hatte. Deshalb hatte ihm sein Unterbewusstsein einen Streich gespielt. Mallu und Teemu hatten sich gegenseitig verdächtigt, und Hellström hatte Mallu in ihrem Verdacht bestätigt.

«Nach Armis Tod war ich nicht mehr ganz bei mir», erklärte

Mallu. Ihre Augen waren gerötet, und nach ihrem Selbstmordversuch hatte sie noch mehr Gewicht verloren, aber sie schien den Tiefpunkt überwunden zu haben.

«Zum Schluss hab ich nur noch gedacht, ich will aus alldem raus ...»

Aber du hast genau gewusst, dass ich um fünf Uhr kommen würde, dachte ich, sagte aber nichts. Mallu und Teemu hatten beschlossen, ihre beiden Hälften der Möblierung wieder zu vereinen. Ob das nun Verrücktheit war oder Mut, wusste ich nicht recht. Jedenfalls schienen sie sich zu brauchen, sie hielten sich aneinander fest wie verängstigte Kinder an ihrem Kuscheltier.

Das Haus in Lippajärvi hatte sich mit Trauergästen gefüllt. Von draußen waren fröhliche Stimmen zu hören, Stimmen voller Leben: Make war mit Matti und Mikko zum Fußballspielen auf den Hof gegangen. Die Wahrheit über Sannas Tod hatte Make noch einmal in eine Krise gestürzt. Als ich ihm eines Abends im Fitnesscenter begegnet war, hatte ich mit Engelszungen auf ihn eingeredet, bis er mir endlich glaubte, dass er Sanna nicht hätte retten können, selbst wenn er an jenem Abend stocknüchtern gewesen wäre. Früher oder später hätte Hellström sie doch umgebracht, sagte ich. Ob das stimmte, stand auf einem anderen Blatt.

In ihrem Tagebuch, das im Januar, zwei Monate vor ihrem Tod, endete, hatte Sanna sehr lieb von Make gesprochen. Sie hatte in ihm den jungen, makellosen Retter gesehen, der sie von Männern wie Ode Hakala und Herr Doktor, Herr Enemy befreien würde.

«Armi hat mir immer wieder gesagt, ich hätte Sanna sehr glücklich gemacht», hatte Make gesagt und sich auf die Lippen gebissen, als ich ihm von Sannas Tagebucheintragungen erzählte. «Ich hab sie gefragt, woher sie das wissen will, aber das konnte sie mir angeblich nicht verraten. Ich dachte, sie wollte mich nur trösten.»

Die Zerrissenheit, die ich von Anfang an in Makes Augen gesehen hatte, würde nicht so bald verschwinden. Zu vergessen brauchte er Sanna nicht, wie auch Kimmo Armi nicht zu vergessen brauchte, doch er musste lernen, ohne sie zu leben. So etwas konnte man lernen, glaubte ich. Bewies ich damit, dass ich noch nie wirklich geliebt hatte?

«Da drüben ist es.» Antti riss mich aus meinen Gedanken und führte mich über den glatt geharkten Weg an die richtige Stelle. In der Ulme neben dem Grab sang eine Amsel. Der frische Maiglöckchenstrauß ließ den fast mannshohen Grabstein noch dunkler wirken. Bei Armis Gedenkfeier hatte Annamari gesagt, es wäre an der Zeit, Sannas Namen auf dem Grabstein anzubringen. Ich hatte mich gefreut: Es war mir gelungen, Sanna sichtbar zu machen.

Sorgsam legte ich meinen Mohnblumenstrauß auf dem Grab nieder. Das, was da unter dem Stein lag, war nicht Sanna, aber ich hätte nicht gewusst, wo ich ihr sonst einen Gruß hinlegen sollte. Wer weiß, vielleicht sah sie die Mohnblumen sogar. Antti stand etwas weiter weg und verfütterte Nüsse an die gierigen Eichhörnchen, die ihm an den Beinen hochkletterten.

Plötzlich sah ich Sanna vor mir, den ewigen Glimmstängel im Mund, die schwarzen Haare zerzaust. Sie hielt mir ihre Sorbusflasche hin, und ich versuchte mir einzureden, dass sie mir zum Dank einen Schluck anbot. Noch im Blumenladen hatte ich mir eingebildet, ich wäre endlich über sie hinweg, aber als ich jetzt an ihrem Grab stand, wurde mir klar, dass ich mein Schuldgefühl nie verlieren würde. Was ich nach Sannas Tod getan hatte, bedeutete ihr nichts. Dass ich sie mochte, hätte ich ihr zeigen müssen, solange sie noch lebte.

Was für ein verdammtes Risiko ist es doch, zu lieben. Wenn man jemanden gern hat, muss man für den Rest seines Lebens fürchten, ihn zu verlieren. Davor hatte ich größere Angst als vor einer Begegnung mit zehn bewaffneten Mördern. Als ich mich von Sannas Grab abwandte, wurde mir klar, dass ich es deshalb nicht gewagt hatte, mich an Antti zu binden, ihn nach Amerika zu begleiten oder ihm zu versprechen, auf ihn zu warten. Dahinter steckte kein gesunder Drang nach Unabhängigkeit, sondern Feigheit.

Wir gingen den Uferweg entlang. Es war schon spät, der Friedhof wurde bald geschlossen. Hinter dem Krankenhaus Lapinlahti schien noch die Sonne hervor, aber die Bäume warfen immer längere Schatten. Der Wind hatte sich gelegt. Ein Igel raschelte im Unterholz. An der Fichtenhecke stand ein Teller Milch für ihn.

Der Springbrunnen war noch in Betrieb. Wir trugen eine Bank an das Bassin, betrachteten die Sonnenstrahlen auf der Bucht, die Silhouette der Nervenheilanstalt und den Vollmond, der mit der Sonne wetteifern wollte. Antti legte den Arm um mich.

Ich dachte an Make und Kimmo, die mich bei Armis Beerdigung fest umarmt hatten. Offensichtlich veranstalteten sie im Fitnesscenter eine Art Gruppentherapie für zwei, sie versuchten sich gegenseitig zu trösten. Dann dachte ich an die Laaksonens, die es noch einmal miteinander versuchen wollten. Sie waren wohl doch nicht verrückt, sondern mutig. Jetzt nahm auch ich all meinen Mut zusammen.

«Du, Antti ... ich hab nachgedacht. Das mit deiner Amerikareise ist doch nicht so dramatisch. Ich kann warten», sagte ich und las in seinen Augen, dass er verstand, was ich sagen wollte. «Wenn die Sehnsucht zu groß wird, nehm ich mir Urlaub und besuche dich.»

Als wir uns küssten, flog eine Nachtigall in den Ahorn und begann wie wild zu zwitschern.

Foto: Carsten Minkwitz

Eiskalte Morde:
Die ganze Welt der skandinavischen Kriminalliteratur bei rororo

Liza Marklund
Studio 6
Roman 3-499-22875-0
Auf einem Friedhof hat man eine Frauenleiche gefunden. Das Opfer war eine Tänzerin im Stripteaseclub «Studio 6». Die Journalistin Annika Bengtzon stellt wieder eigenmächtig Nachforschungen an ...
«Schweden hat einen neuen Export-Schlager: Liza Marklund.» Brigitte

Liza Marklund
Olympisches Feuer
Roman 3-499-22733-9

Karin Alvtegen
Die Flüchtige
Roman 3-499-23251-0
Mit ihrem ersten Roman «Schuld» (rororo 22946) rückte die Großnichte Astrid Lindgrens in die Top-Riege schwedischer Krimiautoren.

Willy Josefsson
Denn ihrer ist das Himmelreich
Roman 3-499-23320-7
Josefssons neuer Erfolgsroman mit neuer Heldin: Eva Ström – der erste Fall der Pastorin von Ängelholm.

Leena Lehtolainen
Alle singen im Chor
Roman 3-499-23090-9
Maria Kallio muss sich bewähren. Ein heikler Fall für die finnische Ermittlerin.

Leena Lehtolainen
Zeit zu sterben
Roman

3-499-23100-X

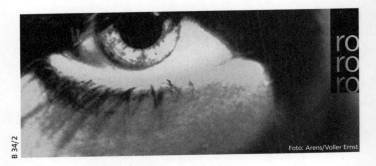

Krimi-Klassiker bei rororo

Literatur kann manchmal tödlich sein

Colin Dexter
Die Leiche am Fluss
Ein Fall für Chief Inspector Morse
Roman. 3-499-23222-7

Martha Grimes
Inspektor Jury steht im Regen
Roman. 3-499-22160-8

P. D. James
Tod im weißen Häubchen
Roman. 3-499-23343-6

Ruth Rendell
Sprich nicht mit Fremden
Roman. 3-499-23073-9

Dorothy L. Sayers
Diskrete Zeugen
Roman. 3-499-23083-6

Linda Barnes
Carlotta spielt den Blues
Roman. 3-499-23272-3

Harry Kemelman
Der Rabbi schoss am Donnerstag
Roman. 3-499-23353-3

Tony Hillerman
Dachsjagd
Roman. 3-499-23332-0

Janwillem van de Wetering
Outsider in Amsterdam
Roman. 3-499-23329-0

Maj Sjöwall/Per Wahlöö
Die Tote im Götakanal

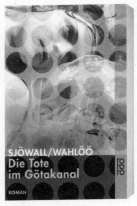

Roman. 3-499-22951-X

Weitere Informationen in der Rowohlt Revue oder unter www.rororo.de

Foto: Clay Patrick McBride / Photonica

Mörderisches Deutschland

Eisbein & Sauerkraut, Gartenzwerg & Reihenhaus, Mord & Totschlag

Boris Meyn
Die rote Stadt
Ein historischer Kriminalroman
3-499-23407-6

Elke Loewe
Herbstprinz
Valerie Blooms zweites Jahr in Augustenfleth. 3-499-23396-7

Petra Hammesfahr
Das letzte Opfer
Roman. 3-499-23454-8

Renate Kampmann
Die Macht der Bilder
Roman. 3-499-23413-0

Sandra Lüpkes
Fischer, wie tief ist das Wasser
Ein Küsten-Krimi. 3-499-23416-5

Leenders/Bay/Leenders
Augenzeugen
Roman. 3-499-23281-2

Petra Oelker
Der Klosterwald
Roman. 3-499-23431-9

Carlo Schäfer
Der Keltenkreis
Roman
Eine unheimliche Serie von Morden versetzt Heidelberg in Angst und Schrecken. Der zweite Fall für Kommissar Theuer und sein ungewöhnliches Team.

3-499-23414-9

Weitere Informationen in der Rowohlt Revue oder unter www.rororo.de